Cuando abras el paracaídas

Defreds
José A. Gómez Iglesias

Textos	José A. Gómez Iglesias (@defreds)
Prólogo	María Cabañas
Epílogo	Diego Ojeda
Portada y maquetación	Cristina Reina
Ilustraciones interiores	María Cabañas
Fotografía	Fanny Figueiras
Número de edición	Undécima Edición
Fecha de edición	Agosto 2017
Edición	MueveTuLengua
ISBN	978-84-945162-6-9
Depósito legal	M-14251-2016

Prólogo

instrucciones para liberar el paracaídas

Era una tarde de verano y todo pasó «casi sin querer». Por aquel entonces eras aún una arroba. Permaneciste escondido tras una de esas puertas prefabricadas normalmente utilizadas en las casetas de feria. Tu postura corporal había discutido recientemente con tu mirada y ambas me mentían por ello. Fue nuestra primera vez, aunque para ell@s fuese lo menos importante. Traías una mochila repleta de emociones dispares de la que colgaba una anilla, de aspecto metálico.

Un año después todo sigue igual, pero distinto. Vuelves vaticinando un salto al vacío sin paracaídas de reserva. Has fabricado un laberinto de nubes repleto de lugares comunes.

Sé que nos observas cuando escribes y que anotas cada paso hasta que ella sonríe.

Algunos dirán que has madurado y otros simplemente ni hablarán. Pero, de todos ellos, ninguno podrá negar que estas páginas cosidas sirven de represa para la mar gruesa.

Deberías saber que no es justo conducir a tantas almas al borde del precipicio sin saber tan siquiera si están preparadas.

Todo esto para regalarme un billete, solo de ida, con la esperanza de llegar a tierra firme. Aún no he conocido a ningún marinero que haya surcado aguas completamente en calma, así que te recomiendo que no pierdas de vista el salvavidas.

Como receptor de este libro, no deberías asustarte si reconoces en sus líneas algunas gotas de sangre. Es normal. Aquí se produjo una operación a corazón abierto.

La forma física de este ejemplar puede haberte confundido, disfruta disfrazándose de lo que no es. En realidad es una llave. Una herramienta capaz de trasladarte a un domingo cualquiera en el que bajas al trastero para hacer limpieza y tropiezas, sin darte cuenta, con un cajón lleno de fotografías antiguas en las que te cuesta hasta reconocerte. Pero eras tú en otro momento agarrando la vida con las yemas de los dedos.

Aquí dentro vas a encontrarte con compañeros de viaje que creías conocer, pero te aconsejo que no te confíes. He visto miedo reflejado en aguas residuales. Esperanza tras la barra de muchos bares. Mentira agazapada en sábanas de hoteles. Muchos «yo también te echaba de menos» viendo pasar los días junto al botón «enviar» de *WhatsApp*.

Gracias por haber hecho de la sencillez algo superlativo.

María Cabañas Fernández (@customizarte)

Inicio

Cuando salió a la venta mi primer libro, *Casi sin querer*, era consciente de que no era el mejor libro del mundo pero, que tenía muchas cosas que mi propio corazón había vivido. Eso era lo que le daba valor, lo que lo hacía totalmente real, porque lo era. Lo es. Ni era poesía, ni narrativa. Eran simplemente cosas que me habían pasado a mí. Solo pedía que, aunque solo fuera una persona en el mundo, esa persona sacara algo bueno de él. Han sido miles y no puedo vivir más emocionado.

Todo este tiempo me han seguido pasando cosas, mejores y peores, que he terminado plasmando en este nuevo libro que tienes entre las manos.

Lo que hace que lo tengas delante son todas esas muestras de apoyo, agradecimiento e interés por parte de mucha gente. Gente que ha disfrutado, vivido y sido ayudada por mis letras. Muchas de ellas sin conocerme.

Una noche de enero, muy lluviosa, recibí este mensaje que transcribo a continuación. Uno como otros tantos preciosos que recibo. Esa misma noche mi mente se decidió del todo y dijo: «Sí». Sí, habría un nuevo libro. Y sigue teniendo momentos.

Claudia m. 10 de enero de 2016, 1:20.

«Siento molestar y más a estas horas. Entiendo que no contestes a esto y quizá ni lo leas y es normal teniendo a tantísima gente detrás de ti y admirándote. Quería darte las gracias por salvarme. Hace unos meses (incluso ahora estoy pasando por la misma situación) mi mundo cayó en pedazos con la desaparición de alguien de mi vida. Creí en ese momento que nunca nada volvería a tener sentido, pues quién si no mi abuelo iba a llevarme de paseo o a sostenerme antes de darme un golpe. Quién si no él. Pero apareciste tú, con tus escritos, con tu libro. Me diste esperanza, fuerza para seguir adelante, para no huir como tenía planeado. Hace menos de un mes, mi abuela también falleció. Pero tú estás ahí, sigues ahí, con tus tuits, tus posts, tu voz. Estás tú volviéndome a dar fuerza para seguir con los que tengo al lado. Gracias por ser inconscientemente un gran pilar, un gran apoyo. Gracias por tus palabras, que llegan tan dentro de mí, que hacen que mis pensamientos den un giro y sea capaz de ver algo de luz ante tanta oscuridad. Gracias por tu libro, que me lo he leído veinte veces, que ya no tiene ni un solo hueco para un pósit más y que me sé de memoria todos los textos que aparecen (aún no me canso de leerlo).

Eres verdaderamente un salvavidas, mi salvavidas (y sé que también el de mucha más gente).

Gracias por ser tan especial.
Gracias por ser salvavidas (o por ser vida).

Gracias por ser luz.

Gracias por darme luz».

Gracias a ti, Claudia. Te he contestado. No podría dejar de contestar algo así de bonito. Y gracias a todos. Por leer, por estar. Por entender que a la hora de sentir no hay mejores o peores. Simplemente diferentes. Y que esta es mi manera.

Adelante.

@Defreds

Fugaz

Supongo que, aunque estaba muy soleado el cielo, en parte lo veías todo muy gris. Supongo que era ese miedo a confiar, a que nadie te volviera a inspirar para perderlo. Esos ojos que, aparte de preciosos, dicen que no lo han pasado del todo bien. Que se aproximan meses de cambio, pero a mejor. Que te mueres de ganas de dar el paso que te haga un poquito más feliz.

Y fue ahí, sin avisar. Supongo que tenía que ser. Podríamos jugar a contar minutos para saber cuál de los dos habla más. No tengo muy claro yo quién ganaría.

Como la primera vez que vi cómo no dejabas que el pelo se te pusiera delante de la cara, sujetándolo con tus gafas de sol. Esas que bajabas en un acto reflejo cada vez que te pegaba el sol de frente.

Nos sacamos una foto de esas donde yo siempre salgo mal, pero que no borraría ni de coña. Igual que esos besos de semáforos en rojo con Andrés de fondo.

Y subir a algún edificio alto de la ciudad, con olor a verano. Con dos Coca-Colas con mucho hielo. Para demostrar que algunas veces, y aunque el cielo esté despejado, se miran antes las estrellas en tu mirada. Y tumbados, levantando la mirada, pasó también una fugaz. Aunque no te lo dije en su momento, mi deseo fue que tú no lo fueras.

Y que pudiera encontrarlas en ti, en cualquier punto elevado de todas las ciudades del mundo. Aunque tú ya brilles siempre por donde pasas.

BONITO FUTURO

Tantas veces escapando del mundo, tantas veces esquivando sombras, jugando al escondite inglés con sus miedos. Tantas personas bonitas por fuera con horrible interior. A su alrededor. Tantos ratos de silencio en la cama sin edredón. De libros sencillos, que hagan pensar. Con su propio placer. Con esa sensación de no saber qué deparará el futuro. Sin saber quién estará, ni dónde. Si será feliz o solo seguirá tirando. Acumulando decepciones, besos sin sentimiento y películas sin Oscar. Deseando que aparezca alguien que también quiera escapar lejos, pero de la mano. Haciendo dibujos con las sombras. Dejándose encontrar en el escondite. Que sea tan bonita por dentro que lo de fuera le haga sentir que no necesita nada más. Silencios a los ojos, mojando el colchón de placer, desafiando siempre con una buena charla. En resumen, saber que ese presente ojalá sea un bonito futuro.

Si supieras

Si supieras la de veces que te he visto en línea, y he tenido miles de ganas de dejar los reproches a un lado. La de veces que he escrito una parrafada que no serviría para nada y he mirado fijamente el botón de enviar para terminar borrando todo de golpe, lanzando el móvil contra la cama para cogerlo cinco minutos después y volver a repetirlo todo. Si supieras que he probado a borrarlo pero me lo sé de memoria. Y al rato estás de nuevo en la agenda.

Si al menos supiera que te acuerdas alguna vez, que no fue algo sin importancia para ti, aunque apenas nadie lo sepa. Si supiera si alguna vez pensaste igual que yo, y también terminaste borrando. Si al menos supiera que ya hay otra persona que inunda tus noches.

Si supieras las veces que me he dormido con el móvil al lado. Por si me hablabas inesperadamente otra vez. Como antes. Cuando no dormíamos por una frase más. Si supieras las ganas que tengo de que al despertar tenga un simple «hola» tuyo. Me río cuando me lo encuentro de nuevo en la mano, repasando redes sociales sin hacerles caso.

Si supieras las ganas que he tenido de mandarte a la mierda. Si supieras las veces que he recordado que hablábamos en serio y terminábamos riendo. Las ganas de por un día soltarlo todo y que nada me parara. Si supieras las ganas que te tengo. Si supieras que te quiero. Aunque no sirviera para nada.

Si supieras

Te lo hubiera dado todo

Seguramente sabía que me metía en un sitio donde terminaría con quemaduras. Pero me hacías sonreír. Mucho. Que fui incapaz de evitarlo. Y por un tiempo también fui gilipollas, pensando que dejarías todo ese presente, que suena tan a pasado, por mí. Me creía eso de que mañana lo dirías todo. De que realmente me querías a mí. Que ya no aguantabas más. Supongo que no me di cuenta de que eres de esas personas que lo quieren todo. Y todo no se puede. Salvo que mientas. Y en eso rozas la perfección. Por lo menos hasta que te acuestas y te pones a pensar.

Y aún ahora desde fuera sigo viendo que sigues igual. Que sonríes en las fotos como si no hubiera pasado nada. Aún me escribes de vez en cuando, supongo que por tu afán de no apagar nunca las llamas. Igual la razón es que preferiste mentir y callar a dar la cara. Pero seguramente lo peor sea cuando uno se miente a sí mismo. Como hice tanto tiempo. Yo, que te lo hubiera dado todo.

Con y sin pijama

A mí ya me sonaba tu cara. Normal, con esos hoyuelos tan bien marcados. Igual te vi en cualquier estación. Me serviste cuatro miradas sin hielo. Y fui yo quien me deshice. Y acabamos en la misma barra apoyados. No sé de qué hablamos, tenía toda la atención en tus pestañas. Sonreías. Se te olvidaron por un rato todas tus cicatrices. No sé en qué momento tus amistades se marchaban. Serían poco más de las cinco, te agarraron de la mano y tú con la otra rozaste la mía con un papel. Nueve cifras que todavía no sabía que me cambiarían la vida. Me sobró el resto de la noche. La invertí en soñar contigo. En que fuera pronto por la mañana para saber si te habías olvidado. Y marqué las cifras desde la cama. Con esa sensación de que podría seguir viviendo sin haberte conocido. Pero que ahora querría muchas cosas contigo. Con y sin pijama.

ÉRAMOS DE ESOS (2)

Quizá somos de esos que se odian tanto como se desean. Destinados a enfadarnos a los cinco minutos de besarnos. De mandarnos a la mierda para luego cenarnos juntos... Bueno, y cenar entre risas, también. Tres días sin hablarnos y deseando que uno de los dos ceda. Picarnos, picarnos a todas horas. Hacernos los enfadados para acabar a carcajadas. Incapaces de estar bien una semana seguida, pero que no soportaríamos perdernos. Y si uno de los dos necesita algo, ahí estamos, aunque sea de madrugada.

Raros, muy raros, pero que nos queremos a nuestra manera. Esa que quizá nadie entiende. Pero cuando terminamos de mirarnos, tampoco hace falta. Ahí todo se para, y lo comprendemos a la perfección.

Otra vez

La chica que tiene fobia a que le despeinen el flequillo y que sonríe como Chip y Chop; demasiado tiempo que no lo hacía. Acostumbrada a compartir la misma mesa con mantel cada noche de enero a diciembre. Dejando casi olvidado y enterrado el verbo amar. Guardándose besos en el segundo cajón de la mesilla. Durmiendo en una cama de dos más fría que una noche en el Polo Norte. Compartiendo amigos, pero ninguna confidencia. Hay otra casa donde la consideran una hija más. Su cabeza saca las llaves de carcelera para encerrarla sin rejas. Soñando que cinco años después todo será como el primer día. Sin decepcionar a Papá. Dando el «sí, quiero».

La chica que conoció al chico que consiguió volver a despeinarle el flequillo. La que sonrió más veces en cinco horas que en cinco años. Mirando sincera, como si nunca hubiera temblado tanto. Con los ojos en blanco con cada roce en su pecho. Con los besos desperdigados encima de la cama. Sin esconderse. Que no se hubiera cansado nunca de escucharle mientras hablaba sentado en el sofá. O cuando la dejaba sin palabras bajando a por helado sin avisar. Y cada despedida en la puerta eran minutos de besos sin quererse marchar. Ya es tarde.

Camina de noche por la ciudad, pensando. Abre la puerta de casa. Él ya duerme. Se ducha rápido, de madrugada. Una madrugada algo más especial. Sabiendo que mañana empezará este texto por el principio. Otra vez.

YA NO TENGO MIEDO

Te sientas a mi lado mientras leo cualquier libro. Me enseñas canciones que nadie más conoce.
Compartimos preguntas del futuro, algunas veces con cerveza en mano. Estrella, claro: Galicia y tú.
Me dejas equivocarme y aun así me vuelves a abrazar.

Soy completamente yo mismo, contigo.

YA NO TENGO MIEDO.

Siendo tu golosina

Te acostumbré muy mal desde el principio
a estar en todas las circunstancias,
a darlo todo, aunque fuera sin recibir,
a no dormir por si llamabas y podíamos vernos dos minutos escasos.
Permitirte aparecer y desaparecer cuando te diera la gana.
Sabes jugar perfectamente tus bazas.
Sabes que cuando te haga falta o simplemente te aburras, ahí estaré: siendo la golosina que te gusta echarte a la boca.
Y sigo luchando, soñando que alguna vez descolgaré el teléfono y seré capaz de mandarte a la mierda. Con todas mis fuerzas.
Pero no voy a mentirme, ya lo haces tú bastante. Aún no me sale.

Película de amor

Ya no sé si soy yo o esta terrible sensación de que solo me sale ser yo mismo con el mundo. Contigo intento hacerlo todo tan bien que la termino cagando. Por poco, o por demasiado.

Y mira que te quiero. Pero no tengo manera de controlarlo.

Y no sabes cuántas noches me odio por ello. Tantas como las que me gustaría observar contigo cómo saltan las palomitas en el microondas mientras rozo tus caderas. Para ser nosotros película.

De amor.

Te quiero con los ojos

De cosquillas en la espalda, pasé a deslizar mis dedos por tu espalda. Qué bonito sabía el verano besando tu cuello. Qué paraíso probar tu boca. Tu cama era nuestra isla desierta. Y si solo pudiera llevar tres cosas, te llevaría sin ropa tres veces. La tuya interior adornaba la alfombra mientras te sentabas encima de mí. Saboreaba tu pecho mientras sudaba tu frente escondida en el flequillo. Tus caderas eran volcanes de calor, desprendiendo lava. Entraste en erupción. Gritabas algo, parecía un «más...». Todo se aceleró, se llenó de gemidos. El Niágara en las sábanas. Dormimos totalmente desnudos, y la verdad que no había belleza más perfecta que oírte respirar, ahí tumbada, simplemente.

Esa noche de calor de verano nuestros cuerpos desprendían ganas sinceras. Esas que desprenden los que se desean, pero mucho más allá del sexo. Los que tienen ganas de explorarse, ganas de no dejar ni un centímetro sin besar. Demostrando quererse sin decir ni una palabra, gritando «te quiero» con los ojos cada vez que están a punto de explotar.

Dos... tres...

Livin' on the Edge

Mírala. Si detrás de toda esa fachada de dureza hay una chica con sentimientos, a la que le gusta que le acaricien bien la espalda antes de dormir. Pero, claro, no te lo va a decir, eso sería dejar demasiado desprotegido el corazón. Mejor cerrar y echar doble llave. Muchas veces se pregunta cómo coño va a intentar conocer a alguien si todavía ni se conoce a sí misma.

Es capaz de estar hablando contigo de una cosa y de repente hablar de otra sin sentido: de un cuadro o una canción de mierda o un personaje de dibujos animados. Tiene el don de vacilarte casi sin querer; forma parte de su mente. Y eso te deja loco pero, oye, hay que quererla así.

Pasa mucho de los tacones y de las tonterías simples, que le gusta lo que le haga pensar, lo que desafíe un poco su mente. Esa que se excita cuando la rozan. Y pese a todo lo anterior, aunque te parezca lo contrario, cuando alguien le importa, lo da todo. Absolutamente todo.

Aún sonríe cuando suena a todo volumen «Livin' on the Edge». Y quizá mañana habrá algún motivo nuevo para hacerlo más fuerte. No vendría mal.

Frío en los pies

Hoy era uno de esos días que avisaban de que el verano está cerca. Y a la vez uno de esos donde te preguntan qué tal estás y solo te sale decir que «bah», que todo empezó como un amor de verano que llegó a la primavera. Que me hiciste bonito el invierno la primera vez que me llamaste para simplemente decirme que te apetecía escuchar mi voz.

Qué lejana suena la tuya ahora.

Cuando te enseñaba todas mis manías y tú aun así decidías quedarte sonriendo. Y la primera vez que nos acostamos pensé que no habría otra vez. Pero dormimos agarrados. Y fue una más y otra más…

Cuando todo lo que quería tener en la punta de la lengua eras tú. Y las palabras sobraban. Cuando nunca te decía que vinieras. Y nos íbamos juntos.

De esas veces en las que, cuando llegaban las noches, me preguntaba cómo era posible que eso me estuviera pasando a mí. Que no me hubiera importado hacerte cosquillas todas las madrugadas hasta que te ganara el sueño.

Y hoy hizo calor, pero yo tengo mucho frío. Y no solo en los pies. Que eso siempre vendrá de serie.

Dar el golpe

Creo en el amor a primera vista, pero no creo en el amor eterno en una semana. Creo en el ilusionarse pronto, pero no en el oca a oca. Creo en disfrutar las cosas con intensidad, pero no en forzarlas tanto como para que el golpe sea después peor.

Los dos lados

Justo después de besarnos por primera vez, supe que lo nuestro no iría a ningún lado. Sabía que disfrutaríamos, que viajaríamos a cualquier país, compartiríamos postres en el sofá, haríamos el amor en playas de noche y puede que incluso nos presentáramos delante de nuestros amigos.

Por momentos pensé que igual me equivocaba, pero no. Las cosas rotas... siempre terminan cortando. Aunque sea sin querer.

Y el día que no pudiste más, aunque llovía en pleno verano, sentí frío. Del que corta también.

Dolió, pero estaba avisado de que lo roto es casi imposible que vuelva al punto inicial. Y las relaciones necesitan dos lados para tirar.

Noche de viernes

Como aquella noche de viernes en que a ninguno nos apetecía salir. En la que compartimos estrellas en botellín y jugamos a cenarnos. En la que pasamos del sofá e hicimos el amor en el suelo de la cocina, y cada vez que gemías apretabas con fuerza la pata de la mesa. En la que pasamos de tu cama y apoyaste tu pecho contra la fría pared mientras notabas mi boca por tu espalda, y acabamos comiendo desnudos Doritos con queso. Dos bolsas enormes. Riéndonos con vídeos del YouTube. Abrazándonos por la espalda antes de dormir a las siete de la mañana.

Leer de madrugada

Ya es madrugada pasada por un rato, hora de pensar mucho y dormir poco, de Cola Caos calentitos, de canciones bonitas, libros y frases perdidas por Instagram.

El problema sigue siendo que tus labios siempre están en ámbar. Y no sé si volver a cruzarlos con los míos...

La tentación está ahí: para los dos. Las circunstancias son bastante putas cuando quieren. Tuvimos que encontrarnos. Tuvimos que encantarnos. Tuvimos que escapar.

Nunca te odiaría por marcharte, porque un día, sin avisar, me salvaste. Y esas son de las cosas que nunca se olvidan.

Vendrán tiempos mejores

Se despierta muchas veces de noche. Siempre consigue volver a dormir, pero cada vez le cuesta más sin la tele de fondo. Los festivos se sigue despertando temprano. Cuando se agolpan los pensamientos en su cabeza, ya no hay manera. Qué grande se le hace la cama. Hubo momentos donde el otro lado estaba lleno por alguien que le llenaba de caricias la piel. Después una espiral de cuerpos que solo la convertían en sombra. Y ahora, nada empapa la cama. Ni lágrimas.

Se levanta para darse una ducha larga, ponerse uno de esos vaqueros normales. Le encanta cocinar, pero lo hace menos de lo que debería. Y dibujar, pff, no había nada que le gustara más, aunque ahora lo tenga un poco olvidado.

Ha cambiado las barras por cervezas en casa de sus amigas. Lee mucho, incluso de camino a los sitios. Todavía escucha algún nombre que le hace temblar por un momento antes de girar la cabeza. Y, a su modo, a su modo, es feliz. Eso intenta. Vendrán tiempos mejores, no le cabe duda.

El ascensor

Tenemos diez pisos hasta arriba. Los tres primeros para sujetar tus caderas, mirarte a los ojos y besarte. Tres más para apoyarte contra el espejo, levantar tu camiseta y meter mi boca dentro. Los siguientes tres para tocar tu vientre, rozar tus muslos y ver la cara que se te pone cuando en el último te digo que lo mejor está por empezar. Y se abre el ascensor.

Todo igual que antes, mañana también

No sabría explicarte cómo todas esas charlas que nos echábamos se han convertido en discusiones. De esas que antes se terminaban con un orgasmo al cabo de un minuto. Ahora, supongo que se ahogan entre silencios. Simplemente no lo hablamos y pensamos que así no pasará nada. Y, exacto, no pasa nunca nada.

Usábamos cualquier minuto libre para vernos, ahora cada rato separados nos da un poco de aire. Solo veo tus ojos reflejados en la tele, sin clavarse en mis pupilas. Todas las cosas que nos hacían reír, nos resultan insoportables. Como si se nos hubiera cambiado el humor. Como si no me diera cuenta de que miras de reojo alguna conversación del WhatsApp y en la cama coincidimos sin querer. Para pasar el cupo. Sin casi besarnos.

Qué frío se queda todo hasta en verano, tanto como la pared que miro a tu espalda al dormir. Y mañana por la mañana será un día donde seguramente no cambie nada. Pero todo seguirá sin ser igual que antes.

La maldita sensación

Igual es esta maldita sensación de que yo siempre fui un paso por detrás de ti. Que realmente era por delante. Pero salía perdiendo. Sabiendo que hicieras lo que hicieras, yo siempre estaría ahí. Podías aparecer y desaparecer según te apeteciera, que ahí seguiría yo. Supongo que fue por esa espiral que conseguías en mí de siempre querer un poco más. Por tu manera de hacerme temblar solo con escuchar tu voz. Por pensar las veinticinco horas del día en ti.

Igual fueron esas promesas de aire que nunca llegaste a cumplir. Igual, tu forma de hablarme cuando ya casi no te esperaba, cuando veías que me alejaba un poco más. Para que me volviera a quedar sin poder escapar. De tu puto imán.

Igual tuve que alejarme yo y cerrar alguna vía, para darme cuenta de que no tenías ganas de volver a buscarme. Y, aun así, en el fondo, siempre me queda la esperanza de que algún día te des cuenta y lo hagas. Y mi cabeza intenta convencerse de que será tarde y me dará todo igual. Pero sé que no. Igual…

Igual lo que pasa es que me enamoré de ti.

La tuya

Qué bonito el primer beso, las caricias que sabían a adolescencia, la primera vez que hizo el amor, que fue bonita pero ni mucho menos la mejor. Qué ternura dos que desean y todavía no saben cómo. Y, claro, llegaron las primeras decepciones. Tragos amargos y otros de ron. Seguidos de nuevos amores, de nuevas tristezas también. De cambios de sitio. Y ahí está, cualquier noche, mirando un poco hacia atrás. Columpiándose en el parque que está detrás de casa, dándose cuenta de que cuanto más pasa el tiempo, entra también más en la espiral de acostumbrarse a no estar con nadie, a notar que nadie le convence. Que quizá un día sí, y tres no. Que igual seis sí y nueve ya no. Y, por momentos, no es que le duela, es que le gusta. Lo prefiere mil veces a estar por estar con alguien, solo porque el mundo lo marque o lo vea mejor. La mezcla de amargo y dulce.

Maldita dulzura. La tuya.

Tu propia sombra

Qué revolución cuando llegaste. Te besaba la boca en todas las del metro. Pasé de no querer a nadie a quererte a ti a todas horas. Me reventabas de placer y aún, siempre, quería darte el doble.

Pero tú ya no estás, y ya no digo conmigo, digo contigo misma. Que no te reconozco. Dónde se quedó aquella persona que me hacía reír cuando me metía un dedo en el ojo casi sin querer.

Y ahora cada vez tengo menos recuerdos de ti, he empezado a dormir algo mejor, se acabó el cuento. No sé mucho de ti, no sé si sabrá tu papá por dónde andas, que le tiras los tejos a las drogas que tan bien te pintan esas malas compañías.

Bailas, bailas mucho más en las discotecas de moda, más tiempo. Pero sin sonreír. Mezclando cosas raras. Y, cuando te despiertas, ya no recuerdas nada.

Con lo que molabas, ahora siempre eres sombra de lo que un día fuiste.

Vas ganando a los puntos

Otra persona no te habría aguantado lo que yo he aguantado. Tú lo sabes, yo lo sé. Y lo hice, aun sabiéndolo, con gusto y placer. Dando todo cada día, intentando flotar entre cada una de tus mentiras. Y te aseguro que muchas noches me costó salir a flote. Y aún lucho cada noche para ganarle la batalla a que me importes un poco menos. Vas ganando a los puntos, pero nada más. No me rindo, y menos sin que suene la campana. No tengo toalla.

Aprender contigo

Quiero aprender, pero no sé si puedo. Siempre me pasa igual: capaz de ser yo mismo con personas que ni me van ni me vienen, y contigo, que me encantas, no me sale. Me pongo nervioso, intento agradarte, intento demostrarte que estoy ahí, sin dudar, con todas mis ganas. Me agobio, no soy capaz de hacerlo de otra manera. Hasta que me doy cuenta de que eso solo hace que te alejes más. Y ya es tarde. Y mañana seguiré haciendo reír al mundo, hasta que alguien me importe de verdad. Y volver a empezar desde el principio. Ojalá cambiarlo, pero de momento... no me sale. Mal que me pese. Y mucho que me duela.

Confianza

Siempre te digo «pórtate bien» entre sonrisas. Sé de sobra que lo harás, que solo disfrutarás de tus amigas o relajada en tu sofá. Si hay algo que te define es que siempre vas de cara, eso que tanto escasea últimamente. Sea algo bueno, o malo, me lo dirás. Y así se vive en tranquilidad. Da gusto así. Te quiero más por ello. Nunca me escribes por cumplir, o porque estés en pleno aburrimiento. Si lo haces, es porque quieres, te apetece. Te miro a los ojos y tengo claro que en ti se puede confiar. Luego las cosas serán de una manera u otra, pero tú y las mentiras no hacéis buena pareja. Eres altamente cabezota, pero al final capaz de pedir perdón. Seguramente por eso te quiero todavía un poquito más. Respiro, y aunque no estés, sigo tranquilo, hasta que vuelvas. La confianza da vida. Y me gusta que estés.

En el espejo ya no te encuentro

Pues claro que te extrañaré, seguramente mucho más de lo que crees. Llegarán esos días donde sabré que necesito un abrazo fuerte, de esos que no te valen de cualquiera, solo tuyos. Exactamente de esos que ya no voy a recibir. Y no estaré, no estarás, no estaremos.

Buscaré cosas para hacer, igual unas clases de pádel. Escribiré mucho, para que los días pasen pronto, y que llegue la noche y exista tanto cansancio que no me dé tiempo a pensar en nada. Para no pensar en ti, para qué engañarnos.

Supongo que tiene que ser así, el corazón manda, pero algunas veces mejor estar separados que pasarnos la vida discutiendo. Que todo es muy bonito cuando todo va bien, pero eso ya es muy pocas veces. Y me duele, me duele mucho perderte, pero algunas veces hay demasiadas tiritas ya, y el daño marcó demasiado. No quiero más, aunque te quiera.

Y me acojonarán los días en que no sepa dónde estás, y si ya me has olvidado. Toca ser valiente. Cuando el espejo me diga que esa persona soy yo y tú ya no me miras.

Se estropearon los frenos

Me gusta la cara que se te queda cuando estás sentada pensando en algo que te ilusiona. Aunque ya no sea yo. Aunque yo ya sea en tu vida una cuesta abajo sin frenos.

Y DIME QUÉ HARÁS

Y dime qué harás cuando nos crucemos cualquier noche de estas: tú de la mano, agarrada a ese otro, y yo sonriéndole al aire. Dime qué harás cuando volvamos a cruzar la mirada dentro de ese bar mientras él esté mirando hacia otro lado. Dime qué harás cuando tengas ganas de dejarlo todo atrás para encontrarnos en el baño de chicas.

Dime qué harás cuando tu mamá te pregunte si aún te acuerdas de mí. Dime qué harás cuando suene esa canción que descubrimos juntos, la que tú decías que era una mierda, pero no parabas de tararear.

Dime qué harás cuando beses otra boca que no sabe a mí. Dime qué harás cuando aparezca en tu cabeza cuando le des la espalda, mirando cara a la pared.

Dime qué harás en los semáforos en rojo si ya no nos metemos mano. Dime qué harás cuando no te acaricien la mano en el freno.

Dime qué harás cuando te metan presiones de boda. Dime cómo darás el «sí quiero» sabiendo que estoy en aquella esquina con traje encima. Dime qué responderás cuando te pregunten si eres feliz.

Y yo no sé si me habré cansado de esperarte.

Ana

Ana tiene unos ojos preciosos, en verano se le ponen todavía más claritos. Ana es muy normal, sale con sus amigas por ahí. Dio su primer beso al lado del mar. Ana es muy bonita pero no se encuentra en el espejo. Tiene miedo de no entrar en una 36. Esa que marcan las tiendas de moda de la ciudad. Ana siente que todo el mundo se fija en ella por la calle. No se lo cuenta a nadie. Algunas noches tiene ganas de llorar.

Ana corta la comida en trocitos, para que parezca que ha comido bastante. Le dice a mamá que hoy no tiene más hambre. Ana se encierra en el baño cinco minutos y se le va un poco de vida por el desagüe. Cuando saca el pestillo todo está bien por un rato. Esa sensación de alivio y agobio.

Ana está débil, la boca seca, sus amigas la ven algo rara… Ana quiere encontrarse mañana todavía más delgada.

Ana se mareó hace un rato, no quiere ir al médico por si la descubren. Ana tiene mucho miedo. Ana escucha una vocecilla que le dice: «Sal de ahí».

Mintiendo

Ya no se nos oye hablar. Las únicas risas que quedan son las de algunos niños jugando en la calle. Eso sí, la tele de fondo suena demasiado alta. Seguramente sea mejor así, mejor que algunas discusiones sin sentido que acompañan casi todas nuestras noches. No recuerdo desde qué momento hemos convertido el viejo sofá que nos oía disfrutar, como dentro del paraíso, en un ring abandonado.

Míranos: dos fantasmas intentando no pensar, hundidos en pantallas. Yo la del móvil por si alguien me hace sonreír de nuevo. Tú la caja boba hasta que los párpados se quedan sin fuerzas. Y, mañana, el vecino del cuarto nos dirá que, joder, qué buena pareja hacemos. Y los dos sonreiremos. Mintiendo.

Cartas y cortes

No me diste casi tiempo a barajar y ya te habías convertido en mi carta favorita. Si me daban a elegir, siempre salías tú. Sin trucos. Yo, que fui siempre de sotas, y llegaste tú, tan tres de oros.

Lo que no sabía es que la partida no la íbamos a ganar los dos. No sabía que tu corazón provenía de una relación más dura que una noche en el Bronx. Y cortabas más que el filo de una navaja recién afilada. Como ese mensaje en el contestador que nunca escuchará nadie.

Y me cortaste mucho, a mí, que llegaba con la ilusión de un niño soplando las velas por primera vez. A mí, que me veía agarrado de tu mano en un portal y me importaba una mierda que el mundo siguiera caminando. A mí, que cuando me hablaban de estrellas no pensaba en el cielo ni en hoteles: me quedaba con tus ojos.

Te echo de menos, pero sé que no volverás. Aunque quedamos como amigos. De esos que nadie se cree. De esos que no se vuelven a ver.

Precisamente tú

Y precisamente tú eres quien siempre repite que exponerse demasiado tiempo al sol es perjudicial y muy malo para la salud. Precisamente tú.

No esperaba menos

Se ha quedado un domingo gris. Por la calle suenan gritos de niños jugando por las aceras mientras sus padres toman cervezas sin hacerles caso. Uno tropieza, se cae al suelo y llora. Todo es buena excusa para acordarme de ti. La tele está puesta, no tengo muchas ganas de comer, pero las galletas bien que entran. Encima de la mesita está el móvil, justo encima del suplemento del periódico, que dice algo de que David Cal se retira. Y en la esquina, pequeñita, que Maroon 5 triunfa.

Tengo mil ganas de agarrarlo y llamarte, aunque no tenga ni puta idea de dónde estás. Y escribir cosas sin sentido en los bordes del suplemento, mientras escucho tu voz. Pero no me atrevo, supongo que sigo teniendo miedo de saber que hay alguien más, y que yo sigo estando, también, de más.

Lo agarro y suelto mil veces antes de entrar en la agenda. Y al final lo vuelvo a agarrar fuerte, enviando un WhatsApp de mierda. Apagaré el teléfono, con miedo de ver tu respuesta. El sofá se convertirá en mi compañero de sueños durante unas horas. Y por la mañana lo encenderé de nuevo, para no encontrar respuesta. No esperaba menos.

Se llama Hugo[1]

Tiene mucho corazón, mucho más de lo que la gente cree. Es de esas personas que algunas veces parece que no están, pero, cuando es importante, ahí está clavado.

Si le pones revuelto de frutos secos es capaz de acabar un paquete en minutos.

Piensa el doble de lo que habla. Le gusta saber, pero le cuesta soltar. Algunas veces necesita escapar un poco de todo, estar a su bola y respirar.

Ayuda a reconstruir ruinas, cimientos que nunca pierden el color, da igual lo malo que pase.

Es él, a su manera, pero quien le quiere, le quiere de verdad, para siempre. Huele a victoria en la ciudad. A tiempo. Aunque las circunstancias lo llevan lejos…

---

1. Corre, vete a mi libro anterior y busca a María.

Tu sonrisa

Tu sonrisa es vida.
Tu sonrisa forma la mía.
Tu sonrisa es orgasmo.
Tu sonrisa es gol en el noventa.
Tu sonrisa es casa.
Cárcel cuando falta.

El bucle

Hace ya más tiempo del que parece, casi prefiero ni contar cuánto. Pero lo reconozco: me ilusioné contigo. Normal, tienes esa capacidad de enganchar con la primera palabra. Y así fue. No iba a ser conmigo una excepción. No podía pedir absolutamente nada más. Cada caricia tuya me revolucionaba tanto que no podría explicarlo con letras. Eso era suficiente para comer de tu mano, al menos por un rato. Además, esa brutal mezcla de ser capaz de enfadarnos y volver a enamorarnos en el mismo día, bien sabes que termina enganchando. Para pasar de ni mirarnos en horas a clavarnos las pupilas mientras nos corríamos.

Y ya sabes qué pasa cuando alguien lo da todo, y el otro lado va a semanas. Todo se rompe, pero lo peor es que nunca (o al menos casi nunca) del todo.

Y ahí estamos, ya ha pasado bastante, ya apenas nos vemos. Digamos que me prohíbo hablarte. Algunas veces he caído, con tus oportunos mensajes diciendo que me echas de menos, y terminamos en el mismo bucle. De tú poder con todo, y yo caer con todo. Otras, sacando fuerzas de las que ya no me quedan, he apagado el teléfono.

Me prometo por las noches que no habrá una próxima vez, algunas, incluso, me lo creo un poco. Me preguntan si todavía pienso en ti, y, joder, pues digo que no, que eso ya está más que olvidado. Y ojalá, ojalá fuera así y pudiera no quererte, pero te quiero.

El amor de mi vida

Hace mucho tiempo conocí al amor de mi vida. Fue a primera vista: la primera vez que nuestros ojos se encontraron, me di cuenta. Qué suave era su piel. Desde entonces, ahí estamos. Me abraza fuerte y me avisa por adelantado de que la voy a liar. Y siempre tiene razón. Y aunque la cague mil doscientas veces, nunca se marcha. Siempre está. Me besa mejor que nadie. Cuando voy a descarrilar, es capaz de parar todos los trenes de mi mente. Sabe perfectamente cuál es mi comida preferida y algunas veces me sorprende con ella en la mesa. Lo da absolutamente todo por mí, aunque duela. La quiero más de lo que lo demuestro.

Y tengo la absoluta seguridad de que nunca me dejará, pase lo que pase. Fiel, totalmente fiel. Te quiero, mamá.

Mi deseo

Me encantan esos días en los que no te espero, pero en el fondo tengo la tonta idea de encontrarte. Me saben a gloria cinco minutos contigo. Incluso dos. Con tu mirada de «no sabía que dolería tanto la vida». Tus sueños van cambiando, quizá adaptándote a lo que va pasando. Aunque algunas noches todo eso pese demasiado. A la hora de querer, simplemente das todo lo que esté en tus manos (y piernas).

Se nota a leguas que te gusta ser importante para quien te importa, pero respetando siempre el aire. Necesitas mucho respirar, estar a tu bola, alguien que entienda que contigo sí, pero sin colapsos. Sin atascos de la M-40 en el corazón.

Y pese a todo, oye, tú tan guapa. Sonríes mucho por las noches, no tienes una pizca de colorete de más. Ya ves tú qué problema tienes en mandar a la mierda a los cuatro pesados de turno para seguir bailando.

Mañana será otro día de relax, de esos que tanto necesitas, para no mandar todo a la mierda, y dejar de tragar. Aun así, en tu sonrisa, nadie en su sano juicio no querría quedarse a vivir. Aunque no tuvieras piscina.

Llamando al timbre. Paso de estrellas fugaces, pero ojalá se cumpla mi deseo y abras.

Toda una vida

Cuando eras más pequeña, soñabas y te ilusionabas con el amor. Todo fue más rápido de lo que parecía, no eras consciente. Tuviste un amor que conseguía que no tuvieras ganas de mirar a nadie más. Y eso que destacabas. Aunque jamás lo vas a reconocer.

Y sin casi avisar todo dio un vuelco. Y te deslizaste en unos brazos que te llevaron a sensaciones que jamás hubieras pensado tener. Te dejaste llevar por la nube que le invadía. Al final fue una decepción todavía más grande. Pero no te arrepientes de nada, y te dejó lo más especial de tu vida.

Cierras los ojos y, joder, cómo ha pasado el tiempo, casi sin avisar, como si adelantaran mil relojes a la vez. En el reflejo del espejo, sigue la misma sonrisa de niña, acompañada de madurez. Esa que desea que la ilusión vuelva a la carga. Volver a temblar con besos en la nuca, con alguien que sepa escuchar, que te dé ganas de mirarle hasta que se haga de día. Alguien que llene la cama con algo más que sexo.

Y vivir sin miedo de soplar una vela más, en la tarta de chocolate, que ya tiene demasiadas velas.

Tu pecho

Me quedaré frente a frente contra él. Parece suave a simple vista. Mis labios se acercarán, sigilosos. Meteré uno dentro de mi boca. Luego el segundo… muy despacio. Se humedecerán. Tendré que sacar la punta de mi lengua para rodear en círculos cada pezón. Y temblarás mientras se endurecen como bloques de granito. Los sujetaré con los dientes y tiraré despacito hacia fuera. Hasta que tu voz se pierda. Hasta que grites pidiendo un poco más. Y solo será el comienzo de la noche… Más…

Sin pastillas

Ya sé que duele un poco,
algunas noches demasiado.
Sé que todavía piensas mucho en cosas del pasado,
en dolores, que disimulas sin pastillas.
Pesadillas.

Sé que costará,
que mis labios sabrán a poco durante un tiempo,
que algunas tardes me agarrarás pensando en otras personas.
Que fallaré igual, que mentiré demasiado.

Pero tus ojos dicen que no, que no me vaya todavía.
Y lo dicen de verdad. Te espero. Te espero a tu lado.
Donde me puedas ver.

La sucursal de Correos

Fue en una sucursal de Correos. Una Navidad cualquiera. Estaba todo lleno. Fuera brillaba el sol, pero hacía un frío de cojones... Colas. Personas enviando postales, algunas cajas de vino. Alguna felicitación por cumplir. Y entraste tú, torpe, que casi te caes, con una caja enorme, pero no tanto como la sonrisa que llevabas. De pilla. Un hombre grita porque le ha llegado roto un paquete. Parecías frágil tú también. Delgadita, pero entera, después de tantas cosas. Demasiadas. Sonaba «Despedida» de Izal, en el hilo musical. Tus ojos, a bienvenida. Tenías el 027 de número de turno.

Y nos cruzamos la mirada, durante unos segundos, como diciendo: «Necesitamos hablar, en certificado urgente». Los dos solos y muy pronto. Y no fue una Navidad cualquiera. Dejó de hacer frío. Y cambiamos los villancicos por canciones de Andrés.

Hielo en los labios

El mundo piensa que todo sigue como siempre. Sois los reyes del disimulo cuando alguien está cerca. Todo lo que vosotros ya no estáis. Algunas veces, las gafas de sol sirven para algo más. Esos ancianos sentados en el parque se miran con más amor. Los besos que os quedan son de esos que se dan sin casi saber el significado. Está pasando eso que justo un día os prometisteis que no pasaría. Los dos sabéis que aunque no pase nada, precisamente ese es el problema. Y los dos lo pensáis, y ninguno dice nada. Todo suena a roto, y ya ni lo solucionáis en el taller de la noche. ¿Dónde ha quedado aquel «Voy a comerte» de Pereza que os susurrabais? Hay promesas mentales de que mañana sí que lo hablaréis cara a cara, pero ninguno da el paso. Se enciende la tele demasiado. Y vuestros padres solo piensan en la buena pareja que hacéis, que algún día habrá boda, en que seréis tres e iréis los fines de semana a comer. Alguna paella. Hielo en los labios. Cortando todo a su paso.

Relación estable con el miedo

Siempre va despeinada por la calle, o es el puto viento, siempre jodiendo, o que simplemente ya no se ha peinado en el espejo. Con los auriculares puestos y sonriendo por la calle. Unos días suena Leiva, otros Miss Caffeina. No le pasa nada en concreto, pero sonríe. Callando al mundo con sus dientes. A mordiscos. Ya no recicla corazones. Los abandona si no merecen la pena. Menos mal que sus ideas fueron al contenedor azul.

Ha dejado todos sus miedos atrás, y mira que tenía muchos. Llegó a pensar que tenía una relación estable y duradera con el miedo. Ahora los tiene debajo de la cama, pillando polvo. Ya no se le pegan a la espalda cuando se levanta. El armario ya no asusta. Y sus manías solo le hacen un poco más especial.

Quizá no tenga el bolsillo muy lleno, pero el corazón rebosa. Y seguramente no exista mayor riqueza para una persona.

Una de cine versionado

Contigo soy capaz de ser capaz. No me dejas tener imposibles. No sabía que existía alguien que se comería todas mis inseguridades una a una. Haces que note que me quieres, no te hace falta atreverte ni que yo tape mis oídos.

Son malos tiempos para los soñadores, pero tú me haces soñar sin cerrar los ojos. Estrenaste esas ideas que estaban en mi cabeza y que pensaba que tendría miedo de intentar. Y las estrené contigo. Y sí, el amor me hace más guapo de lo que soy. Eres mucho más que un tesoro escondido en París.

Y no es que quisiera hacer el tonto, ni siquiera que me lo pidieras, pero juntos hacemos las mejores tonterías del mundo. Y no es el amor, son tus ojos los que hacen que salga todo lo que nos proponemos.

Y como estas tres, nosotros somos película, posiblemente entre comedia y amor. Pero de las buenas.

La ironía de que tú no sepas curarte

Eres preciosa. Sí, ya sé que no te gusta que te lo digan. Bueno, gustar te gusta, pero ya estás un poco cansada de que solo quieran saber de ti por eso. Etérea. Con unos ojos de once. Son protagonistas desde que naciste.

Hace tiempo que las cosas no van. Van a ratos, pero realmente cuando apagas los ojos y piensas, no te sirve. Te dejaste llevar demasiado. Demasiados bares, baños y copas. Ya has aprendido que eso solo sirve para un rato. Ahora quieres cosas de verdad, caricias de verdad, besos de esos que realmente quieres dar durante horas. Pero hay miedo, demasiado miedo.

Miedo a demasiadas cosas. De esas que muchas veces solo sabes tú. Traumas del pasado sin curar del todo. Curiosa ironía. No las quieres contar normalmente porque te hacen recordar malos momentos. Momentos que no le desearías ni a tu peor enemiga. Pocos sobreviven a escucharlas, a entenderlas, a ayudarte para convencerte de que merece la pena dar oportunidades, de que contra la pared también se puede hacer poesía de mordiscos.

Disfrutas horas curioseando en las librerías de la ciudad, buscando cosas que hagan relucir tus inquietudes.

Y tu escudo sigue ahí, la maldita coraza, deseando que alguien la rompa a caricias. Y que, por una vez, dejes de tener MIEDO.

Somos familia

Ha pasado mucho tiempo, pero es imposible olvidar cómo nos conocimos. Así, a simple vista, seguro que casi nadie daría un duro por nuestra amistad. Se nota que no saben cómo disfrutamos las cosas.

Tú me entiendes, incluso cuando parece que no lo hago ni yo. Sabes cuándo abrazarme, aunque yo te diga que no me pasa nada. Sabes cuándo necesito salir a tomar una copa o cuando ya no debo tomar una más. Sabes todo de mí: cuándo me empieza a gustar alguien o cuándo alguien no me inspira. Y lo entendemos mirándonos a los ojos.

No permites que me atranque en casa los días de mierda. Me obligas a salir y no hay más que hablar. Te acompaño a conciertos que me importan una mierda porque sé que te hacen ilusión. Y los días que estamos lejos, me mandas mierdas al WhatsApp. Y no me olvido, al contrario, tengo la sensación de que nos queremos todavía más.

Tus regalos no son los más caros, pero siempre consigues sorprenderme con lo más original.

Ha sido así, como las cosas más bonitas, poco a poco, dándonos cuenta de que somos inseparables, y de que algunas veces la familia se hace corta y se le añade alguien que no tiene la misma sangre, pero lo parece. Dos palabras: te quiero.

Miedo y esperanza

Todavía voy paseando
algunos días
por las calles antiguas de la ciudad
y escucho una voz que se parece mucho a la tuya.

Me sobresalto (sí, todavía)
y camino un poco más
con la esperanza de que al girar la esquina
te encuentre, guapa, con tu abrigo,
esquivando la lluvia por los soportales
y con el miedo de que sea otra persona
la que te sujeta el paraguas por un rato
mientras te abrochas la cremallera.

Y qué frío.

TÚ

Eres la chica que mejor sabe disimular de toda la ciudad, la que sabe ocultar todos sus miedos detrás de la melena brillante.
Que bebes una cerveza y tus ojos iluminan chispas y te ríes.
Y que es capaz de caminar sin rumbo, y perderse por las calles de la ciudad los días que no puede respirar.
Que no puede más. Y esta vez no habrá simulacro de incendios.
Tú.

Mi película favorita

Me preguntaron que cuál era mi película favorita,
y tuve que responder que esa la vi en tus ojos
una noche que me mirabas ilusionada
mientras me contabas historias de cuando eras pequeña.
Ojalá no se hubiera acabado nunca.
Ojalá pudiera encontrarla en El Corte Inglés
o, a las malas, en descarga directa.

Y me la pondría mil veces más en HD,
en el sofá. Contigo.

Aunque ya no sirva para nada

Hola, Pequeña, ¿cómo va todo?

No me acuerdo de ya hace cuánto que no hablamos. Meses, quizá años. Hace tiempo que los días dejaron de importar al pasar. No vayas a pensar que me he olvidado de ti. Ahora estarás de pie en el buzón, con el pan en el brazo y las llaves enredadas en la mano, leyendo esto. Igual alguien te espera arriba, con la comida en la mesa.

Yo, la verdad, todo casi igual. Mi vida ha cambiado un poco, pero mi mente apenas nada. Sigo con la misma gente, todavía vamos a aquel bar donde nos tratan tan bien. Un poco de soledad, pero ya sabes que en el fondo me gusta, tanto como a ti.

Si pudiera volver a atrás, si pudiera volver a aquel día tan lluvioso, esta vez te diría la verdad al volver a mirar para atrás después de despedirnos. Te juraría que no quería que te marcharas. Pero en mi cabeza resonaba el «Yo estaré sin ti, tú estarás mejor».

Sí, lo sé, todo fue distinto a lo que esperábamos. Pero alguna cosa todavía no ha cambiado. Y esa es que te quiero, aunque ya no sirva para nada.

Abrazos apretados de noche de invierno.

Aeropuertos y distancias

No ha podido ser antes. Por unas cosas y otras, han pasado semanas. Y nos morimos de ganas de vernos. Tenemos un calendario mental que resta los días con cada llamada nocturna. Pero qué lentos pasan cuando tienes verdaderas ganas de ver a alguien.

Esta vez vienes tú. Te veo desde fuera. Recogiendo la maleta en la cinta. Como siempre, vestida de altos vuelos. Con una sonrisa en la boca, la cazadora en el hombro y *Mi chica revolucionaria* en la mano.

Me ves, sales deprisa. Me abrazas fuerte, me besas despacio. Aquí comienza nuestro fin de semana, donde seremos felices, compartiremos todo y nos haremos el amor todavía más. Deseando que ahora sí que pase el tiempo. Me dices que has engordado un poco, pero yo te veo preciosa y te muerdo la boca.

Ya es domingo, el aeropuerto lleno y yo lo veo supertriste. Prefiero la despedida rápida para no pasarlo peor mientras te veo embarcar colocándote el pañuelo.

«Hasta pronto».

Ojalá algún día no tengamos barreras.

«Al llegar te llamo. Te quiero».

A HA VUELTO

A tiene sitio en este cuento. A es una chica morena que no ha cambiado. Su alrededor, un poco: ahora brilla un poco más. Pero su cabeza sigue igual. Destaca, pero tampoco te creas que le gusta demasiado. Cuando está en casa, sigue siendo aquella niña dulce de los noventa que jugueteaba en la playa. La gente cree que no le quedan sentimientos, pero la desbordan. Le dan ganas de apagar la tele. De que el despertador no se ilumine otra mañana más, después de tanta fiesta.

El mundo habla demasiado sin saber, y eso duele demasiado. El tatuaje de su brazo izquierdo la mira en silencio.

Un día su mente está aquí y otras veces no sabe ni dónde. Pero arranca los días, intentando ser un poquito más feliz.

A escucha mucha música para olvidar cómo suenan los miedos de la calle.

727 KILÓMETROS

Solo éramos unos críos frágiles.
Mientras yo intentaba salir de la adolescencia,
tú entrabas en el primer año de facultad.
Fuimos desde todo a casi nada,
mezclando mis errores con tus ganas de copas de Almirante.
Si solo hubieras sido capaz de darte cuenta de todos mis esfuerzos,
de las veces que sacrifiqué cosas por cinco minutos más a tu lado,
quizá las cosas hubieran sido de otra forma.

Y aunque ya hacía tiempo
que en el ambiente olía a indiferencia,
una noche cualquiera vi dos besos de presentación
que sabía que lo cambiarían todo.

Y así fue.
Dicen las malas lenguas que no había sido la primera vez.
No lo sé, tampoco te guardo rencor.

Música

La chica que cada noche
intentaba olvidar a base de canciones,
se ponía los cascos y cerraba los ojos
hasta quedarse dormida.

La chica canción un día se enamoró.
Todo sonaba a melodía.
Pelos de punta cada vez que la acariciaban.
Era como música.

Y de repente sonó a rotura de vinilo.
A canción de cantautor con tristeza.
A canciones que jamás volverían a sonar igual.
Y la chica canción volvió a dar al *play*.

Vida

Tú no tienes ni idea de lo que significó para mí conocerte. Tenía muchos miedos, seguramente tantos como tú. Pero hablar contigo, aunque solo fuera un rato, era quitármelos de un plumazo.

Desde entonces, solo he imaginado poder besarte en cualquier ciudad. Da igual que no tengan encanto, tú lo tienes todo en la mirada.

Cada noche deseaba que tus labios no rozaran otros. Deseaba que ojalá pensaras en mí.

Y seguramente no sea el mejor, ni el más guapo. Pero tengo ganas de demostrarte que, algunas veces, una presencia puede hacer temblar, aunque sea riendo en el sofá.

Y sé que un día te hablaré, te diré que vengas conmigo a cualquier parte, a cualquier apartamento perdido, donde simplemente besarte hasta que se haga de día. Pasear, sentarnos al lado de un río. Reír. Demostrarte que puedo intentar hacerte feliz. Demostrarte que al escuchar tu nombre me giro.

Demostrarte que yo, al menos, tengo ganas de quererte.

Pedro y su balón

Pedro sabe que mamá y papá se quieren mucho. Tiene ocho años, pero ya entiende un poco sobre eso de querer. Su mamá le cuenta cuentos antes de dormir y papá le da besos en la frente.

María e Irene se enamoraron. Descubrieron que, juntas, entienden el amor. Se complementan a la perfección. Todavía por la calle se encuentran gente que no entiende que eso de querer no es cuestión de sexos.

Pedro juega en la plaza. El balón se escapa un poco lejos. Irene besa a María. Pedro no entiende qué hace aquel señor gritando a dos chicas que se besan. Qué raro, con lo que le gusta a él que papá le dé un beso antes de dormir.

Pedro le pregunta a papá. No entiende nada. Papá le abraza y le explica que nunca debe olvidar que querer es cuestión de ganas. Cuestión de cariño. Que se trata de ser feliz con lo que tú eres. Con lo que tú quieres. Y no entenderlo, reprocharlo, es todo lo contrario a felicidad.

María e Irene se vuelven a besar a lo lejos.

Pedro sonrió y siguió rebotando el balón contra una esquina. Pero eso, eso que le enseñó papá, eso no lo olvidó nunca.

Y SERÁN TRES

Se juró que nunca mentiría. Que aquello tan bonito que empezaba no tendría mentiras. Eran impresionantes las cosas que podía hacerle sentir.

Pero, casi sin darse cuenta, las cosas fueron cambiando, los momentos disminuyendo y la ilusión solo parecía estar en esas sonrisas llenas de disimulo. Algún viaje que hacía creer por un rato.

Y, casi sin avisar, apareció alguien que hizo que la vida volviera a tener más luces que sombras. Y lo intentó, intentó por todos los medios evitarlo. Pero fue imposible. Le encantaba esa red. Piensa en silencio que ha roto su propia promesa. Y que no sabe cómo escapar. Esa mezcla de cobardía y miedo que no la deja ser feliz. Sabe lo que pasa, pero no quiere asumirlo.

Y mañana volverán a verse. Y serán tres, aunque uno no lo sepa.

Vacío

Quinientas noches, dicen. Bah.
Pues sí, demasiado insuficientes quinientas
para olvidar ese brillo en la mirada.

Siempre me gustó pasear por el filo de tu boca.
Aun sabiendo que algún día me tocaría
caer por asomarme demasiado.

Y ahora me noto caer al vacío. Y ya no hay paracaídas.
O me rompiste antes de dejarme caer.

Tengo miedo

Tengo miedo. Pero no un miedo que tú me provoques. Miedo de ese que hace mucho que no tengo. De darme cuenta de que me importas. Y hacía mucho que nadie me importaba. Pero quiero, joder.

Miedo, pero no miedo de ese de que no me fíe de ti. Si ya sabes que hablo contigo dos palabras y lo entiendo todo. Y lo sabes. Miedo de quedarme sin esos silencios que me dicen que me quieres. No quiero cagarla. Por eso tengo miedo.

Pero todavía confío en que todo salga bien, que te des cuenta de que tú puedes hacer que nunca más lo tenga. Me prometí que daría todo por ti. Y eso intento. No abandones. No te vayas, que te voy a querer como no han querido.

«Un tiempo»

«Un tiempo». Eso me dijiste. Eso resuena en mi cabeza. Eso quieres y eso salió de tu boca. Quieres un puto tiempo.

¿Sabes? No creo en eso. Yo no necesito ninguno para saber si te quiero. Ni para saber que quiero estar contigo. Pueden existir dificultades o problemas, pero la palabra «rendirme» no entra en mi diccionario.

Supongo que es una de esas excusas que se ponen para evitar hacer daño. Pero hace el doble. Y aunque tener que olvidar es complicado, nada duele más que la incertidumbre.

No quiero tiempo, quiero que estés. Pero aunque no quieras reconocerlo, ya has decidido que no lo harás.

Hasta que no queden luces

Me encantan las cazadoras vaqueras del Pull&Bear. Bueno, en realidad, el Pull entero. Muchas veces me pillo tarareando canciones de Pereza que hace mil años que no escucho. No me pierdo nunca los partidos de mi equipo. Escribo mucho, y escucho todavía más música. Me pasaría horas buceando en YouTube buscando grupos nuevos. De letras sencillas pero pegadizas. Hacer que te corras a la vez. Si me dices en tu portal que suba, sé que realmente seré yo quien te suba al cielo. Hacer sorpresas inesperadas. Cocinar tranquilo platos sencillos. Queso. Queso. Y, ah, queso. No me acuesto nunca antes de las tres. Vivo con ese miedo de perder lo que me encanta. No me olvido de los dos goles de Iago al Alavés. De esa boca que no paraba de morder. Soy alguien sencillo, con ganas de no parar nunca. Con ganas de besar hasta que no queden luces.

A MEJOR

Aunque tú digas que no, eres coqueta. «Una pequeña diva», te digo entre risas. Igual tiene que ver esa pequeña inseguridad que escondes al lado de la timidez.

Observas, miras, piensas…

Quizá por eso muchas veces terminas sin decir nada. Aunque en tus ojos yo lo encuentro todo. Pero no te lo digo. Tú sonríes en esa boca tan bonita y el resto deja de importar durante un rato.

Sin darte cuenta, te metiste en el mismo bucle que un día te prometiste que sería justo en el que tú nunca caerías. Dejaste de controlar la situación tanto como te la controlaban a ti. Esa sensación de agobio en la garganta que ya no aporta nada.

Pero fuiste valiente cuando parecía que no había escapatoria. Aunque ahora seas un poco dispersa. Mira qué bonita se pone tu sonrisa últimamente. Qué afortunado el que consiga besarla. Mira cómo huele a tranquilidad en la ciudad. Mírate, cómo has cambiado a mejor.

Lo que me gusta de ti

Lo que me gusta de ti es que confiaste en mí, incluso antes de tener motivos. Pudieron pasar por tu vida otras mil personas y no lo permitiste, esperando que yo apareciera para hacerte feliz. Supongo que algo dentro de ti te lo decía. Y acertaste. Quisiste venir a mí.

Lo que me gusta de ti es que no te importan los esfuerzos si crees que merece la pena. Haces las cosas con ilusión. Tanta que se te iluminan los ojos.

Lo que me gusta de ti es que no te dejas influir por nadie, que no haces lo mismo que todo el mundo. Que si te gusta algo, vas a tope. Con todas tus fuerzas.

Lo que me gusta de ti son tus caras de placer, las caras de enfadada en broma. Los abrazos fuertes. Tu forma de decir «te quiero».

Lo que me gusta de ti es que me quitas todos los miedos, los metes en la lavadora y salen arrugados y vuelves a besarme.

Lo que me gusta de ti es que no mientes y se te ve todo en los ojos, bonitos y transparentes. Grandes. Como tu corazón.

Lo que me gusta de ti es que cierro los ojos, pienso en ti y estoy tranquilo. Lo que me gusta de ti es que cualquier excusa es buena para besarte los lunares. Cualquier lugar es bonito contigo al lado. Aunque llueva y no tengamos paraguas y terminemos entrando en un chino para comprarnos uno por 7,5 euros. Y que me beses y pare de llover.

Lo que me gusta de ti es mirarte. Y quererte.

Nada de metro

Siempre me gusta llegar a los sitios un poquito antes. Prefiero esperar que llegar tarde.

Esta vez hay mucha gente alrededor mientras subo nervioso el volumen del iPod. Suena Horóscopo. Yo creo más en ti que en los signos del zodiaco. Llevo siempre pitillos en las piernas. Ironía, que no fumo.

Un niño de unos tres años le dice a su madre que no quiere más merienda. Bebe zumo y se le cae un poco por encima. Alguien casi me da con su maleta. Parece que lleva prisa. Hay un vuelo a Londres que sale con retraso. Pasa una chica con una camiseta que pone «4 8 15 16 23 42».

Levanto la vista y ahí sales. Pelo recogido. Preciosa. Ya casi siento el abrazo.

Levantas la mirada. Me ves, te veo. Quedan unos metros para tocarnos. Veintisiete segundos hasta que eso sucede. Veintisiete segundos en los que no había nadie más. Solo ganas.

Será bonita la noche. La luna ya nos lo estaba avisando. Tus ojos estrellas. Tu boca deseo. Mejor un taxi, nada de metro.

A MUCHA ALTURA

Yo creía que era imposible volver a emocionarme de verdad. Creía imposible que mi mente se levantara sonriente por las mañanas sabiendo que un día más tendría ganas de saber de alguien con todas mis fuerzas. Me demostraste que si se quiere, si se piensa en alguien, nada es imposible. Siempre me dices que algo te decía que tenía que ser así. Que era yo. Que merecía la pena todo. Y no te rendiste.

Y ahora empiezas a darte cuenta de que te lo voy a devolver con creces, multiplicado por muchos besos. Por muchas noches. Por muchas sonrisas, por muchos orgasmos, por muchas ciudades. Y cuando me miras a los ojos, lo sabes. Como tú dices, no hace falta ni que te lo diga. Ya lo sabes. Y te gusta saberlo. Sonríes cuando hablas de mí.

Crees en mí. Creo en ti. Por eso sé que no se romperá. Por eso sé que estaré los días que no puedas más e intentaré comprender las noches en que te salga tu vena cabezota.

Vamos a volar. Yo comprendo que querernos es la mejor manera de hacerlo. Nos deseo un buen vuelo. Será a mucha altura, pero no necesitaremos salidas de emergencia.

Así

Así, siempre en círculos, dando vueltas en mi vida, como esas veces en que llegas al ascensor y estás meándote y solo puedes girar antes de que se abra la puerta. Y sales corriendo.

Así, como en esas películas que te encantan, pero que no entiendes demasiado bien. En las que el nudo y el desenlace no están muy claros. De esas que, cuando se acaban, sigues dándole vueltas.

Así, como esas canciones que tienes casi olvidadas en la mente, pero que cuando suenan inesperadamente no puedes evitar bailar y sonreír. Y su letra nos sigue recordando.

Así como perder el autobús, por solo un minuto, que tú te montes en el siguiente y me veas sentado al final, y te acerques para hablar un rato mientras el conductor se salta paradas.

Así, como dos que están, que se desean pero que no hablan. Pero que nunca se olvidan. Nunca.

Así como quererte, aunque ya no pueda ser.

MÁS DE 80 DÍAS

Ella, de piel morena y sonrisa pícara. Si la miras de lejos, parece de otro país. Sangre del sur. Nunca se lo han puesto fácil, pronto la arrancaron de su ciudad para llevarla a otra menos bonita. Casi entre engaños. Es fácil engañar a una niña pequeña, eso pensaban. Su mente va muchos años por delante, desde hace demasiados. Quizá por eso algunas veces necesita aire. Por eso echaba tanto de menos una caricia de las de verdad. De las que hacen temblar delante de una ventana.

Si algo tiene especial es que, cuando quiere, quiere de verdad. No pone excusas. Lo hace todo porque quiere. Sin límites. No va a dejar escapar lo que le importa. Y si tiene que hacer esfuerzos, hará 27.000.

Cuando algo la emociona, lo lleva todo el día en la mente y en la boca. El mundo la nota feliz. Tan feliz que nadie de sus amigos quiere que cambie esa sonrisa. Ya hubo demasiados días tristes.

Hay tantos países a los que le gustaría ir con él, agarrada de la mano, que le cuesta decidir cuál es el primero. Vivir encerrados en una canción de Vanesa Martín, donde solo estéis los dos.

Al fin y al cabo, estar contenta era lo que quería. Y querer de verdad tiene todo lo necesario. Es preciosa por dentro y por fuera. Y una maravilla cuando se corre. Le tiemblan las piernas.

Ella es mi chica. Ella tiene todo lo que cualquiera querría. El mundo ya me lo puso al revés. Ahora nos falta darle juntos una vuelta. En mucho más que ochenta días.

Agujero negro

Cuando todo empezó, yo no sabía que había un agujero negro tan profundo.

Ese que se crea cuando algo se acaba. Da igual el tiempo, importa más la intensidad.

Justo cuando crees que ya nadie te va a volver a querer igual, que el resto del mundo te mira raro.

No te encuentras igual al cerrar los ojos, la comida entra menos, y las ganas andan por ahí desperdigadas.

Un pozo, en forma de agujero irreal, que hace que hasta las cosas que más ilusión te hacían suenen aburridas.

Agujero donde toca volver a empezar, y parece que nadie lanza cuerda.

El lado izquierdo

Me desarmas.
Mejor, no quiero pistolas.
Amarte a quemarropa, sí.

No estás cada momento,
pero sí cada vez que es necesario.
Apareces para sorprender.
Para dejarme sin dudas.

Y sigo sin armas, no las necesito.
Las que tengo salen de dentro.
Del lado izquierdo.
Tienes el récord del mundo,
en minutos,
acordándome de ti.

Confiar

Poco a poco lo conseguiste. Vivía en una espiral de miedo y desconfianza por tanto pasado. Me volvía loco por tonterías sin sentido.

Me demostraste que la palabra «confiar» es mucho más que una simple palabra. Es descubrir que, aunque no puedas estar todo el día pendiente, aunque tengas tiempo para respirar, nunca, pero nunca, te olvidas de mí. Y cada noche que sales, disfrutarás, bailarás y nada más llegar, volveré a tu mente. Como toda la noche. En la que no me fui.

Y no sabes la tranquilidad de dormirte pensando que sí, que confías en alguien y que no te va a fallar. Gracias. De corazón.

OTRA FORMA DE DECIR «TE QUIERO»

Incluso en esos días en los que llegas cansada, sin ganas de nada, tengo un momento para pensar en ti. Para escribirte un ratito, sin que te lo esperes.
Con los ojos casi cerrados y las fuerzas en nivel uno, sigues estando preciosa.

Esa sonrisa que esbozas con la luz apagada, quiere decir que aun así también te acuerdas de mí. Y que ojalá sea mañana.

Valoras las cosas y suenas siempre a verdad. Las mentiras se las dejas a los mediocres. Vas siempre de cara. Y menuda cara, guapa.

Podría parecerte un texto más de esta mente que nunca descansa, pero simplemente es otra forma de decirte que me encantan todas tus curvas. En especial la de tu boca cuando te ríes.

Otra forma más de decirte «te quiero». Sin decírtelo, solo leyendo.

El «te quiero» se me queda corto cuando te lo digo a ti. Tendremos que buscar otra palabra. Una que parezca poco pero que suene a mucho. O un abrazo que nos deje sin ninguna.

Aunque de momento, si quieres, pronuncia conmigo *Ich liebe dich* y llámame esta noche cuando llegues a casa.

Me lo has demostrado

Hacía mucho que no era capaz de respirar hondo. Menuda niebla por dentro. Entre miedos y frío. Supiste ser y estar. Aguantar y esperar el momento para convertir todo esto en especial. En planes y momentos. No fuiste una bocanada de aire fresco. Fuiste toda la brisa. Entera. Fuiste de esas manos que se buscan solas. El calor de las noches. El brazo por encima. El respirar fuerte y todo eso. Hubo muchas curvas en tu pasado. Seguramente errores. Solo sé que merece la pena todo por llegar al fondo de tu sonrisa. Esa que brilla como nunca. Con sensación de que nunca lo hizo tanto y de que no quiere dejar de hacerlo. Me da igual lo anterior, me conformo con todo el futuro. No me lo regales, compártemelo. Que quiero acariciarlo. Entre los dos podemos. Una mañana de zumo. Una tarde de Ikea. Una noche de Musical. No voy a soltar. Tus manos son demasiado bonitas para dejarlas caer. He dejado de tener miedo. Tus ojos son de esos que solo cuentan verdades. De esos que lo explican todo cuando se encuentran con los míos. Estarás. Y no es una pregunta esta vez. Me lo has demostrado.

Ámsterdam

Por soñar, soñemos que al girar una esquina nos encontramos y te beso, sentados al lado de un canal de esa antigua ciudad europea. Hojas secas todavía.

Que tus labios, esos que muchas veces llevas rojos, se quedan sin color. Y que tú me dices al oído: «Gallego, vuélveme a besar, que aquí anochece antes cuando tú lo haces».

Y no se lo diremos a nadie, cenaremos en la calle, en alguna calle central, sacando hamburguesas del FEBO, mientras pasan dos chiquillos aún fumados.

La madrugada nos encontrará mientras enseño el pasaporte en la frontera de tu piel y la ropa interior.

Me dejarás saltarme el control, muchas turbulencias. Temblando la réplica del Rembrandt colgada encima de la cama.

Y por la mañana, mientras te duchas, vuelvo a pensar si todo esto sigue siendo un sueño o nosotros lo hicimos real.

VALEN LOS ESFUERZOS

Igual es que tenemos eso que todo el mundo busca: muchas sonrisas en la boca. Muchas ilusiones escondidas debajo de los párpados. Digas lo que digas, la única curva de la felicidad que tienes es la que hace tu boca cuando te agarro despacito el culo sin avisar. Y aprieto un poco.

Igual esta vez te compensa acostumbrarte, si la costumbre es bonita. Y te mira bonito cuando te besa. Esas ciudades enormes, donde no se ven las estrellas, se convierten en universos si tú vas de mi mano. Esas veces que aprietas, que significa que te mueres de ganas de besarme. Esos ojos grandes (que tenías tú razón) que dicen que no se la juegan por nadie que no importe muchísimo (o todo).

Pues sí que debo valer, para todos los esfuerzos.

Un viaje tranquilo por la costa, durmiendo hasta las doce y abrazándonos hasta la hora de comer. Que se vea el mar y nos digan si queremos otra de pulpo a la gallega. Que mires hacia el otro lado y me veas a mí como postre. Y que yo te coma también con la mirada. Que luego deje la tuya perdida. Esas sí que son vacaciones en el paraíso.

Gracias por este calor intenso. Boca preparada. Seguridad cargada al 100% y con el cargador enchufado a la pared. Cualquiera de las que utilizo para besarte apoyando tu espalda.

Voladora

Te conocí, y en ese mismo instante supe que no querría separarme de ti. Tenía miedo de ser simplemente alguien más para ti y que un día aparecieras y me dijeras que todo se acababa.

Tenía miedo de enamorarme de ti y que desaparecieras.

Pero me has demostrado que apareciste para quedarte y besarme siempre con las mismas ganas.

Y cada vez que suena la *Niña voladora*, sonreiremos. Y aunque yo no sepa bailar, lo intentaremos.

El autobús

Joder, qué frío, que ya es diciembre, casi sin avisar. Las 9:27, un poco apurado, pero justo. Princesas en mi iPod. Un montón de gente en la parada del autobús. Rebusco el euro treinta y dos. El conductor no me parece que tenga un buen día. El mío ni bueno ni malo, pensamientos mezclados desde el desayuno. De esos que quizá no entendería alguien que no ha nacido al lado del mar. Últimamente los días solo van pasando. Mejor voy a tirar hacia el final, que parece que hay más sitio, con suerte un asiento perdido. Joder, de qué me suena esa cara. Demasiado familiar como para pasar desapercibida. Creo que no me ha visto. Ya caigo, es mi primer amor, lleva al lado un niño rubito, diría que de su mismo color de pelo. Por un momento es como si no hubieran pasado diez años. Pareces triste. No hay nada más que silencio. Alguna cana más y el mundo empeorando poco a poco. Te sigo mirando de lejos, tú miras por la ventana, te bajas a las tres paradas. Yo ya no sé dónde estoy, pero sigue haciendo frío.

A NINGUNA PARTE

Pues sí que ha pasado rápido el tiempo. Volando, podría decirse. Entre tanta decepción y aventuras, casi ni se ha enterado. El espejo engaña un poco menos. La sonrisa sale un poco menos. El sol también en este invierno. Para el mundo es la bomba, para su propio mundo, una bomba de inseguridad. Pero que nadie se entere nunca, desea. Y mañana pillarás el coche para ir a ninguna parte, como esa relación a tres que sigues permitiendo. Todavía no sabes la razón. Te prometiste que no caerías al infierno y caíste en sus labios.

La posada

Nunca ha sido fácil. Incluso la mayoría de la gente no tiene ni idea de todas esas noches que pasaste sin dormir a punto de explotar. La de cosas que aguantaste, ciega del todo. Todo eso no hizo más que volverte el triple de insegura. Y mira que ya era mucho de serie.

Ahora parece que todo va mejor en esa línea recta. Ya no quieres defraudar más y como te ven bastante contenta... siempre será mejor callar e ir acumulando semanas. Eso piensas. Hasta que llega la noche, cuando sigues sin poder dormir bien, aunque ya de otra manera.

Con lo poco que pides, con lo sencilla que eres dentro de este mundo complicado. Con lo guapa que seguro te despiertas por la mañana. Ojalá hoy toque un día de esos donde dejas de disimular y confías en mí.

P.D.: Debería preguntar por ahí cómo hiciste para que cayeran dos estrellas enormes desde el cielo y acabaran debajo de tus cejas. La posada del descanso.

Sevilla

Toca turno de tarde, sales con cara de cansada, pero sonríes al verme aparecer. Qué jodido frío de invierno. De ese que aparece de un día para otro, como por dentro. Labios bien pintados y un collar. No me esperabas pero vamos a cenar a Triana. Blanca Paloma. Ese sitio me han recomendado. Justo en la esquinita. Antes veamos la Torre del Oro de noche. Llevas el pelo recogido arriba. Manías tuyas. Las orejas en punta y los ojos más bonitos que de costumbre. Pones morritos cuando bromeo que no hay cena, que la he cancelado. Vaya muñecas más finitas al acercarme a ti. Rollito de lubina relleno de queso de cabra y pimiento de piquillo. De postre, tu boca, y repetimos. Chocolate. Beso en tu portal. De sudor en tu cama. De colchón debajo de mí, de tú encima y mi boca en tu pecho. Rozando los dedos por el tatuaje de tu lado izquierdo. Empujando un poco más. Escuchando tus gemidos, haciendo verano en Sevilla. Y la Giralda totalmente mojada.

Lo hemos intentado

Nos conocimos. Muy fuerte. Intenso. Nos queríamos como nadie, eso es verdad. Disfrutamos, dejamos la mente en blanco, como nuestros ojos al corrernos. Planeamos muchas cosas.

Y no funcionó. Al final no funcionó, pero tampoco tenemos nada que reprocharnos. No hubo otra persona, ni errores. Simplemente no funcionó y nada más. Tan simple como eso.

Pero siempre quedará eso ahí, que lo hemos intentado, que nos quisimos (incluso todavía) un montón. No pudo ser, pero no me arrepiento ni un solo segundo. Y tú tampoco. Lo hemos intentado.

Que lleve corazones

Qué feliz se te ve. Si ya te lo dice todo el mundo: que cuánto tiempo lleváis y qué buena pareja hacéis. Eres una experta muy «pro» en disimular que todo va bien.

Nadie se enteró de que nos conocimos, ni siquiera tus mejores amigas. Todavía no sabes cómo montaste en esa vorágine de pasión. Solo sé que temblabas, que tus pechos estaban con la piel de gallina. Tuviste que utilizar esas excusas que nunca habías usado, estirar un poco más la excusa de que esa tarde estabas ocupada, y alguna que otra más.

Ha pasado el tiempo, intuyo que te han pillado en algún despiste. Supongo que alguna cosa te habrás inventado para que yo quedara mal y pudieras salvar tu culo. Para poder disimular, diciendo «te quieros» inventados.

Y te hará algún regalo en Navidad que lleve corazones, para que el mundo siga pensando que no ha pasado nada. Bailando como peces en el agua.

Corazón en la guantera

Conducías tú. Normal, sabes que yo odio conducir. Los semáforos estaban llenos de tensión. Tú mirabas para otro lado y yo para tus piernas cuando cambiabas de marcha. En la radio del coche sonaba «Y ahí estás tú, llenándolo todo de luz».

Llegamos a un sitio donde quedaba luna y nada más. Sonaba el mar. La radio ya sobraba. El silencio excitaba. Guardaste el corazón dolorido en la guantera junto con tus bragas. Recuerdo que mis manos cubrían cada centímetro de tu cuerpo y tu cabeza se apoyaba contra el asiento.

Gemías, respirabas fuerte, deseando que mañana hubiera cena para dos. Viajar por países en vacaciones. Y que nunca dejara de recorrer la autopista de tus piernas. Y saltarme los peajes.

Años

Siempre lo has intentado con toda la ilusión, y al final las cosas no fueron como pensabas. Han pasado los años y entre cambios y pequeñas arrugas te has dado cuenta de que cada año el árbol de Navidad está un poco más apagado. Menos mal que tienes esa «cosita» correteando por el salón. Soñando con un beso que te haga deshacerte en el sofá. Mamá ya está un poco más mayor y te tiene preocupada. Algunas noches está despejado, pero hay demasiadas brumas en tu mirada. Sacando esa sonrisa que ya no te suele salir, para dar las buenas noches. Época de cambios. Pero tú... tampoco pides tanto… una cervecita fría, una charla hasta las tres de la mañana sin abrir las persianas.

Los valientes no se rinden

Tenían razón. Yo no creía demasiado en eso, pero sí. Algunas veces la persona más especial que te puedes encontrar, vive lejos. Ya es mala suerte, oye. La buena es tenerte.

Estamos locos, pero no queremos dejar de estarlo. Me cuestan las noches sin ti, te escucho al otro lado del teléfono, pero no es lo mismo. Lo único que me hace sonreír es la cuenta atrás de días para volver a vernos. Sé que te estás esforzando. Yo también. Y con eso es suficiente para seguir adelante. Creando planes, por si algún día podemos acercarnos en distancia. Esa que nuestros labios no conocen.

Acabo de llegar a casa, y no estás. Obvio. Ojalá pudieras. Me voy a tumbar en la cama, voy a poner música. Quizá algunas de esas canciones que me has dedicado. Y voy a marcar tu número para llamarte un día más.

Vamos a seguir soñando, me enseñaste a no creer en distancias cuando hay ganas. Y aquí las ponemos todas. ¿Sabes? Te quiero. Aunque estés lejos. Te estoy sintiendo aquí. Los valientes no se rinden.

Detrás de las victorias

Nunca entrará en mi cabeza criticar los éxitos de alguien. Porque seguramente el mundo no tiene ni puta idea de los esfuerzos que tienen detrás todas las victorias. Miles de derrotas. Esfuerzos que nadie ve. Días grises. Y ganas enormes de tirar la toalla.

O sea, que intentar hacer las cosas con ilusión, guste más o menos, siempre debe ser motivo de admiración y no de desprecio.

Me alegro por ti, seas quien seas.

No quiere cambiar

ELLA NO LO TIENE FÁCIL. Bueno, realmente nunca lo ha tenido. A ella le gusta sonreír, pero algunas veces no tiene fuerzas ni ganas. Sigue bastante hacia delante, aprieta fuerte los dientes y avanza un día más. Tiene sueños que muy poca gente conoce. Van pasito a pasito, despacio y con buena letra. Tantos miedos como extras hay en *Juego de tronos*. Seguramente prefiere una charla con sonrisa a unos zapatos nuevos. No se le ha olvidado abrazar, aunque algunas veces los recuerde amargos. De 93 frenadas. Puede pasar por tu lado e igual no la ves, pero si te fijas bien, encuentras mucho corazón detrás de ese semblante apagado. No hará las cosas si no puede hacerlas bien, que el tiempo ayuda a aprender. No pide mucho, pero si le das algo de verdad, te dará todo. Ella seguirá siendo ella. Con su nombre de tres letras. Y no quiere cambiar.

Imagínanos

Imagina que vamos juntos de la mano a un concierto de Andrés Suárez. Imagina que empieza el concierto con «Imagínanos». Imagina que lo disfrutamos mucho. Que nos emocionamos con Rosa y Manuel. Los dos a la vez. Imagina que nos abrazamos al terminar. Y bajamos las escaleras abrochándonos la cazadora. Que cenamos por ahí, en un sitio que nos resulta familiar. Que damos un paseo hasta pillar el primer taxi hasta ese hotel con vistas. Imagina que saltamos en la cama de dos metros. Que hablamos hasta las cuatro de la madrugada, mezclando risas y emoción. Que dormimos abrazados hasta por la mañana. Nos damos un baño, desnudos. Nos vamos con la sensación de que nada podría ser más perfecto. Hasta que bajamos en el ascensor. Volveremos a besarnos, aquí. Y en millones de sitios más.

El teléfono

Me gustaría tener la fuerza suficiente como para llamarte. No sé, preguntarte cómo te va todo, si estás tan feliz como parece, si te acuerdas de mí, si recuerdas cómo sonaba mi voz. Muchas veces tengo las manos en el teléfono y nunca termino de marcar. Supongo que es miedo a no obtener respuesta. O peor, a tener una que me va a doler el doble. Una vez, sin querer, empezó a llamar y colgué corriendo. Ganas de decirte lo que Andrés: «Que te cambio el aplauso por un fin de semana en Cádiz».

Y sí, tengo ese mensaje en borradores, releo mil veces esas palabras donde nos decíamos que todo iría bien. Como si fuera todavía ayer.

Tal como eres

Todavía recuerdo la primera vez que te vi por el barrio. Se te veía algo perdida. Tan pequeñita y con ese pelo largo y fino tan bien escondido. Tu cara de mala leche, que daba miedo decirte algo.

Pasó el tiempo, te veía algunas veces. La verdad, no es que no tuviera ganas de hablarte: simplemente, me daba un poco de apuro.

Un día te lo dejé caer, que quizá podíamos tomar un café y para mi sorpresa dijiste que sí.

Llegaste con cinco minutos de retraso, tomaste dos y no te los dejé pagar. Fueron varias horas, pero pasaron rápido entre risa y risa. Reconozco que era la primera vez que te veía risueña dentro de esa mirada con tanto dolor. Esa que se te quedó después de que te hicieran tanto daño. Del mental, que duele el doble.

Me contaste cosas que no sueles contar, me dijiste que no confiabas en mí, ni en nadie. Que lo de confiar ya era utopía para ti.

Me demostraste que, pese a todo, tú nunca te rindes. Que mañana será otro día para esforzarte. Para buscar algo de felicidad entre los escombros de tu corazón.

Y cuando te fuiste, tú no te diste cuenta, pero giré la cabeza y te vi caminar mientras cruzabas la calle. Al volverme, me quedé pensando que me encantaría volver a verte. Aunque sé que es casi imposible que des oportunidades.

Y te sigo viendo, sin saber realmente lo que piensas. Pero siempre me alegraré mucho por todo lo bueno que te pase. Que no te mereces absolutamente nada malo más. Y, me olvidaba, eres preciosa. Esa noche la ciudad olía tan bien como tú.

Cuatro portales

Y aquella chica preciosa,
que me había regalado medio septiembre,
cuatro sonrisas y todas las canciones de Andrés Suárez,
me miró con cara apenada
y dijo que se había acabado el verano,
que se marchaba.

Me besó en cuatro portales.
Mientras yo lloraba,
se montó en un bus que no arrancaba (qué oportuno)
y decía adiós con la mirada,
desde la ventana.

Y allí sentado en el suelo me quedé…
arrancó…
y yo lloré ese día hasta bien entrada la madrugada.

Resacas e ibuprofenos

Ahora mismo,
las camas están llenas de resacas e ibuprofenos,
de películas con anuncios.
Aunque no te lo diga, yo suspiro un poco por ti,
pero le digo a mi cabeza que se haga la loca.
Como tú.

Ahora mismo,
el mundo está lleno de parejas follando;
otras, haciendo el amor.

Ahora mismo, el mundo está lleno de gente que solo va de la mano;
otros, se la aprietan de verdad.

Ahora mismo,
en muchas casas hay parejas sentadas en el sofá;
otras, abrazadas ignorando la tele.

Ahora mismo,
muchas cabezas están pensándose entre sí, separadas:
Otras, pensando dónde se han metido, buscando cómo huir.

Hoy, hay sonrisas y lágrimas,
de esas que nadie conoce,
que son solo por dentro.

Y este es otro domingo por la tarde, pensando en ti.

Dieciséis

Supongo que hay cosas que se saben desde el primer momento. Aunque tu mente intente aislarlas, convertirlas en otras cosas, nada funciona. Nunca.

Y supongo que también ahí me perdí: en esos ojos que parecen de otro país, en esa sonrisa perfecta dentro de su imperfección, en tu forma de caminar y de bajar la mirada cuando tienes vergüenza, de esa que tienes pero no quieres que se vaya.

Eres un ocho en todo, quizá podríamos hacer dieciséis juntos.

Ahí, por dentro de mí, corres por las venas, llegas cinco minutos tarde pero te espero. No quiero perderme más minutos sin verte.

Despedidas

Da igual que sean por mucho tiempo o por poco,
para siempre o por hacernos los interesantes durante un rato
(cosas del orgullo),
mirándose a los ojos o en la ventanita del WhatsApp,
en una estación destartalada o en el aeropuerto más lujoso,
polvos de despedida o abrazos que dicen «hasta siempre».

Dejar a un lado, por el tiempo que sea,
a alguien a quien quieres con toda tu alma.

Las despedidas son una puta mierda. Odio las despedidas.

Volver a caer

Ella es feliz, es feliz a ratos, al menos. Detrás de esa mirada llena de picardia, se encuentran muchos pasados, muchas historias para contar y otras tantas para recordar. Algún secreto que otro, dentro de su vida.

Mírala, cómo van pasando los años y hay cosas que no se le quedan sin color en el corazón ni con aguarrás. De esas que deberían quedarse atrás, pero no pueden. Ni quiere realmente. Y mira que, en eso de los colores, ella es toda una experta.

Da besos de esos de «va todo bien». Se enfada si no hay enfado de por medio. Y sabe de sobra que eso es el principio del fin que no quiere reconocer. Tiene ganas de gritar. Quiere. Quiere querer.

Siempre se pierde en esa mirada que no debe, pero que le hace subir a varios altares. Se acerca y tiembla. Como para evitarlo.

Y se promete que no habrá próxima vez, que está en otro punto. Pero sabe que tarde o temprano volverá a caer.

Salimos adelante

Nació en ciudad muy soleada, niña risueña con ilusiones y que rápidamente empezó a andar, a dar pasitos por la vida, con el babero lleno de potitos. En las buenas y las malas estaba siempre su madre. Era niña risueña de esas con sonrisa de buena.

Y se enamoró de alguien que parecía que podía ponerlo todo de color de rosa. Algunas veces, todo se desteñía, pero pensaba que todo era cuestión de un detalle que sonara a ropa limpia. Cegada total.

Y todavía no sabe cuál fue el error (ahora acierto), pero una noche alguien empezó a crecer en su vientre. Le prometió que ahí estaría, pero solo fueron promesas vanas antes de desaparecer.

Entre tanta decepción, noches de lágrimas y miedos, el tiempo fue pasando, pero supo que nunca cambiaría el momento de verle entre sus brazos. El escalofrío que la recorrió con su calor. Con esas pequeñas manitas arrugadas.

Tocó una nueva vida. No fue fácil, pero ahí sigue, buscando ilusiones. Luchando por ese amor de su vida.

Puzles

Igual nos rompen el corazón en trozos tan pequeñitos que vamos perdiendo algunos por el camino de la vida y luego, por eso, no encajamos del todo con nadie. O nos convertimos en puzles de 2000 piezas. Y falta alguna que perdió algún niño sin querer, detrás del sofá, y que alguien se llevó con la aspiradora. Y ojalá alguna vez sepamos dar el portazo antes. De esos que resuenan en todo el edificio. Pero por dentro.

Pese a todo, he de confesarte que mi color favorito es el verde. Pero tú hacías toda la paleta de colores en los días grises. Y hoy, domingo, todo es un poquito oscuro sin ti.

Me sabes a...

Me sabes a zumo de naranja recién exprimido. A canción de Pereza en noches de lluvia. A cerveza con mis amigos, de esas que hacen que las horas vuelen. Me sabes a ropa de nueva temporada de colores vivos. Me sabes a cenas en familia. A los últimos besos que nos dimos. Me sabes a esa serie nueva que te engancha y eres capaz de ver diez capítulos seguidos. Me sabes a esa maleta que llenas de cosas para perderte por el mundo. A esas llamadas en las que respondes al primer tono. Me sabe todo a ti. A tus virtudes y defectos. Me gusta este sabor que le das a la vida.

me sabes a...

Una vez más

Días. Semanas. Incluso meses. Autoconvenciéndote de que todo se ha acabado, de que ya puedes vivir sin estar pendiente, de que no vas a sentir nada cuando te vuelva a escribir (que además sabes que lo hará), y al final, con su primera frase (diciendo: «Hola») vuelves a temblar. Y tu cabeza empieza a perder el control y empieza a pensar en la ropa que vas a ponerte cuando os volváis a ver una vez más.

El concierto

Era viernes, como hoy. Julio o yo qué sé. La ciudad a unos cuantos kilómetros de la mía. Colas. Copas. Concierto brutal, de mucho saltar en noche despejada y mucho calor. Y no sé. De cualquier cosa empezamos a hablar. Ya ni recuerdo quién miró primero. Tu nombre sonaba a huracán en pleno verano. Acabamos en un local a doce paradas de metro donde ponían música pop. Besándonos con sabor a tu copa de ron y algunas cervezas. Se nos quedó la tarjeta enganchada en un cajero y ningún taxi nos hacía caso. Nos besamos en el ascensor, nos quitamos la ropa en el pasillo, nos devoramos contra la pared de la habitación. Tu espalda se pegaba más cuando mi boca descendía por tu cuerpo. En línea recta desde tu pecho hasta el ombligo. Mi lengua hizo horas extras mientras tus manos apretaban las sábanas. No recuerdo hasta qué hora se mantuvieron abiertos nuestros ojos, pero había luz por debajo de la persiana. Amanecimos agarrados, no nos importó no desayunar, volvimos a empezar. Y eso sí que era hambre. Era el comienzo de algo, algo que nos unió sin esperarlo. Sin avisar. Algo que nos hizo vivir mucho tiempo sin reloj.

360 GRADOS

Vivía en esa espiral de normalidad en la que ya no esperaba nada novedoso. Que era feliz... pues sí. Pero, bah, sin más.

Y entonces apareciste por sorpresa, como esas fiestas de cumpleaños que no esperas y en las que de repente encienden la luz. Me hiciste girar todo, llenarme de miedos, de ganas, de dudas. A partes iguales. Muchas noches sin dormir, otras soñando. Pensando sin saber qué hacer. Con ganas de odiarte por aparecer y otras tantas de hacerte el amor en el suelo.

Y en el fondo mi cabeza sabía que terminaría lanzándome a la piscina. Sin saber que estaba vacía. Y aunque no se podía, lo intenté resistir con todas mis fuerzas, terminamos besándonos. Y mi vida cambió desde entonces. 360 grados de giro.

Pero gracias, gracias por enseñarme a temblar de nuevo.

Noviembre muy dulce

Todo empezó un noviembre muy dulce. Llegaste a mi vida como un huracán disfrazado de brisa espectacular, como esa que aparece una tarde calurosa de agosto. Como una guerra sin su paz, destrozaste todo y te marchaste sin previo aviso.

Y aquí, bastante tiempo después, todavía tengo secuelas. Rutinas y ruinas en el corazón acorazado que me dejaste. Vivo pensando en pensar, en escapar de los silencios que me hagan recordar. Siempre con mi cazadora vaquera puesta.

Paso mis noches entre folios que no me convencen y tazas de Cola Cao vacías.

Suena «Fotos rotas» en la habitación. Siempre el Spotify eligiendo el peor momento.

Ojalá siempre

Quiero que hagas los planes que te apetezcan, que sonrías mucho, que compartas cosas con tus amistades, que te pongas esa camiseta que le parece fea a todo el mundo si a ti te gusta. Que entre los dos decidamos a qué país viajar, y que con una mochila pequeña nos sobre. Que descubras canciones conmigo. Y playas perdidas. Que aun sabiendo que podrías estar con cualquiera, prefieras comer pipas en un parque conmigo. En verano. Hasta sabe dios qué hora. Que no te falten camas y prefieras mi sofá.

Quiero que vivas sobre todo por ti, sin tener que morir por mí. Ni por nadie. Que ninguno pierda la guerra y luchemos los dos. En el suelo de la cocina haciendo el amor. Que no necesitemos fechas para acordarnos de todo.

Y no quiero que seas de mi propiedad, pero ojalá tengas ganas de verme muchas veces. Y aparezcas aunque no me avises. Que me beses, aunque no te lo pida. Y, sobre todo, que nos respetemos, hasta que nos queden ganas de querernos. Ojalá siempre.

Hasta Núñez de Balboa

Yo no empecé a fumar cuando todos lo hacían. Escribía cosas que en cuadernos se quedaban. Los guardo aún, dentro de una caja entre cartas de amor de hace mil años. Siempre he sido más de cena y mirarte a los ojos que de discotecas atiborradas de gente en el centro. De pensar en ti cuando el mundo aún duerme mientras tú sueñas. De besarte los muslos despacito cuando otros ya se hubieran corrido. Y no me hizo falta aprender a quererte. Supongo que es tu hechizo. Que sin ninguna foto tuya, recuerdo a la perfección la sonrisa que ponías cuando te ponías roja. Que cuándo te llevaría a las Cíes. Cuando decías que mejor una ensalada, que no cocinara. Para besarnos un ratito más. Hasta que pillaras el último metro hasta Núñez de Balboa.

Tú, verano. Yo, invierno

Tú eres verano. Tu piel morena, tus ganas de playa ya en abril. De noches sin chaqueta. Das luz a todas las personas que pasan por tu lado y cruzan dos palabras contigo. Te encantan los daiquiris de fresa helados.

Yo soy invierno, me gusta llevar cazadora y los días de lluvia, para ver caer las gotas por la ventana. Y llovernos los dos en el sofá. Me gustan las bufandas y los Cola Caos calentitos. Acaricio hasta en las noches más frías.

Tú eres verano, bailando. Mirando. Besando.

Yo soy invierno. Arropado en ti. Chimenea, rodeando tus pies.

No nos quemamos, no nos congelamos. Nos adaptamos. Somos felices.

Lo consigues

Consigues que los miércoles me sepan a sábados, que las canciones tristes me hagan sonreír si me las envías tú. Que tenga ganas de salir, incluso sin paraguas. Y mira que algunas veces está nublado fuera. Que cualquier minuto sin ti sea para echarte de menos. Que escribir sea hablar de ti. Que hasta la página de Ryanair caduque de tanto besarnos. Que cocinar siempre acabe con sexo en la cocina. Los ascensores, recuerdos de caricias. Que siempre quiera que marque tu equipo, nuestro equipo, para abrazarme a ti. Deseando dormirme para despertarme contigo. Y seguro que de muchas cosas me olvido, pero lo consigues.

Cinco puntos para que todo salga bien antes de vernos

Uno: tienes que traer ganas. Sin ganas de hacer algo, nunca nada sale bien. Una ración grande.

Dos: sonrisas. Trae muchas, las vas a necesitar. Suerte la tuya, que tienes una sonrisa encantadora.

Tres: no te hace falta mucho dinero en la cartera. Vamos a pasarlo bien. Hablamos mucho y eso no tiene ningún precio.

Cuatro: antes de irnos, podemos parar en cualquier sitio cutre, en el que pongan Cola Cao calentito. Con suerte, me invitas.

Cinco: no te olvides por la noche, al llegar a casa, lo de escribirme para contarme si te lo has pasado bien o no. No es obligatorio, pero te aseguro que me encantaría.

MENOS MAL

Menos mal que quedan personas que se acercan a ti sin pedir nada a cambio. Y te abrazan cuando saben que lo necesitas. Bares con la caña a un euro. El olor a tu colonia. Lo graciosa que estás con las uñas mal pintadas. La ilusión de los niños en unos Reyes muy buenos que son los padres. Las madrugadas de verano entre amigos, en cualquier terraza, buscando el fresquito. Las canciones que encuentras al azar y se quedan para toda la vida. Los viajes de pocos euros y muchas ilusiones. Poner películas que acaban en sexo. Un texto que haga pensar y recordar. El queso en todos sus estilos y variantes. Comprar pantalones en el Pull&Bear. Ir a conciertos y saltar en vez de grabar vídeos que se ven fatal. Primeros besos que te dejan las piernas flotando. Desayunar al mediodía. Apagar la tele y encenderte los ojos con un libro. Masturbarnos por debajo de la mantita. Un capítulo repetido de *Friends*. El tonteo previo. Las noches que no ibas a salir y acabas en cualquier portal. Que gane tu equipo. Ver el mar en un día lluvioso. Las gafas de sol. Tarrinas de helado que parecen gigantes hasta que te las terminas. Los tristes finales que acaban en principios preciosos. Los trenes. Lo que sube por la tripa cuando te estás enamorando. Las cenas para dos. Los libros en papel. Esa foto que estuviste a punto de romper, pero que ahí sigue. Los abuelos que van de la mano. Las bufandas gorditas en invierno. Personas que te encantan por dentro. Los pies descalzos por la arena. Comer galletas sin control. Dormir más de ocho horas. Los regalos que no cuestan dinero. Las noches que se hacen de día en tu pecho. Salir de casa sin reloj. Los yogures de sabores. Comer cereales a puñados. Las tortugas. Poner la cabeza entre tus piernas. Y en tus hombros. Y tu boca… Menos mal que tu boca… Que hasta el sol sale para verla cuando sonríes.

PRISCILA

Priscila. Ese es su nombre. Pese a tener nombre tan raro, algunos grupos le hicieron canción.

Ya no es tan pequeña. Hubo un tiempo en el que le hicieron creer que ella tenía la culpa de todo. Bajaba la cabeza, asentía y hacía lo que le pedían. Un día reventó y se juró que nunca más alguien le haría sentirse tan culpable por cosas sin sentido.

Construyó un muro tan grande a su alrededor que por momentos pensaba que nunca volvería a sentir cosas especiales. Tiraba por la ventana todos sus sentimientos. Desde un décimo piso.

Lo que no esperaba es que en el sito más inesperado apareciera alguien que le diera seis mil vueltas a la cabeza. Alguien prohibido que poco a poco la fue conquistando. Tan cerca estaba como lejos se fue. Con sus dudas y movidas.

Ahora le toca callar y seguir disfrutando de las cosas bonitas que van apareciendo en su vida. Despacito y con buena letra. Que todavía se para el mundo cuando sonríe.

Y SIN DORMIR

Ven aquí. Tenemos una cama de dos metros. Unas sábanas que huelen espectacularmente a nuevas. Mis manos en tu espalda. Una luz bajita que dice que nada importa en las próximas horas. Nos dejaremos la tele encendida en el salón. Voy a jugar a besar el lunar de tu clavícula. A acariciarlo sin parar. Arrancar tu ropa interior con los dientes antes de perderme en la humedad. Hacer que aprietes las sábanas y te olvides de qué día es. El sujetador en el suelo tirado y mi boca explorando tu pecho. Sin límite. Buenas noches, igualmente. Y sin dormir.

Las cosas importantes

Para ti, hay cosas importantes: igual tu perro cuando se sube encima de ti, esa canción que, cuando la escuchas, tiemblas, que te abracen sin pedirlo tú.

Para mi vecino, seguramente, esa canción de Queen que siempre pone a todo volumen. Y el trabajo. También el tiempo que hace, se lo noto cada vez que subimos en el ascensor.

Para la dueña del quiosco de debajo de casa es importante que esas tartas de golosinas cada vez salgan mejor y que los niños salgan del colegio y entren allí con una sonrisa.

Para mi padre: que pase más tiempo a su lado en el sofá, que el coche esté limpio, que todo me vaya bien.

Mi primo pequeño disfruta cuando tiene un juguete nuevo, lo mira con deseo. Puede que lo olvide a los cinco minutos, pero esa sonrisa nadie la olvida.

Para mí es importante mi familia, que gane mi equipo, escribir, besar con mordisco, que mi chica sonría cada vez que le digo algo.

Cada persona tiene sus cosas importantes, sean cuales sean. No juzgues. Deja disfrutar al mundo. Deja que el mundo intente disfrutar de lo que le gusta. De lo que le hace feliz.

Hasta mañana

Podemos quedar por la ciudad cuando empiece a caer la tarde. Entraremos en un sitio de esos que casi no conoce nadie. Antiguo pero con mucho encanto. Subiremos las escaleras con dos estrellas en la mano y muchas ganas de hablar. Sentarnos, reír, besarnos, que te hagas un rato la enfadada y que, cuando miremos el reloj, nos demos cuenta de que han pasado el triple de horas de las que pensábamos. Nos miraremos incrédulos y volveremos a sonreír. Será mejor que vayamos a cenar algo. Unas croquetas o algo así. Brindar por algún plan bonito. Abrocharnos las cazadoras al salir, decirnos: «Hasta mañana».

Y suena «Contigo» de Luis Ramiro. De vuelta a casa…

Que vuelva contigo

Me he parado a pensar, y creo que el amor es mucho más que sonreír y esperar a que nos quieran…

Hay que saber cuándo tienes que ir a recuperarle esa sonrisa que no le sale.

Y no esperar nada, agarrar el abrigo más gordo y calentito y salir a buscar a esa persona que no se encuentra. Y que vuelva contigo.

Reina de las desventuras

Suena «People Help The People», y no me preguntes la razón, pero sales en mi mente. Me doy cuenta de que he perdido, pero eso no quiere decir que esté arrepentido. Yo también te dije que, si tenías días malos, me dieras la mano, que yo la sostendría. Y ya, ya lo sé, tú nunca pides ayuda. Que no hay nada que no puedas superar. Pero, joder...

No me cabe duda de que lo tienes todo para triunfar. Para ser feliz, esperemos. Que parece que todo va unido, pero no. Que los dos sabemos que tu sonrisa pícara sale muy poco últimamente. Y menos mal, si no me hubiera enamorado el primer día.

Y estaría bien enamorarse de alguien que normalmente actúa con una frialdad que ni el témpano, pero seguramente volvería a perder otra vez. Y algún día dejarás que alguien se acerque un poco a ti, no seré yo, eso casi seguro. Te veré por las calles de la ciudad, de una mano. Todo muy atractivo, pero sin las caricias que hagan que no te quieras levantar nunca más.

Reina de las desventuras, yo seguiré repartiendo amor, sin recibir de ti nada. Sentado en los columpios de mi calle.

Desnuda en el espejo

Mientras el agua de la ducha empieza a ponerse más caliente y ella está totalmente desnuda en el espejo, suena una canción en la radio que dice: «Colmillitos afilados, cuéntales lo que te di».

Ya queda menos para el fin de semana.

Pretendientes nunca le faltan. De esos de sábado por la noche que le lanzan piropos a su escote. Podría dejarse llevar y tener algo. Pero mejor que no, si ni le sale.

Ay, cuánto tiempo ha pasado desde la última vez que consiguieron que volara. Eso sí era sexo de verdad. Que la derritan con un solo susurro y que lo demás pase a un segundo plano. Ganas de entregarse de verdad.

Volver a tener solo una hora para dormir antes de levantarse. Relamerse al recordarlo. Y el día entero pensando...

Y ojalá algún día deje de existir la soledad en su sofá por las noches.

Hola, mamá y papá

Tengo miedo. No se lo he contado a nadie, me cuesta reconocerlo. En el colegio no se portan bien conmigo. Algunos chicos se quieren hacer los graciosos y lo hacen a mi costa. Van en pandilla. Me señalan alguna vez cuando creen que no estoy mirando. En el recreo nadie me hace mucho caso. A algunos les creo indiferencia y otros simplemente no se quieren meter en líos.

Algunas mañanas, esos bocadillos tan ricos que me preparáis acaban pisoteados. Hicieron algún montaje con fotos mías en Internet. Yo no sé si los profes se dan cuenta, pero no me atrevo a decirles nada. Al fin y al cabo, no quiero más amenazas. Ni acabar dentro de una papelera como el otro día.

No entiendo qué me ven de diferente, si me encanta hacer cosas divertidas. Me siento débil. Me hacen sentir débil.

He cerrado los ojos un momento mientras escribía esta carta. Dicen en la tele que esto, por desgracia, es demasiado habitual. He decidido que voy a respirar, hacerla una bola de papel y meterla en la papelera. Voy a acercarme al salón y contaros toda la verdad.

Un día me dijiste, mami, que podía confiar en ti para todo lo que quisiera.

Voy a hacerte caso. No me rindo.

#Noalacosoescolar #stopbullying

Tu mente

Al final, de tanto darle vueltas, me di cuenta de que nunca sería capaz de entender tu mente.

No la entiendes ni tú, que un día lo ves todo blanco y te mueres por besarme y al siguiente todo es gris y te molesta hasta que respire. Que lo mismo me invitas a cervezas en casa que desapareces durante varias semanas.

Que todos tus «sí» pasan del «no sé» al «paso» en cuestión de nada. Te juro que me encantaría saber qué esconde tu cabeza, qué hace que todo parezca una cornisa muy alta. Y aun así siempre pienso en colgarme de tu boca.

Misterios para siempre.

ETERNO

El miedo nos hacía parecer un poco tontos. Y después de varios tira y afloja, y con los dos muertos de ganas, pillaste un taxi a las once y media de la noche desde el quinto pino. Para regalarme parte de tu madrugada, un par de bares y un beso entre los dos carriles de una calle principal de la ciudad.

Que sepas que ya me encantaba tu boca. Esa sonrisa que sin ser perfecta lo tiene todo para mí. Desde entonces no he dejado de soñar cada vez que me abrazas. Y aquí sigo, Seguimos. Y creo que va para largo. Eterno.

Fidelidad

Conocí el amor el día en que me miraste a los ojos. Dentro de ellos encontré todas las respuestas que me faltaron durante tanto tiempo. Tuve la sensación de que esa mirada nunca me mentiría. Apareces siempre en el momento exacto para hacerme sentir que ahí sigues. Que pase lo que pase, ahí estarás. Que me quieres con toda tu alma. Me haces reír.

Me encanta la sensación de levantarme y acostarme de la misma manera: tranquilo. Y con las mismas ganas de besarte.

La palabra amistad

Dicen que no hace falta la misma sangre para ser familia. Un día aparece alguien en tu vida que deja la palabra «amistad» en mal lugar. Da igual que sea chica y chica, chico y chico, o mezclados. Alguien con quien avanzas de la mano aunque no esté. Una compañía de juegos, de ropa, de peleas. Conoce todos tus secretos y momentos. Es tu hombro donde llorar y un abrazo todos los días. Complicidad y confianza ciega. Te deja impregnado su sello sin pedirte nada a cambio. Que aunque se vaya lejos, nunca te olvidas. Que te avisa primero de que la vas a cagar y te repite el «te lo dije» cuando no le hiciste ni puto caso y la cagaste. Que siempre te desea lo mejor y nunca le convence nadie lo suficiente para ti. Que ríe contigo cuando le cuentas otro primer beso y llora cuando te han jodido otra vez. Sabe que tienes un mal día y aparece en la puerta de casa y te obliga a salir a la calle. «O sales tú o te saco yo», sonríe. Y, joder, le abrazas.

Te manda canciones nuevas cada día, comparte los cubatas contigo. «¿Lo de siempre para los dos?, ¿no?». Siempre está en disposición de irse al fin del mundo contigo. Y siempre terminan pasando cosas raras o divertidas. Sin planear.

Y si tienes días de pijama, se trae el suyo y coméis chocolate o pipas hasta que se acaben y sea un nuevo día.

Solo tienes que cerrar los ojos para saber quién es. Aparece en tu mente.

Bésame en el London eye

Texto de Fanny Figueiras

Ella mira fría, como la sensación de morder un Calippo. Sus palabras duelen como la caída más fuerte contra el asfalto y lo analiza todo. Analiza el mundo sin darse cuenta de que es él quien se fija en ella.

Él da forma al romanticismo más allá de una película. Con solo un susurro puede hacer que tiemble el edificio más alto. Busca lo mejor dentro de cada persona sin miedo a salir dañado y si te toca… Si te toca, has perdido. No podrás irte. No querrás irte.

Ellos tienen algo que pocos entienden. Algo tan simple, tan banal como el amor incondicional. Ese que supera cualquier barrera por alta que sea. Y se quieren.

Bésame una vez más en la noria.

Historia

Dos horas desayunando cerca del Dinoseto, con los dos disimulando. Comer mirándonos en el Othilio y no dejarte pagar.

Un café y Cola Cao en un sitio tranquilo con un piano que nunca vi, donde dijiste cosas que me hicieron sonreír.

Un bar cerca de tu casa, con un camarero que no habla y un hombre que se pasa tres horas en el ordenador.

Una cena en el sitio más cutre del mundo con bocadillo de lomo y queso. Un cajero que lo decía todo y un mensaje después del taxi. Guardaste los besos.

Las casi doce de la noche delante del NH. El Máis Palá. Sus escaleras. El tiempo que vuela.

Una cafetería que no cierra, con vistas a la calle. La misma que nos vio besarnos. Con ese silencio sin coches a doble carril.

Un día en Pontevedra. Por sus calles peatonales. Comiendo algo rico. Decidiendo que iba a ser eterno.

Unos billetes de avión. Aunque yo iría contigo a cualquier parte.

Nuestros «te quiero», que suenan a todo.

Nuestros miedos, que se van lejos.

Y que cada vez que leas esto, en cualquier parte, tengas ganas de besarme.

EL BAÑO

Jugamos a besarnos contra la puerta del baño. Con una mano acariciaba tu muslo y con la otra abría la manilla. Te apoyé contra el lavabo, mis labios se juntaban con los tuyos. Nos mordíamos. Tu cuello temblaba al sentir mi respiración cerca. Decidí despojarte del sujetador con los dientes. Cayó al suelo. Encendí la ducha. Y, antes de entrar, lamí cada uno de tus pezones. Qué bonita estabas con el agua bajando por tu vientre. Calor. Apoyaste las manos contra la pared para que pudiera besar tu nuca y recorrer tu espalda. Estabas empapada. Con mi mano paseando por tus muslos. Jabón en tus pechos. Caricias sin control. Roce hasta que se apagó el calentador. Secarnos sin toalla.

VIVIR POR SENSACIONES

Vivimos por sensaciones. Momentos y detalles que dan sentido a nuestras vidas. Cosas que tienen el valor que les damos o el que vamos descubriendo.

Ese primer beso en el callejón después de clase. Como dos niños que no saben todavía lo que hacen. Ídolos de carpeta que ahora nos dan la risa. Descubrir que nuestros padres lo decían todo por nuestro bien. Aunque no lo entendiéramos. Que abrazar fuerte es importante. Y que no suelten, todavía más. Empieza a importar más alguien que te escuche que no alguien que se emborrache contigo hasta vomitar. Que lo bonito son dos cervezas en un pub más que esa macrodiscoteca.

Empiezas a disfrutar las caricias sin control. Descubrimos que el mundo se mueve entre secretos, que lo importante es ser fiel a uno mismo. Lo demás puede cambiar en segundos y sin avisar. Los años pasan y cada vez hay menos gente cerca, pero la que queda es cada vez más importante.

Eso sí, seguiremos volviendo a casa con la mirada fija en el suelo cuando nos dejan. Poniendo música a todo volumen en los auriculares. Te entra miedo a acostumbrarte a estar solo, a no sentir nada más por nadie.

Nos prometemos no caer nunca más, y es tan inevitable que sin darnos cuenta estamos ilusionados de nuevo, esperando esa llamada que nos cambie el día.

No te vayas

Pues apareció alguien que, solo con tu mirada y dos frases sueltas, lo entendió todo. Se dio cuenta de que tus pensamientos son tantos que hasta duelen, que los callas día tras día.

Y luego, joder, miras a tu alrededor y hay personas que las tienes delante durante miles de horas, con las que compartes miles de cosas, detalles y viajes, puede que incluso sexo y sofá, y no se enteran de nada. Ni cuenta de que algo pasa.

Y yo qué sé, no te vayas.

Besarnos en Varsovia

Una frase. Una llamada. Un «qué alegría más tonta lo de verte». Una cena bonita. Una ciudad con encanto de mucho acento. Alicia en el país de tus maravillas. Tu pelo brillante con flequillo al lado. Y tu excelente gusto para las gafas de sol. Lo bien que pones morritos en las fotos. Tu mirada, que parece de alguien que se ha bebido siete tintos de verano. Las perlas en las orejas y tu poco pecho bien formado. Maldita sea, si hasta tu color de labios mata. Y qué movida que no veas nada de nada sin lentillas. Te dice cualquier cosa y sonríe. Alma medio rota. Le vuelve loca el olor a café. A libro nuevo y viejo. Una foto de Nueva York. Podíamos besarnos en Varsovia. Y cuando nos pregunten qué somos, les diremos que todo. Y volveremos a sonreírnos. Que no hace falta más. Y pillaremos un autobús de línea que nos lleve a ninguna parte. Sin colarnos. Para perdernos en cualquier montaña, entre tus muslos. ¿Quién invita a cenar de nuevo? Mucho queso quark o de cabra con mermelada de frambuesa.

JUGAR A UN JUEGO

Estamos jugando a un juego que tiene pinta de no tener ganador. Empate a silencios. Empate a ignorarnos. Ya no tiras el dado de quedarte sin palabras. O a jugar a las mentiras sabiendo que son verdad.

Las que ganan son las ganas, que seguirán acumuladas, como si mantenernos al margen fuera a olvidarnos.

Cada uno seguirá su vida, tú la de la línea recta. Yo la de ser gilipollas. Seguirás sin cambiar de peinado, disfrutando debajo del agua y muriéndote de ganas de perder el sentido.

Anotando en cuadernos los días que terminan en años sin recibir un abrazo de los que aprietan de cabeza a pies.

Qué tontería decirte que te echo de menos. Aunque sé que no volverás, floto en tu cabeza. Yo intento salir a flote.

16:32

Voy a dejar aquí suelto un «te quiero» a las 16:32 de la tarde.

Por si en algún momento lo lees y te dan ganas de sonreír. Por si lo lees y te dan ganas de decirme que tú también, que estamos empatados.

Por si lo lees y piensas en mí.

Va en minúscula. Que para mayúsculas las sonrisas que me arrancas.

Te quiero.

Siempre te pasa igual

Siempre te pasa igual, la noche que vas a salir tienes menos ganas de cenar. Te pones de acuerdo por WhatsApp para concretar la hora de quedar. Tu mejor amiga se pasa por casa para ayudarte con la plancha del pelo.

Siempre te pasa igual, no hay manera de darle forma que dure toda la noche. Toca elegir delante del espejo más grande la ropa. Acaba toda encima de la cama. Sin tener ni idea. «Si esto antes me quedaba bien». Siempre te pasa igual, dos horas para decidir.

Eres toda una experta en eso de maquillar. Así siempre llegas tarde, por ser la última en terminar. «Maquíllame tú, que te sale genial». Siempre te pasa igual.

Te prometes no tomar más de dos copas esta vez. Son las tres y no sabes ni contar, vas a saber la cantidad. Siempre te pasa igual. Lo de bailar sin control en un lado del local. De que te miren y que te dé todo igual. De que vengan a hablar y no sepas por dónde escapar. No quieres darle el teléfono a cualquiera para hablar de cosas que no irán a ningún lado. Ni acabar en una cama donde no te recordarán al día siguiente.

Siempre te pasa igual, qué guapa en el espejo. Qué pocos abrazos.

Sin cafeína

Era una noche de esas en las que todo el mundo iba a salir, una de esas en las que tenía mil planes abiertos. En una de esas noches preferí quedar contigo para hacer nada. Y aunque no te dieras cuenta, entre todas tus inseguridades, entre cada gesto de timidez, encontré unos ojos que brillaban de verdad. Brillaban bonitos, como si tuvieran mucho que decir. Que son como un pequeño resumen de ti, capaces de enfadarse y reír en cuestión de segundos. Y tú siempre me preguntas qué vi en ellos. Yo no respondo nunca, por hacerte rabiar un rato. Por jugar a ver quién aguanta más rato sin hablarle al otro. Que parezca que esto no es nada. No vaya a ser que hagas locuras por una vez. Todo lo que se te escapa del control, te acojona que no veas.

Seguramente nunca tendré las respuestas que buscas y, conociéndote, tú nunca dejarás de preguntarme cada duda que tu cabeza encuentre. Me sacarás de quicio cada once horas. Y querré besarte veintisiete.

Y tú seguirás sin saber que, en cualquier habitación contigo, jamás necesitaría cafeína para no dormir. Aunque no hiciéramos nada.

Madrid

Te besaré delante del *Guernica*. Pillaremos un metro hasta la estación Sevilla. Pasearemos de la mano bajo la lluvia de calor. Comeremos en algún puesto en San Antón y me llenarás las manos con bolsas repletas de cerezas. Me perderé en tu pelo en algún parque pequeñito, bailaremos en fotos. Me pedirás que nos saquemos un *selfie* de esos donde yo salgo siempre mal. Iremos hasta el hotel. Entraremos en Just Eat. Nos traerán algo del japonés. Miraremos por la ventana por si alguna estrella no se pudo esconder. Te haré el amor hasta que tus gemidos callen la discusión de los de la habitación de al lado. Y te despertarás abrazada, casi sin darte cuenta de que mis manos en tu cuerpo fueron las mejores pastillas para dormir.

No cierres los ojos

Qué guapa te pones cuando olvidas peinarte. Y recién levantada. Cuando el maquillaje se queda en nada de tanto reír. Cuando mis camisetas se convirtieron en tus pijamas. Se te marcan los pezones. Qué maravilla de vistas. Y esos pantalones baratos que te hacen unas piernas de puro lujo. Menos mal que tú sabes curar. Que me pones enfermo cuando tu mirada dice que te encanta pasear conmigo por la noche y que no necesitas nada más. Y cómo nos mira la gente por el parque. Es por ti. No se explican cómo puedes bailar caminando. Compartir cama es mucho más que sexo. Cenamos sushi en el sofá. Y callarte a besos cuando quieres destriparme la película de Antena 3. Qué guapa te pones desde que rompí tu coraza con miles de abrazos. Hagas lo que hagas, mientras no cierres los ojos, nunca estará el mundo a oscuras.

Yo solo quiero

Yo solo quiero que nunca dejes de bailar. En el espejo. Descalza en la cocina. Cuando te pises los pies. Incluso cuando deje de sonar la música.

Yo solo quiero que no dejes de reír. En nuestras luchas de almohadas. Mientras vemos películas y yo tu cara de reojo. Contándonos historias. Y lunares. Sonreír después de tantas cicatrices y un poquito de fragilidad.

Yo solo quiero que grites. Cuando no puedas más. Cuando la rabia gane por un rato. En silencio y por tus sueños.

Yo solo quiero que gimas. Cuando pase la lengua por tu pecho. Cuando encuentre tus muslos debajo de la mantita del sofá. Cuando se moje tu vestido en cualquier ascensor. Cuando quieras un poquito más.

Yo solo quiero hacerte pensar. Una batalla mental. Donde ganemos siempre los dos. Que lo mejor de discutir sea reconciliarnos.

Y muchas cervezas. De esas de olvidar la hora pero no tus labios. Besar tu ombligo hasta que sea por la mañana. Y conseguir que tu principal motivo de orgullo seas tú. Incluso para ti.

No funciona

Esto no funciona. Lo de ponernos de acuerdo y decidir que era mejor no volver a hablar. Me acuerdo cada día, me imagino dónde estás. Me pregunto si tienes ganas de volver a hablarme. De preguntarme si aún te recuerdo. Leo tus cosas. Te veo en línea. Noto que aunque no nos digamos nada, siempre estamos en contacto. Y es domingo y yo qué sé, quizá es un buen momento para cerrar los ojos y lanzarnos. Igual al vacío. O a sonreír.

Maravillas

Fría parece pero no lo es.
Algunas veces se enfada.
No sabe la razón.
No hay nadie mejor, eso sí.
Y besa con dulzura y ganas.

Tan especial, tan fiel.
Entiende mi forma de querer.

Qué maravilla.
Utiliza sus manos para sentirme.
Incluso en las noches más frías.
Especial creo que se queda corto.
Realmente corto.
Ocho maravillas en el mundo.

967 KILÓMETROS

El amor no entiende de pena. Ni de excusas. Ni de tiempo. Ni de tallas. No merece la pena continuar sin razón. No sirve decir que no pudiste. Decir que no tienes tiempo para veros. Ni del qué dirán. No sirve el «mejor, no».

Querer es sincerarse. Querer y poder siempre. Sin una miserable excusa. Con abrazos de media hora y llamadas a deshora. Querer es ver la mejor talla. Da igual la sección y el color. Da igual la tienda. Solo importa que te siente bien. Me sientas bien.

Querer es sentir que está, aunque esté a 967 kilómetros.

Nunca te lo han puesto fácil

Nunca te lo han puesto fácil. Más bien al revés. Demasiadas idas y venidas cuando quizá tocaban cosas más divertidas. Madurar a pasos agigantados hizo que hoy seas así. Y el mundo está orgulloso de ti. Es difícil de entender cuando no lo has vivido así, tan de cerca.

Has conseguido ser tú misma intentando comprender las situaciones. Disfrutas cada momento de forma especial. Le das más valor a las cosas conseguidas. Supongo que por eso en ti se puede confiar. Supongo que por eso nunca quieres de mentira. Si lo dices, es porque realmente lo sientes. Lo das absolutamente todo, con toda la ilusión. Y ahí seguirás con tu sonrisa, con tus ganas de hacerlo bien, con tu mezcla de niña y mujer. Creciendo cada día. Luchando por ser alguien todavía mejor. Agarrándote fuerte al dormir, buscando, ahora sí, tranquilidad al cerrar los ojos. Parece poco, pero lo más bonito que te puedo decir es que estoy orgulloso de ti.

El abrazo esperando

El otro día me preguntaron por ti. Sobre lo que sentía. Y me quedé callado unos segundos. Podría decir: «Amor». Podría decir que me gustas un montón. Que me ilusiona poder crear planes y futuros. Que tu sonrisa me encanta y que, los días que estás más seria, intento que la saques un poquito.

Al final respondí que todo lo que quiero es contigo. Y que eso todavía es más que amar. Es esa sensación de que nadie podría darme lo que tú me das… La sensación de que tu palabra va con los hechos y se puede confiar en ti.

El mundo se pone una canción favorita y nosotros somos un concierto. Acústico y bonito. Y me he enamorado de cómo suenas. Y son las diez de la mañana; estos, mis buenos días, y aquí tienes un abrazo esperando.

Corazonada

Ya me conoces de sobra, sabes que siempre tengo corazonadas que siempre se cumplen.

Además de gustarme mucho como persona, creo que tienes buenas ideas, un buen estilo y tu toque. Y no hablo solo de ropa, ¿eh? (qué también). Hablo de gusto por las cosas. Te fijas, amplías la mente, pillas las ideas al vuelo. Disfrutas el doble de las cosas, como me gusta a mí.

Algunas veces me has pillado mirándote fijamente. Y aunque no te gusta, quería decirte que lo hago porque me deja fascinado cómo te vas fijando en las cosas. Incluso por la calle.

No cambiaría nada, porque he disfrutado y aprendido contigo. Por eso quiero quedarme, cerca, muy cerca.

Me encanta ese lado tuyo, salen cosas buenas de ahí. Te quiero.

EVA

Le encanta hacer planes. Se apunta a un bombardeo. Deporte. Fiestas. Viajes. Algunas veces parece que está desaparecida, pero siempre aparece en los momentos más importantes.

Puede parecer la persona más fría del mundo, pero al final te mira y te da toda la tranquilidad del mundo. Aunque sea casi imposible cuadrar con ella para tomar un café. Y nos reímos juntos por tardar tanto.

Siempre está de aquí para allá. Pero, cuando la ves venir, siempre aparece sonriendo.

Luchadora por naturaleza y da todo por la gente a la que quiere. Y lo hace sin condiciones.

Van pasando los años

Y van pasando los años y nos dan igual los que se marcharon sin razón, solo queremos que se quede quien no nos ha fallado nunca. Nos volveremos a enamorar. Seguiremos con muchas ganas de follar haciéndonos el amor. Y que esa persona nos abrace por la espalda antes de dormir. Nos hace cosquillas un buen rato. Y disfrutaremos el doble observando cómo se viste mientras nos hacemos los dormidos por la mañana. Y el desayuno de dos es el doble de bonito. O no desayunar y poner música hasta el mediodía. E igual está ahí, al doblar la esquina o en esa ciudad que no es la tuya pero que te mira a los ojos como si no quisiera dejar de hablarte nunca. Porque tú le salvas. Aunque duela.

La carta del telón

Hola:

Te escribo esta carta ahora que te has ido. Digo «ahora» porque, aunque fue hace tiempo, para mí aún es ayer.

Supongo que estarás por ahí, sonriendo y abrazando. Y aunque ya no sean mis manos las que tocas, aún te siento.

Yo, todo bien, ahí sigo. Con mis letras y la música todo el día en los oídos. Intentando que este dolor cada vez suene más bajito.

Y quizá algún día, no lo sé, nos veremos por la ciudad: tú de una mano, yo de otra... ¿Qué pensaremos entonces? ¿Volveremos a recordar cómo nos mordíamos cuando se hacía de noche? ¿Sonará en nuestra cabeza esa canción que nos volvía locos?

No lo sé...

Y aunque no quiero, mi despedida es decirte que te echo de menos, y aunque tú ya me eches de más, y mucho, no dudes que algún día nos encontraremos.

Toca bajar el telón.

Adiós.

Dos ancianos

Acabo de ver en un parque de mi ciudad a dos ancianos sentados en un banco. Se miraban como si tuvieran quince años. Ella, bajita, con la piel arrugada. Él, alto y ya con poco pelo, y algo canoso. No hablaban todo el rato, pero de vez en cuando se daban palmaditas en las piernas. Parecía como si en sus ojos quedara toda la ilusión del mundo al ver pasar a dos críos montados en bicicleta.

Ha empezado a llover y se han levantado poco a poco. Abrieron un minúsculo paraguas negro desgastado y se cubrieron los dos como pudieron. Se dieron un beso sencillo pero tierno. Y se lanzaron a caminar en dirección supongo que a su casa.

Y esto puede que no signifique nada, pero he tenido que sentarme un segundo a escribirlo. Algo emocionado. Empiezo a entender mejor la vida. Sonreír.

Saltar en la cama

Me siento alegre de poder andar por la ciudad y que se vean las estrellas al mirar hacia arriba. De saber que, dentro de ti, hay miles de cosas que casi nadie ve y yo puedo. De que siempre encuentres minutos para mí. De saber que fijarse es mucho más que mirar a un punto fijo. Que una canción es más bonita algunas veces en directo. Sobre todo con la compañía adecuada. Saltar en la cama es sonreír.

Voy a pedir una cervecita para seguir mirándote mientras planeas cosas especiales.

Me voy a seguir quedando al lado para disfrutar todos los momentos contigo.

YA SÉ QUE TIENES MIEDO

Ya sé que te amenaza. Algunas veces te ha levantado la mano, pero tú te callas.

Ya sé que cada vez quedas menos con tus amigos. Por no armar lío. Ya sé que pareces la princesa retenida en lo alto de tu torre.

Ya sé que muchas noches no duermes, buscando una solución, pero siempre te rindes por la mañana.

Ya sé que mucha gente no lo sabe. Ya sé que lloras un montón.

Ya sé que últimamente solo corren los días, el calendario va lento y la cara te hace la sonrisa al revés.

Ya sé que tienes miedo. Ya sé que no eres feliz.

Ya sé que es difícil, pero relee este texto. Palabra por palabra.

Seguro que estás a tiempo. Pero no tardes.

Doce palabras

Me das calma.
Me das vida.
Me das todo.
Confío en ti.

QUÉDATE[2]

Llueve en Londres.

Todavía no hemos aterrizado y ya sabemos que será inolvidable. Los nervios a flor de piel, tu camisa de cuadros y la increíble historia de cómo nos unió un aeropuerto. Ese en el que yo trabajaba y tú estabas de paso. La sensación de conocernos de siempre. De reír con ganas.

Tal vez sí existe ese hilo rojo que une a dos personas destinadas a quererse.

Un concierto después de Andrés Suárez y pensar «Imagínanos» juntos. Tu mano y la mía forman un buen equipo cuando se tocan.

Quédate un poco más… Cuéntame los besos que hay desde mi cuello hasta mi ropa interior y te contaré las ganas que tengo de bailar en tu espalda.

Quédate y contaremos que se equivocan, que no existe la casualidad, que el destino tiene un plan… pero quédate.

---

2. Texto de Fanny Figueiras.

Pilla los billetes

¿Sabes? Hoy hace un frío increíble y yo siento calor. Y lo que voy a escribir a continuación es seguramente de las cosas más sinceras que escribí nunca. Menos mal que no me está viendo nadie. Que, conociéndome, me emociono.

Todas esas veces en las que el mundo crea que no eres cariñosa, te voy a besar veintisiete veces más. Por minuto. Cuando tengas un día malo, apareceré para abrazarte todavía más fuerte. En cualquier cajero. En cualquier parada de taxis. Nadie se creería que eres fría cuando suspiras fuerte al correrte. Cuando tiemblas al besar tu cuello. No digas nada. Voy a besar tus muslos hasta los noventa, más o menos. Cada vez que te enfades, cuando pago la cuenta, te recordaré que te queda pendiente invitarme en cualquier ciudad del mundo. Que ahí no me voy a quejar. Tú pillas los billetes.

Me has enseñado que, con ganas y confianza, se puede conseguir absolutamente TODO. Y cuando dos personas lo ponen de su parte, son invencibles. Son irrompibles. Son especiales. Que pueden pasar cosas apasionantes y divertidas cada día, simplemente con estar. Sin lujos, sin lugares. Simplemente estando juntas. Seguirás jugando a picarme, sacarás tu sonrisa pícara y entonces recordaré cómo me miras. Y, como siempre, no hará falta más. Es mirada de VERDAD. Un día te dije que si me mirabas a los ojos, lo entenderías todo. No tendrías ningún miedo. Me pasa igual, nos pasa igual. No le damos envidia al mundo, porque el mundo nunca ha sentido nada parecido. No tiene ni idea de esto. No le vamos a explicar cómo se hace eso de entenderlo todo agarrándonos la mano. Que ya lo dice ese libro verde que hay por ahí: «El amor es silencio».

Estas palabras tienen un objetivo: que en el momento en que las leas, sonrías. Tan fuerte, tanto, que se iluminen los dos carriles de la calle principal de la ciudad, y tengas ganas de besarme otra vez. Si lo consiguen, creo que no necesito nada más.

Yo también estaré ahí. Cerca, cerca, muy cerca.

Te quiero, sin peros. Sin miedos, sin dudas. Con todas las fuerzas del mundo.

Fin.

microcuentos finales

1 Si tus brazos fueran una estación de metro, siempre esperaría al siguiente.
Me hiciste superhéroe. Me hiciste invencible. Me hiciste todo al mirarme.
Tu boca tiene la llave de todas mis puertas.

2 Con las millones de ganas que tengo siempre de mandarte a la mierda sé que si cayeras en ella te ayudaría a salir.

3 Acabo de ver un gatito superpequeño y un perrito supercachorro jugando juntos y acariciándose. Y no sé, eso debe de ser un poco el amor...

4 No pido mucho. Diría que prácticamente nada. Pero todo lo que necesito tiene que ser de verdad. Por eso es más difícil. Y así con todo.

5 Y un día: «No te imaginas cuanto te echaba de menos», dijo mirándose al espejo.

6 No confundas mi miedo a perderte con que no confíe en ti.

7 La felicidad está en saber que nadie es de nadie, pero que hay que disfrutar de cada segundo con quien te hace sonreír.
A ti te lo escribiría todo, pero me dejaste sin palabras.

8 Dormir contigo, desnudos los dos, es felicidad.

9 Has bajado del autobús todos mis miedos y llenado el calendario de ilusiones. Ya no hay días.

10 Y llega un punto donde ya no puedes hacer nada más y te das cuenta de que prefieres que esté bien a que esté contigo.

11 Me di cuenta de que hasta me apetecía ir contigo de la mano al supermercado, buscando cosas que engordan para comerlas juntos en el sofá.

12 El desamor es como estar una noche de invierno bajo el agua de una ducha calentita y que sin avisar se acabe el gas. Frío por todos lados.

13 Acaricio ruinas y al final me termino rompiendo yo en pedazos.

14 Ya no hay notitas en la nevera. Ya no tengo ganas de cocinar para dos. Solo quedan pedazos de uno.

15 Me quitaste el miedo al «qué pasará», y estás pasando.

16 Ha sido un buen intento eso de borrarme de todos los sitios. Pero el recuerdo no se puede. Y lo sabes.

17 Hemos llegado al punto en el que, mientras avanzamos, nos hacemos retroceder. Y ninguno de los dos dice nada. Encendemos la tele.

18 Pediría un deseo, pero ya te tengo enfrente.

19 El tiempo pasa. Tú pasas. Pero a mí nunca me pasas. Da igual el tiempo.

20 Tienes la mirada seca de tantas noches de párpados mojados.

21 Haces que me dé igual el sitio de la cena si es contigo.

22 Muchas veces he pensado que, esto de pensar tanto en ti se me va de las manos y entonces busco las tuyas. Y te beso.

23 Al final, fue victoria que me dejaras en derrota.
Y llegó ese punto donde tenías que decidir entre huir o quedarte para siempre. Y sabías perfectamente qué hacer. Pero hiciste lo contrario.

24 En todo tu infierno sigo viendo algunas rosas sueltas. No las voy a cortar, son preciosas. Pero voy a besarte, cielo.

25 Y de repente te das cuenta de que lo que más te apetece en el mundo es contarle lo que te ha pasado hoy. Pero ya no se puede.

26 Tu mirada siempre en ámbar. Nunca sé si quieres que vuelva a hablarte. Siempre poniendo tiritas donde te hacen daño los zapatos. No los tiras.

27 Te he visto sonrisas en fotos que intentan hacer creer al mundo que no te estás equivocando.

28 Si hablamos de amistad, se trata de alguien que está cuando ni tú mismo sabes dónde te encuentras. Y que te abraza fuerte sin que se lo pidas.

29 Para qué vamos a ponerle un nombre a esto tan bonito que sucede cuando estamos juntos. Si ya lo entendemos todo hasta callados.

30 No sé dónde vas a encontrar un desastre como yo.

31 Es una verdadera pena que no puedas verte cuando sonríes sin darte cuenta. Seguramente te pierdes uno de los paisajes más bonitos del mundo.

32 Hasta la reina puede perder la cabeza por un simple peón.

33 Cómo te explico que me acaricias más sin tocarme que mucha gente que me tocó durante años.

34 Algunas veces, todo depende de ese «quédate» que se nos queda atascado en la garganta.

35 Con el paso del tiempo, siempre queda menos gente. Pero sonríes al darte cuenta de que a los que se han quedado los quieres todavía más.

36 El idioma sin palabras de cuando me miras, que solo entiendo yo.

37 El erotismo de una buena charla: inteligente, sensual y con dosis de picardia.

38 Lo bonito de que «donde siempre» seas tú.

39 Puede no estar ahí cada día del año, pero aparece justo cuando sabe que algo pasa. Lo intuye. Como por arte de magia. Amistades de esas.

40 Cuando se trata de mí, no hay imposibles.

41 Mi cama es pequeña pero, desde que no estás, parece de 140 x 200.

42 Te lo resumo: te prefiero a ti en tus días malos que al resto en sus buenos.

43 Los días que no encuentro nada eres brújula.

44 Para ser tan blanquita le das mucho color a todo lo que se acerca a tu vida.

45 Lo que suponía: tienes un encanto fuera de lo normal.

46 Intentaré ponerle los guantes a la vida. Pero de esos que están cortados por los dedos.

47 Te voy a querer sin ningún «depende». Sin ninguna condición. Y todavía más los días malos.

48 Aparezco para quitarte todos los «ojalá» de la boca. Y poner la mía entre tus muslos.

49 Eso de estar contigo un rato y olvidarme de mirar el móvil, el reloj y la vida.

50 Somos amigos de esos que por circunstancias cada vez nos vemos menos. Pero nos queremos todavía más.

51 No hay nada más bonito que un «confío en ti».

52 Además de lo de sacar tres veces seis, abrazarte es otra forma de llegar a casa.

53 Conseguiste calmarme más que veintisiete canciones.

54 Te miro igual que a mi lugar favorito.

55 Yo no sé bailar (pero ni puta idea) e incluso así quieres bailar conmigo. Te pisaré los pies y sonreirás. Parecido al amor.

56 El mundo discutiendo sobre arte y siempre gano yo, que te veo caminar.

57 Un Goya a la película que te montas en la cabeza al apagar la luz.

58 Lo bonito de esas noches en las que encuentras un minuto suelto para decirte: «Te echo de menos».

59 A día de hoy, Julieta estaría bebiendo en cualquier bar y Romeo follando en cualquier cama. Pero igual de muertos por dentro.

60 Hay noches que repetirías mil veces solo por escuchar su voz.

61 Todo lo que puedo decir es que la equis me encontró a mí.

62 Hay noches… Y luego noches en las que no necesito nada más que girarme y encontrarte al lado.

63 Cuando abras el paracaídas, estarán mis brazos.

Bonus Track

la chica que...

La chica de los «cinco minutitos más y me levanto».

La chica que siempre se levanta a las ocho
pero que se despierta a las cuatro de la tarde (con suerte).

La chica del corazón imperfecto, pero que siempre
le late bonito. Y sin avisar.

La chica a la que no le gusta que le regalen flores,
pero que terminó metida con alguien en un jardín precioso.

La chica que es experta en saber sonreír con asco,
y que otra cosa no pero se sabe de memoria
millones de letras de canciones.

La chica que sueña mucho y calla aún más.
Pero que siempre quiere saberlo todo.

La chica que, de tanto escuchar
que se pusiera en el lugar de los demás,
dejó totalmente abandonado el suyo.
Y hoy sigue haciendo reforma.

La chica que es capaz de enfadarse, pedirte perdón
y reírse en el transcurso de los mismos cinco minutos.
La chica que tiene miedo de sí misma
y cuyos ojos cuentan mucho más que su boca.
Que vive con distancia de seguridad.

La chica que nació para poner escudo.
Para desayunar temprano en soledad.
Que es casi más fácil subir al Everest
que a su corazón. Preciosa.

La chica que siempre dice que no sabe.
Pero que lo siente todo.
Y que se ha tragado muchos «te quiero».

La chica que creía que lo tenía todo controlado
y apareció alguien sin avisar que le dio la vuelta al escudo.

La chica que es más de personas que de cosas.
Más de momentos que de regalos.
Y que nunca se rinde mientras busca lo que la hace feliz.

La chica que se despierta siempre con otros,
pero sigue soñando con el mismo de siempre.

La chica que es 80% café y 20% corazón.
La chica que parece borde con su mirada,
parca en palabras, y al final tiene
demasiadas cosas que decir y que ofrecer.

La chica que se enamora y se desenamora en cuestión de días.
A la primera decepción, todo cambia.
Y su mente ya no vuelve a pensar igual.

La chica que, para lo triste que está,
sigue teniendo unos ojos preciosos.
Y miedos, muchos miedos, tantos como ganas.

La chica que desconfía de todo y se termina
arrepintiendo de perderse las mejores cosas.
Que desprende ganas y las disimula.

La chica que es guapa hasta con sus ojeras.
Las que intenta disimular por las mañanas.
De tanto dormir poco y pensar mucho.

La chica que se paró a pensar un momento
y que se dio cuenta de que hace demasiado
que no se le iluminan los ojos de verdad.

La chica que es más atractiva que guapa.
Más alocada que cuerda. Con dosis de picardia.
Tan inteligente como despistada. Y nunca se rinde.

La chica que ríe por casi todo y llora por casi nada.
Que va con la nariz siempre congelada y el corazón tan caliente.

La chica que siempre va con los auriculares puestos,
despeinada y sonriendo por cualquier calle de la ciudad.
Callando al mundo por un rato.

La chica que tiene el arte de hacer como que no
siempre que se muere de ganas de decir que sí.

La chica que siempre acaba metida en una calle sin salida,
pero siempre vestida muy elegante, oye.
La chica que no tiene remedio pero sí unos ojos preciosos.

La chica que llora mucho cuando nadie la está mirando,
pero que sonríe muy fuerte en las fotos.

La chica que odia hablar por teléfono,
pero que no se callaría durante horas,
mirándote a los ojos.

Epílogo

magia

Estaba yo en Ciudad Real, aproximadamente hace un año y medio, en un hotel solitario y gris al comienzo de una de mis primeras giras musicales por España. Estaba peleado con la vida, feliz y triste, inseguro, ilusionado con un proyecto editorial que acaba de empezar y cagado de miedo por el vértigo que suponía todo aquello. Ese día recibí el primer manuscrito de un tal Defreds, un montón de textos desordenados e inexpertos, pero llenos de algo que no sabría muy bien cómo explicar, algo que me taladró por dentro, por su sencillez y cercanía, por su cotidianidad aplastante, por su belleza desnuda, un alma con poca ropa, llamémoslo magia.

Tardé un par de horas en hacer una primera lectura completa de aquel documento sin título mientras aquel chaval vigués del que sabía más bien poco me esperaba al otro lado del WhatsApp con ganas de saber qué me había parecido. Reconozco que me hice el duro, aunque por dentro estaba dando saltos de alegría y sintiendo una corazonada gigante. Ese día pasaron cosas, ese día fue el comienzo de algo grande: *Casi sin querer*. Por todo esto (y muchas cosas más que no caben en este epílogo) me vais a permitir que estas palabras estén dedicadas a José y no a Defreds, aunque la cercanía aplastante que hay entre el escritor y la persona nunca fue tan brutal en ningún autor del circuito, y ahí reside mi aplauso. Me vais a permitir que siga contando nuestra historia, que también es la vuestra.

Pasaron los meses y dimos forma a aquellos textos. Nunca fue tan fácil aconsejar y acompañar a un compañero de oficio en el camino de publicar un libro, porque José hace que todo siempre sea fácil, sin egos endemoniados de por medio, sin exigencias, sin cara B. Y ya lo dije antes: aquí reside el premio. Hay una frase de una canción de Jorge Drexler que dice: «Cada uno da lo que recibe, y luego recibe lo que da». Creo que sería un buen eslogan para definir a José en pocas palabras. Y además de por la calidad y sinceridad de sus textos, en esa honestidad y simpleza mágica tenéis el significado del éxito, el número uno en ventas de todas las librerías del país desde hace más de un año.

Algunos dirán que lo que escribe José es una mierda, que eso no es poesía (por supuesto que no, José es el primero en dejarlo claro siempre), que no tiene la suficiente calidad literaria como para ser número uno, que bla, bla, bla… Pero os diré algo, queridos lectores: lo primero es aclarar que en España la envidia es el deporte nacional por excelencia; lo segundo, y más importante, es que he visto a cientos de corazones temblar con los textos de José, volar con su dulzura, imaginarse en sus escenarios, acudir emocionados a una librería a comprar su libro. Entre las palabras de José he visto a mi mejor amigo pasar noches en vela, he visto a dos chicas llorando abrazadas en el metro, he visto a una señora de cincuenta y tantos sonreír en una cafetería del centro de Barna mientras tomaba un café a solas, he visto las colas interminables en todas las librerías de todas las ciudades de España, he visto la magia tantas veces…

Y también he visto cómo ha crecido Frida (nuestra editorial), he visto (y veo) cómo cada día son más las personas que comen del trabajo de José, porque José es generoso y humilde, e incluso he visto cómo, gracias a las ventas de *Casi sin querer*, hemos podido publicar muchos libros de otros escritores con el mismo talento que José pero con mucha menos difusión o reconocimiento público. Y he visto cómo, a pesar de recibir ofertas importantes de todas las grandes editoriales del país, José ha decidido seguir jugando en casa. En familia. Después de todas estas verdades (por citar algunas), entenderéis lo que significa este segundo libro para nosotros, para mí, para mi familia, para Frida.

Por cierto, aún estáis temblando, ¿no? (Hablo del libro, no de mi epílogo) porque estoy seguro que sí. La primera lectura que hice de *Cuando abras el paracaídas* (por cierto, el mejor título del mundo) me hizo sentir cosas muy bonitas, y de mis labios se escaparon en muchas ocasiones un «joder, ¡qué cabrón!» después de terminar de leer algunos textos o algunas frases sueltas. Lo de «cabrón» es con cariño y admiración, porque ya me hubiera gustado a mí tener esa puntería con algunos de mis versos. Este gallego las clava apunta directo a la patata, siempre.

Voy en un vuelo camino a Roma y creo que es hora de ir llegando al final de este epílogo. El viaje ha sido emocionante, y eso que aún no ha empezado. Volar por este libro sin paracaídas ha sido un regalo, sentirlo casi como mío, un premio.

Yo solo espero que estéis felices, que salgáis de este libro por la puerta grande de las emociones auténticas, que olvidéis (si tenéis que olvidar), que corráis a buscarlo (si tenéis que correr), que sintáis el pálpito de la vida en el pecho, el amor en los pulmones, el presente en la cabeza, y la magia verdadera en el punto exacto e irremediablemente único de vuestros corazones.

Diego Ojeda

Entre Madrid y Roma.
El primer viaje de Martina en avión.
23 de marzo de 2016

Agradecimientos

Gracias a mis padres, a mi hermano y demás familia. Por ser, estar y querer.

Gracias a mis amigos: Gonzalo Pernas, Hugo Rodríguez, Alberto Cobas, Xiana Bahamonde, María Álvarez, Mayte Fernández, Eva Puentes, Laura Álvarez, Sara Ferrer. Y los que seguro se me olvidan. Por vuestro apoyo incondicional. Junto con cenas, risas y confianza.

Gracias a Diego Ojeda y a todo el equipo de Frida. Por confiar cuando nadie lo hacía. Nos hemos visto crecer juntos.

Gracias a todos los que leéis cada día, cada noche.

Y gracias a ti, F., por enseñarme que dentro de tu mirada no hay ni una sola mentira. Gracias por enseñarme a confiar como nadie ha sabido. Gracias por estar también en los días malos. Y no rendirte nunca. Incondicional.

@Defreds (José A. Gómez Iglesias)

INDICE

MUEVETULENGUA.COM

MUEVE TU LENGUA

#FOLLAMANTES	Carlos Salem
MI CHICA REVOLUCIONARIA	Diego Ojeda
A PESAR DE LOS AVIONES	Diego Ojeda
LAURA Y EL SISTEMA	Pedro Andreu
LOS CUERPOS LEJANOS	Rodolfo Serrano
A CUENTO DE NADA	Rafa Pons
TE ODIO COMO NUNCA QUISE A NADIE	Luis Ramiro
HERIDO DIARIO	David Martínez Álvarez (Rayden)
LAS NOCHES SON PARA LOS ARTISTAS	María Cabañas
LA AMPLITUD DE UNA NEVERA AMERICANA	Pedro Andreu
CASI SIN QUERER	Defreds
EN UN MUNDO DE GRISES	Sergio Carrión
AHORA QUE LA VIDA	Ismael Serrano
CUANDO NOS REPARTIMOS LOS BARES	Teresa Mateo
IZAR LA NEGRA	Pablo Benavente
APNEA	Rubén Tejerina
LOS VERSOS QUE NUNCA FUERON CANCIÓN	ZPU
ELLA ESTABA DETRÁS DEL LABERINTO	Joaquín Pérez Azaústre
SERENDIPIA	David Olivas
EL SECADERO DE IGUANAS	Pedro Andreu
EL LIBRO DE LOS QUIZÁS	Fran Russo
APUNTES SOBRE MI PASO POR EL INVIERNO	Marwan
CUANDO TÚ YA NO	Saray Alonso
CUANDO ABRAS EL PARACAÍDAS	Defreds
PRONÓSTICO DE LLUVIA ¿QUIERES CALARTE CONMIGO?	María Cabañas
NUBES NEGRAS	David Ruiz
UN PARAGUAS ROTO	Anne @invierns
LA TRISTE HISTORIA DE TU CUERPO SOBRE EL MIO	Marwan
VIAJES A KERGUELEN	Iago de la Campa
LA BARBA DE PETER PAN	Nerea Delgado
TODA ESPAÑA ERA UNA CÁRCEL	Rodolfo Serrano y Daniel Serrano
MUJERES CON GATO	Carlos Salem
LA PIEL QUE BUSCA PIEL EN SU DERIVA	Felipe Benítez Reyes
#TUPOESÍAENUNTUIT	VVAA

CÓMO PUDO NADIE DEJARTE ESCAPAR	Samir Abu-Tahoun
AMOR Y ASCO	Srta. Bebi
ANATOMÍA DE UN ÁNGEL HEMBRA	Pedro Andreu
TE QUIERO COMO SIEMPRE QUISE ODIARTE	Luis Ramiro
ELSA Y EL MAR	Màxim Huerta
APAGA Y VETE TÚ	Sonia Bartolomé
EN 2084	El Chojín
LA NIÑA QUE HABLABA CON LOS ÁRBOLES	Ismael Serrano y Mar Blanco
DIEGO OJEDA A SOLAS EN FNAC	Diego Ojeda e invitados
HURGANDO EN LA CAJA NEGRA	Pedro Guerra
LA RESPUESTA ES NO SER COMO ELLOS	Pablo Benavente
DE MOMENTOS	Isasaweis
A RATITOS	Isasaweis
1775 CALLES	Defreds
VIDA BELLA	Javi Alañón
COMPAÑERA GALÁCTICA	Diego Ojeda
RECALCULANDO RUTA	El Chojín
AMA O ARDE	Rubén Tejerina
LAS CONSECUENCIAS DE NO ENCONTRAR NADA MEJOR PARA PERDER EL TIEMPO	Carlos Marzal
LIBRETAS DE AUTOR	
CORAZÓN Y TIEMPO	Iago de la Campa
LUIS RAMIRO A SOLAS EN FNAC	Luis Ramiro e invitados
DÁTREBIL	Pedro Andreu
APNEA ILUSTRADA	Rubén Tejerina
INFINITA	César Poetry
LA RUEDA	Alberto Claver
TU NOMBRE ESTABA EN TODAS LAS CIUDADES	Rodolfo Serrano

CASI SIN QUERER

@Defreds

Textos	Jose Ángel Gómez Iglesias (@defreds)
Prólogo	Diego Ojeda
Diseño portada	Cristina Reina
Diseño interior	Laura Arrué
Fotografía	Javier Gómez Iglesias
Número de edición	Veinteava edición
Fecha de edición	Agosto, 2017
Edición	MueveTuLengua
ISBN	978-84-943989-0-2
Depósito legal	M-15383-2015

CASI SIN QUERER

@Defreds

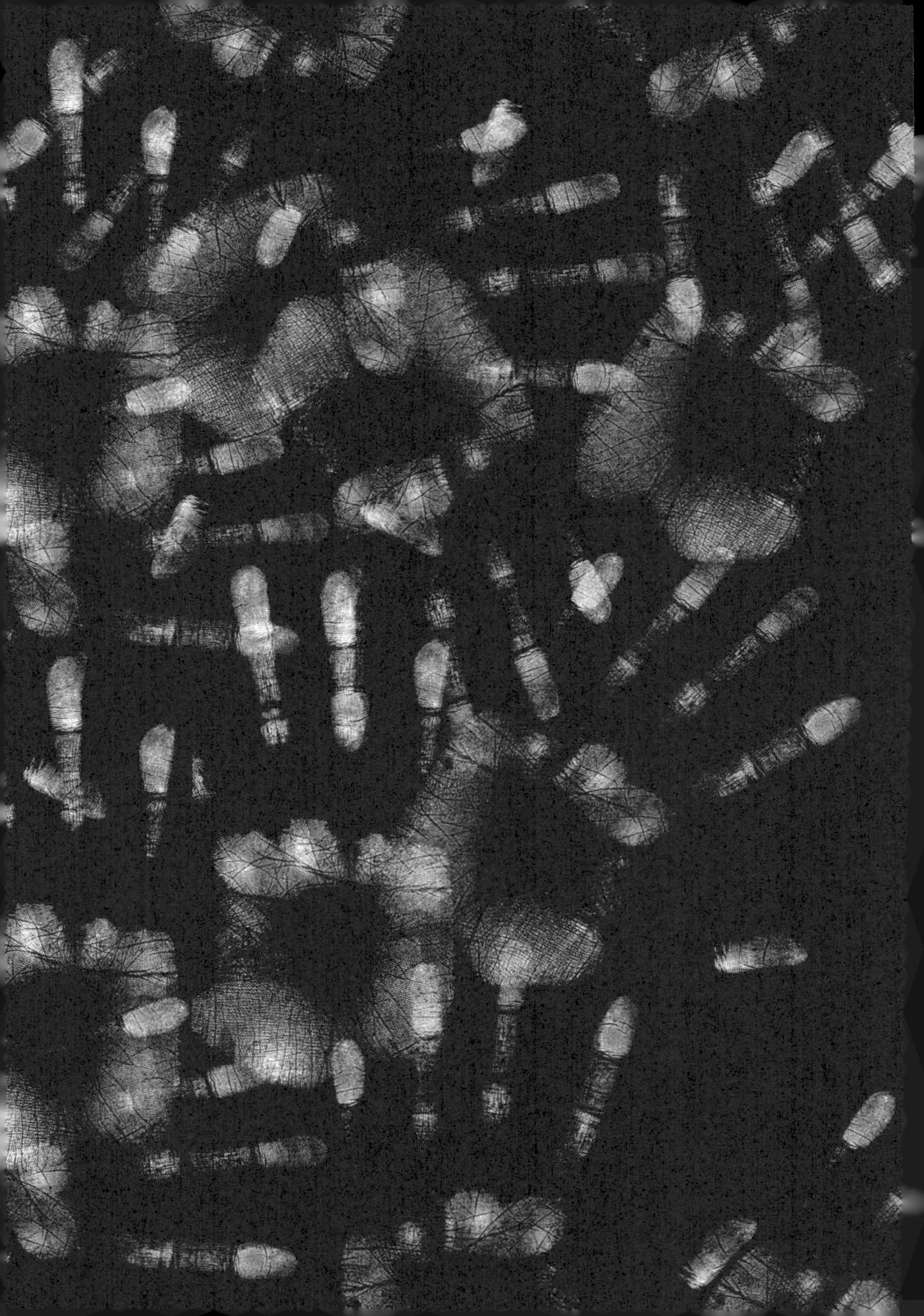

Gracias. A ti, que eres de esos que me conoces, que me aguantas
todos los días desde hace muchos años.
Gracias. A ti, que has compartido alguna cerveza conmigo o una simple charla.
Gracias a ti, desconocid@ que me lees cada día y disfrutas un poquito de las
tonterías que escribo. Que te haces notar y no puedes parar de favoritear.
Gracias a ti, que eres de esas personas que disfrutan en silencio y parece que no
están, pero que, sin decir nada, sonríen en silencio. Y se guardan las frases.
Gracias a ti, que entras para leer todos los días o solo una noche de casualidad.
Gracias a todos los que odian leerme y a los que me admiran.
La culpa fue de mi madre, que me sacó hacia fuera.
Gracias por llegar a este libro, que no es el mejor del mundo,
pero es mío y con todo mi cariño.
Gracias por leer.

@Defreds

Aprenderé historias para contarte,
inventaré nuevas palabras
para decirte en todas
que te quiero como a nadie.

FRIDA KAHLO

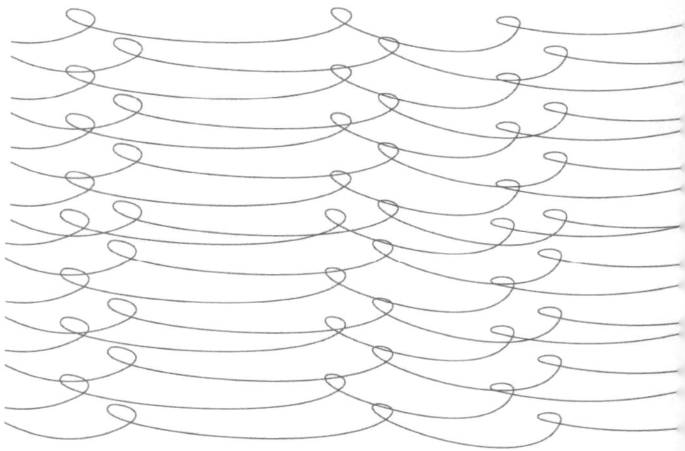

PRÓLOGO

Diego Ojeda

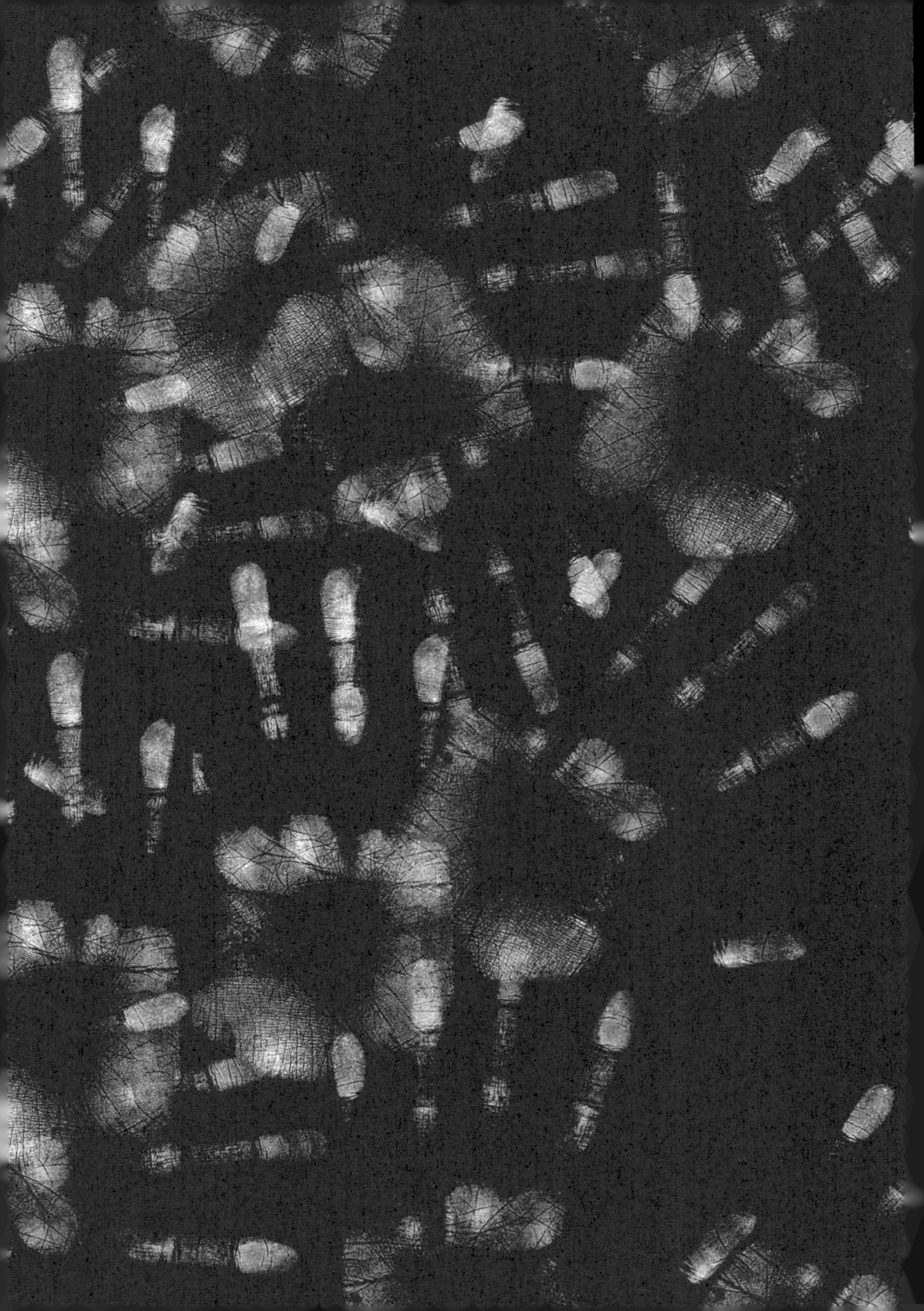

Queriendo

Casi sin querer, ocurren las cosas más increíbles de la vida, y eso viene a recordarnos Defreds con este libro.

El hombre invisible que convierte en bello lo cotidiano, el chico de Vigo que dibuja imposibles con ciento cuarenta letras, y en ellas te atrapa con la sencillez de un mago veterano, con la cautela de un joven lobezno, con la tímida sonrisa de las fotos de colegio, o la hora del recreo, con un as en cada manga.

Conocí a Defreds gracias a Twitter, y aún tenemos deuda de abrazos. Detrás de la @ se esconde un tipo honesto, un malabarista del olvido, y aún tenemos deuda de bares. Aquí hay poesía, pero sobre todo hay personas.

Y mujeres. Porque en estas páginas están todas las mujeres de sus vuelos; las de paracaídas y las de amerizajes, las de fallo de motor y las de exceso de equipaje. Las de *parasiempre* y las de *nuncajamás*. Y tal vez, todas sean una. Así, sin querer. Ella.

Y paisajes. Porque en este libro están todos los lugares; los de la infancia, los de la adolescencia y los de mañana. Como un viaje al pasado haciendo escala en el futuro, como un beso en la cima con el viento de cara, como el tacto a escondidas en el cine del pueblo, como las cremalleras temblando de miedo. Como las escapadas de sábados épicos.

Adelante, queridos lectores, en estas páginas no hay secretos, solo palabras que Defreds ha escrito para nosotros, casi sin querer, queriendo.

Diego Ojeda

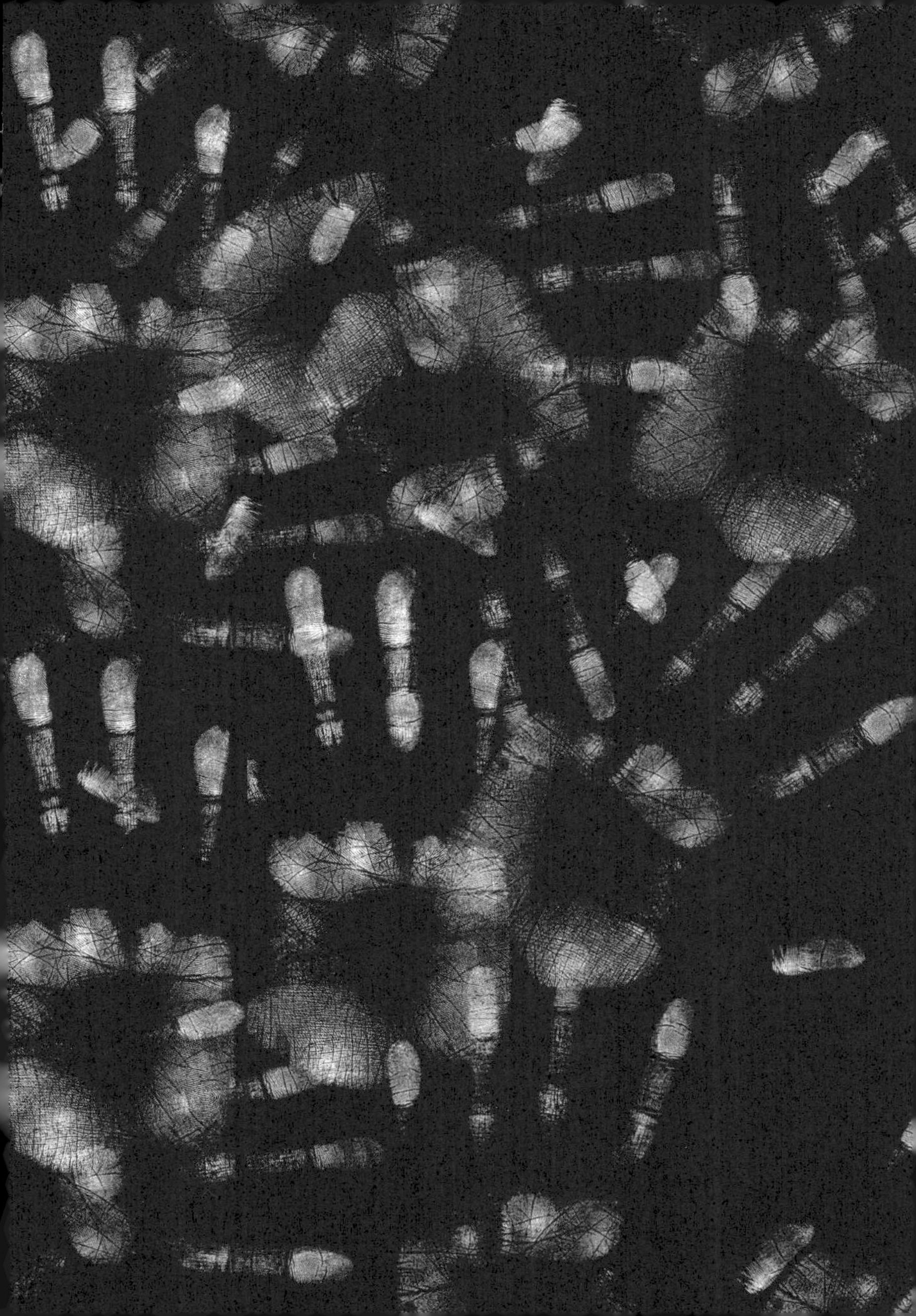

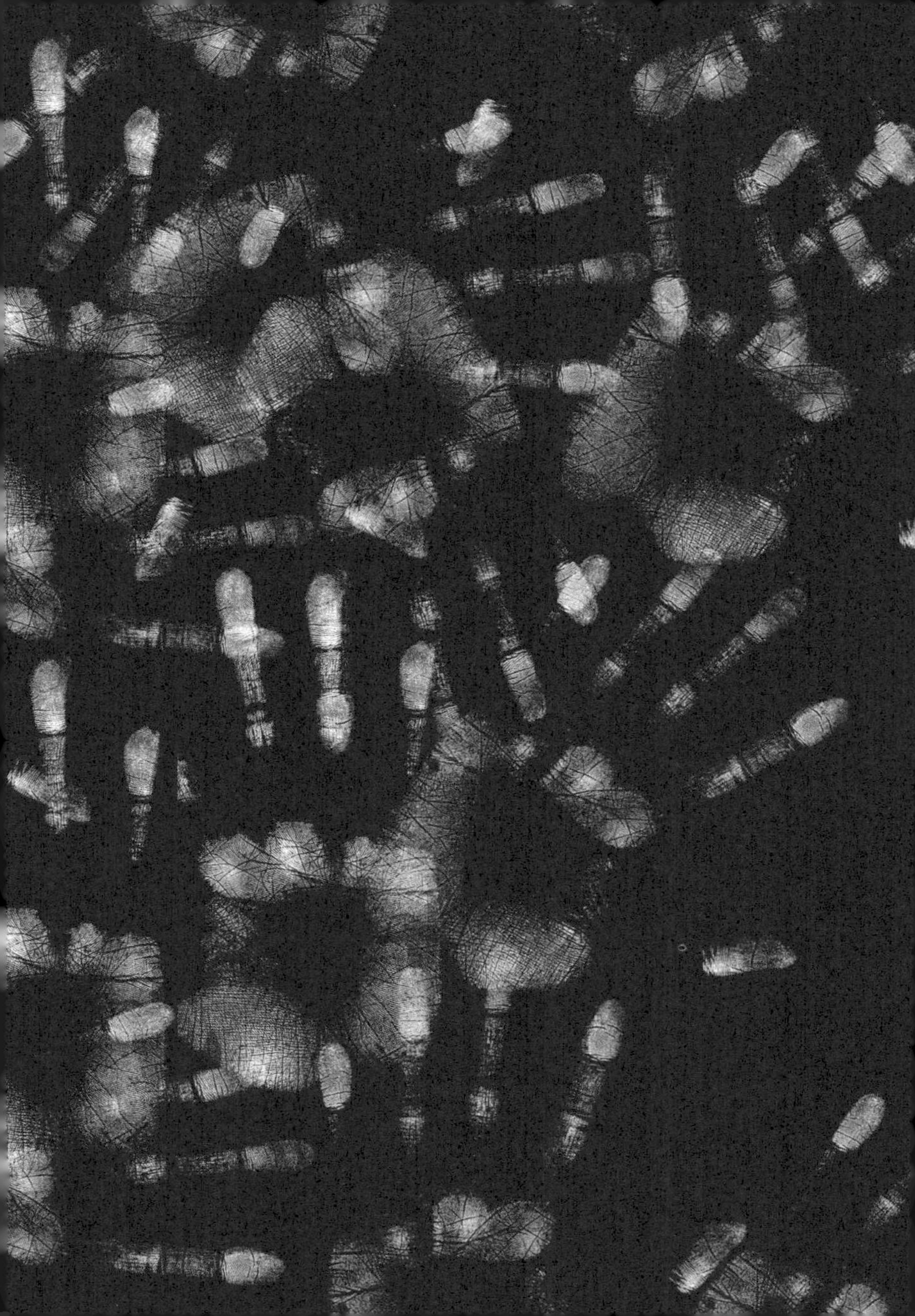

MORDERTE LA SONRISA

Puede que vuelvan a caer lágrimas de tus ojos a mares,
puede que te vuelvan a fallar, a defraudarte.
Puede que te ilusionen para nada,
que te arranquen la sonrisa otra vez,
que veas lluvia donde hay sol.

Pero lo vas a volver a intentar otra vez
hasta volver a caer y levantarte.

Disfruta los minutos, los momentos, los suspiros.
Y si tienes que llorar, hazlo,
que estás preciosa,
y ya estaré yo para morderte la sonrisa.

DISCOGRAFÍA

Te fuiste,
todavía no sé bien la razón,
y ahora estás con esa persona,
de su mano, con esa media
sonrisa mal colocada.

Y todos me hablan de ti,
de vosotros, que se os ve tan felices,
que sois como la canción
perfecta de la vida.

Y yo, yo solo bajo la cabeza y sonrío.
Ilusos, como si pudieran saber
que tú y yo juntos hacíamos
la discografía entera.

HAZLO POR TI

Y un día la besé. Nos besamos. Voló aquella habitación. Su novio no se enteró de nada. Y solo lloraba al terminar. No estaba arrepentida.

Volvimos a repetir.

—No le quiero, pero tampoco sé huir —susurraba entre caricias.

Una llamada por aquí. Un polvo por allí.

—No quieres estar con él, hazlo por ti.

—Solo lo haría por ti.

—Te equivocas, tú vas primero...

Y dije adiós, y cada vez que se cruza conmigo, de su mano, todavía puedo ver en sus ojos que no es feliz.

NIÑOS

Amar, como los niños.
Sin mentir.
Agarrarse la mano
hasta para ir
a por la plastilina.
Darnos besos
en la mejilla
en cualquier parque.
Sentirse orgulloso
de quien tienes al lado.
Soltar un «es mi novia»,
orgulloso y sonriente.
Ir detrás de su mochila,
que es más grande que ella.
Ser fiel a tu compañera.
Y que sus bolsas de gominolas sean
el mejor regalo de clase.

OVEJAS TRISTES

Y me encantaba la noche.
Ver la luna, tumbado en la playa,
atrapado entre sus brazos.
Reírnos de cómo
brillaban las estrellas.
Las pelis en su sofá
cuando llovía afuera.
Follarnos cuando toda
la ciudad dormía.

Y se marchó.

Por el día sobrevivía
a base de amigos y poesía.
Pero cada noche era una agonía.
Deseaba que no llegara nunca,
para no tener que tumbarme
y pensar en su melena.
Recordar cómo hacíamos
de cada noche un día.
De cada cama una vida.

Y ya no cuento ovejas.
Hasta ellas lloran con mi pena.
Y esa canción, la nuestra,
aún resuena
cada madrugada
en mi cabeza.

TODO

Un día conoces a tu todo. El todo que te hace soñar, que convierte tus martes por la mañana en sábados por la tarde.

Esa persona con la que no tienes secretos, por la que andarías kilómetros, pero a su lado.

Que aunque se vaya y pasen mil personas más por tu vida, nadie puede remplazarla, nadie te hace temblar igual.

Y pase el tiempo que pase, la recuerdas. Tu cabeza la recuerda. Y tu corazón no piensa en otra cosa.

VUÉLVEME A BESAR

Y allí estaba, con su pelo recién peinado, con la sonrisa tímida y sus ojos intentando expresar todo lo que pensaba.

Él solo podía abrazarla.

Se bebieron dos cervezas con sus rodillas jugueteando. Los olores de sus perfumes casi se hacían el amor.

—Bésame —le susurró cuando se acercó a sus mofletes.

Respiró fuerte y sus labios se mezclaron. Toda la noche. Aquella noche que les pareció toda una vida. Y allí, abrazados, entre gemidos, rodeados de ropa por el suelo, se escucharon temblar.

—Vuélveme a besar —dijo.

Y sonrió.

CUENTOS VERSIONADOS

Que a Caperucita Roja
igual le gustaban los malos
y quería follarse al lobo
para poder gemirle mejor,
sin que se enterara su abuelita.

Que la Cenicienta
perdería las bragas
mucho antes de las doce
y su príncipe estaba
liado con sus hermanastras.

Que Blancanieves
igual no estaba envenenada,
que solo tenía resaca
y no quería besos,
solo seguir durmiendo.

Que la Bella igual
se ríe de la Bestia
para liarse
con cuatro
gilipollas guaperas.

Igual los Tres Cerditos
querían hacer una orgía
en casa con el lobo
una noche
de mucho viento.

Y si los cuentos,
cuentos son,
te invito
a que creemos
el nuestro: bésame.

LA VISTA ATRÁS

Cuando miras atrás y piensas en las tonterías que hiciste por amor, hace años, no te da la risa, te pones colorado de la vergüenza.

¿Cómo cojones pude hacer cosas tan patéticas?

¿Y no dormía por no pensar en esa persona?

La vida es disfrutar de los errores (o aciertos). Que las tonterías que hagas hoy van a formar parte de tu vida. Y esas cosas nunca las olvidarás. Y dentro de diez años, volverás a echar la vista atrás.

Sonríe.

LLOVER POR DENTRO

Y la besé. No sabía que sería el último, pero sabía a despedida. Me sentó en aquel viejo portal y, sin mucha explicación, me dijo adiós.

Arrastrando los pies, camino a casa, no pensaba en nada. No sé si la ciudad estaba nublada o solo era mi mirada.

¿Quién es ese que se refleja en el espejo del ascensor?

Lancé las llaves contra el suelo. No hay zumo abierto en la nevera, solo restos de macarrones. Salté en el sofá. ¿Qué es esa mierda de *Sálvame*? Si ya no tiene remedio... Una ducha, sí, eso. Vaya, de nuevo no me reconozco. Huele a coco. Suena el timbre. Ni puto caso.

Miré por la ventana, aún con la toalla.

Llueve.

—Joder, como yo por dentro —murmuré.

Y por fin lloré.

LLÁMAME

Llámame si tienes ganas de reír o llorar.

Llámame. Da igual si es de noche
o ya entrada la madrugada.

Llámame si estás bien o solo callas.

Llámame. Dejaré todo lo que haga.

Llámame. Estaré en tu portal esperándote.

Llámame si suena tu canción preferida
de Pereza o se te cae la vida o el vaso.

Llámame y bailemos.

Llámame. El abrazo lo pongo yo.

COMO TÚ

Como los gatos sin siete vidas.
Como un lunes sin despertador.
Como comer sin pan.
Como no perderse entre tus muslos.
Como la vida sin música.

Como llorar debajo de la almohada.
Nueva York sin taxis.
Madrid sin sus rincones.
Abrazar sin ganas.

Como libros sin olor a viejo.
Como besarnos sin mantas.
Como Vigo sin mar.
Como llorar sin ganas.
Como follar sin ansias.

Imposible.
Como la vida sin ti.
No sé.

RIQUEZA

Te cambio sus coches por paseos de la mano por la Gran Vía. Y da igual si llueve: debajo de las paradas de autobús se besa muy bien.

Que mis bombones son a granel y no de caja roja, pero qué bien saben si los pruebo de tus labios. Que no conozco restaurantes de varios tenedores, pero sí una bocatería de partirte de la risa. Vienen envueltos en papel.

Y no te preocupes si no tienes bolsos de marquita en tu cumpleaños, igual alguien te espera debajo de tu casa, con una carta en una mano y la otra para acariciarte.

HURACÁN

Como esos huracanes que asolan todo a su paso, así entraste en mi vida. Parecías aire fresco, pero arrasaste, destrozaste todo y te fuiste sin avisar.

Aún tengo secuelas debajo de mis camisas vaqueras del Pull, debajo de mi piel. Y, aunque algunos días me muero por que vuelvas a mi vida, termino pensándolo mejor: hay algunas veces que el daño ya fue suficiente.

Y tú seguirás destrozando ciudades y vidas.

Lejos.

PALABRAS

Despertador. Sueño.
Cinco minutitos más.
Joder, no me acordaba
de que no estás en la cama.
Ducha. Pelo. Secador.
Puto grano. ¿Dónde está
el carmín de tus labios?
No llego. Paso del desayuno.
Atasco. De milagro.
No me acuerdo
hasta el café de las once.
Una tostada. De fresa, porfa.
Se acaba. Llueve.
Odio el paraguas.
Hoy no cocino. Microondas.
No fumo. Siesta.
No me duermo. Te pienso.
Salgo a la calle. Amigos.
Cerveza. De tus labios sabía mejor.
Sonríe la camarera. Me da igual.
De vuelta a casa. Por tu portal.
Nunca estás. Me da miedo.
Pero ojalá. Sin maletas,
como dice Andrés.
Timbre. Escapo.
¿Qué haces? A casa.
Converse fuera. Reviento.
Lloro. Otra ducha. Pijama.

Última hora de conexión.
No jodas. Despensa. Galletas.
Lápiz. Escribo. No sale.
Borrones. Tacho. No es día.
Una peli. Sale Di Caprio.
Se droga. Tres horas.
No duermo. Te quiero.

SOY DE ESAS PERSONAS

Soy de esa clase de personas que ponen el despertador cinco minutos antes. De esas a las que les gusta ver el mar y escribir allí, escuchar música antes de dormir, y los besos con mordisco. De esas que ven películas hasta dormirse en el sofá y a las que les gusta cocinar. De esas que son cabezotas y adoran viajar por el mundo. Que van a conciertos y te follan también de lado. De las que suena Iván Ferreiro y se emocionan. De las que leen libros de papel en el tren y son felices. De las de cenar con mis amigos… y, si bebo un poco, solo repito que les quiero. De esas personas que, sin saber nada de ti, lo saben todo. Y si me das tus ojos, ya nada se me escapa.

Un poco loco y raro, pero supongo que no hay nada mejor.

Me gusta ser de esas.

«M» PARA IVÁN, «M» PARA LEIVA

Para ti, «M»

Yo no os voy a hablar de una inicial,
solo de esa persona que vive para luchar,
a la que, aunque le hagan daño y le duela,
siempre le quedan fuerzas para reír.

Esa persona que hace locuras como no dormir,
que siempre se arriesga aunque no gane,
que con un libro o una canción es feliz,
que con una caricia se excita mucho

y con su voz no se puede controlar.
Es una persona sencilla, que sabe amar.
No necesita más. No es la más guapa
pero sabe brillar.

Y no me jodas, sabes de sobra
que no hace falta mucho más:
«No te preocupes que esto pasará,
mañana estarás bien...».

FELIZ SAN VALENTÍN

Apareció. No lo esperabas. Te cambió la vida, hizo que tu locura se duplicara.

Te hacía volar, sentir y desear. Las horas desaparecían a su lado. Solo querías besarle. Viajó contigo de la mano. Te hizo reír, llorar, correrte.

Y se marchó, casi sin avisar. Ya no queda nada. Solo mucho roto y poca sonrisa. No lo olvidas, su recuerdo no te deja continuar. Duele. Duele. Duele.

Pasó la navidad, la cuesta de enero, llega febrero. Tus amigos siempre te van a abrazar.

Ya no esperas.

Feliz San Valentín.

JUEGO DE NIÑOS

La vio el primer día. Allí estaba con sus coletas, en la fila, mientras casi todos lloraban al decirles adiós sus madres.

Compartieron pupitre, plastilina y los juegos del recreo. Regletas y los bocadillos de la merienda.

Volvían siempre sentados juntos en el autobús, dando patadas al asiento.

—¿Quieres ser mi novia? —le dijo un día, y ella respondió con un beso en la mejilla.

Él, con la manga de la bata, se lo limpiaba; ella le pegaba. Y no os cuento más, solo digo que los amores de niños nunca se terminan. El resto os lo tenéis que imaginar.

ARRUGAS

Noventa años ya. «Cómo pasa el tiempo», pensó. Y sentada en el sofá del salón vio a su nieta, atenta a la tele. Le encantaba contemplarla: tan joven y radiante.

Le dijo que se acercara, y sacó un espejo. Su piel, arrugada, todavía desvelaba su antigua belleza.

—¿Ves todas estas arrugas? —le preguntó—. Pues no creas que son por la edad, son de reír sin parar.

Las dos sonrieron a la vez, y su nieta, en silencio, descubrió lo feliz que había vivido su abuela toda la vida.

—Voy a por galletas y leche, abuela —dijo.

Y pegó un salto desde el sofá.

CERVEZAS

De llegar cinco minutos antes, de esperar con la pierna apoyada en la pared y la música alta en mis oídos. Retocarme el pelo y verte llegar. Bajar la mirada nerviosa.

De los dos besos cerca de la comisura. De hablar sin parar y tocarte el brazo, queriendo pero sin querer. Y cómo te ríes mientras te cuento un viaje. Bebes cerveza a trago corto y yo me muero por besarte.

—Perdón, te di con la pierna.

—¿Tomamos otra?

Y cómo te acercas, sonríes y me buscas.

Nos vamos al lado del mar.

—Como te caigas, te jodes —te digo.

Sopla el viento y nos acerca. Tú me besas, yo te muerdo.

EL ERIZO Y LA TORTUGA

Él es como un erizo, un mamífero sigiloso pero cariñoso. Tiene una vida principalmente nocturna. Cuando tiene miedo, se enrolla sobre sí mismo. Sabe que, cuando se le acercan, pincha. Aun así, es tan tierno que todos quieren abrazarlo. Escucha Extremoduro y viaja siempre que puede.

Ella es como una tortuga. Un poco reptil. Puede estar sin respirar durante mucho tiempo. Cuando algo le da miedo, esconde la cabeza. Siempre va firme pero segura. Le duele tanto el corazón que por eso tiene caparazón, para protegérselo. Escucha *rock* y le gusta ver el mar.

Y se adoran. Imagínate sus abrazos.

TE ODIO

Cuando estoy en los bares siempre suena tu canción.

Casi no te recuerdo, pero voy por la calle silbando
y tienes la capacidad de cruzarte conmigo.

No me subo al circular para no pasar por tu portal
y subes en la penúltima parada.

Sonrío y justo asoma tu «hola» en el WhatsApp.

Cojo un libro de mi estantería y lo abro
por la página donde dejaste escrito tu «te quiero».

Y ya verás cómo voy a Madrid
y sales del metro cuando yo entro.

Te odio, te quiero.

MOFLETES

Mira para abajo nerviosa, toquetea su móvil, se le colorean los mofletes. Es directa y seca. Camina separada hasta el primer bar. Tres cervezas y sale con un corazón emborrachado que no le cabe en el pecho.

Dice que sí.

Camina de nuevo separada de él. El frío se le acumula en la cara, le pica la nariz. Se parte de risa por el camino.
Se sienta otra vez y pide vino. Se salta los carbohidratos por una noche. Ríe de nuevo y dice que sí otra vez.

Caminan hasta su casa. Cuidado, no vaya a aparecer su madre en el portal. Y sube las escaleras.

—Adiós, espero que disfrutaras.

MIEDO

Mientras compra regaliz rojo en el kiosko, se coloca el pelo y echa la vista atrás. Ya no se fía de nada, de nadie. Cuando aparece alguien interesante, lo esquiva.

Sus ojos viven más callados de lo normal. Antes hablaban a todas horas. Le hicieron daño, tanto, que cada vez que algo le ilusiona, tiene miedo, mucho miedo.

Sus labios quieren volver a ser deseados, pero el miedo a verlos agrietados de llorar los hace callar y callar. Su piel es suave y sensible, está cansada de solo ser rozada por interés.

Da el primer mordisco... Adora el regaliz.

—Taxi, siga a esa tristeza.

ERRORES

Siempre cometo el error de sorprender, de intentar que nada sea normal, que no sea lo que te esperas. De decir esa frase que te encanta, cuando imaginabas que diría otra distinta. De arriesgarme, sin temer un no. De hacer las cosas sin esperar nada a cambio. De fijarme en cómo brillan tus ojos al escucharme hablar. El error de conformarme con tu media sonrisa o con un abrazo en un portal. Esas cosas en las que no se fija nadie. Yo sí.

Y no sé si me va bien o mal, seguramente mal, pero no quiero cambiarlo.

VEINTISIETE BESOS TIENE TU ESPALDA

Era tan suave que tuve que pasar mis dedos por ella.
Sin dejar ni un solo centímetro.
Al llegar abajo, hice el camino de vuelta,
con la boca, mordiendo cada espacio.
Besando cada uno de los veintisiete besos que tiene su espalda.

MADRUGADAS DE REFLEXIÓN

Hay momentos en la vida donde las madrugadas son época de reflexión. Donde recuerdas tu primer amor y te das cuenta de que los amigos que se han marchado no merecían la pena y los que se quedaron lo son todo. Donde entiendes que beber hasta vomitar ya no tiene sentido y que todo lo bueno se acaba en algún momento. Donde valoras más los detalles y las caricias que los regalos y el sexo al azar. Momentos en que comprendes que tus padres siempre estarán ahí y que la música y escribir pueden salvar vidas.

Y entre toda esa mezcla de pensamientos, aún sigues saliendo tú.

Y tu mirada es lo único que jamás cambiará.

¿TE SUENA?

Sale de clase. La carpeta llena de apuntes. Sube al autobús. Va llenísimo y afuera llueve.

Allí esta su novio, un día más, esperándola. Ya no le sale sonreír, le besa por no hablar y toman una cerveza que ya no sabe a nada.

Se despiden en su portal y mañana será un día más.

Y al meterse en la cama no deja de dar vueltas y de pensar en aquel chico que siempre está fuera de clase cuando sale, que una vez le trajo una Pantera Rosa y se fue corriendo. Su merienda preferida. Ese que le deja notitas pegadas en su portal: «Sonríe un poco más o me voy a enfadar». Lo consigue, sonríe. Le hace tener una nueva ilusión en su mirada.

¿Tocará arriesgar… o conformarse?

Y quizá solo sea una historia más, de las millones que pasan a nuestro lado cada día.

¿Te suena?

NO SÉ SI PIDO MUCHO

No sé si pido mucho, igual sí, no lo sé... pero me conformaría con poder besarte al menos una vez al día, abrazarte cada vez que tuvieras ganas de llorar y hacerte reír a cada momento. Esperarte cuando salieras del trabajo, cocinar a medias y hacerte olvidar los miedos a base de polvos. Escuchar música todo el día entre las sábanas, ver películas de miedo y simplemente observar cómo ves llover tras la ventana.

Y sí, ya sabes cómo soy, me gustaría poder escribirte algún texto pequeñito cada día, solo por el placer de ver tu sonrisa al leerlo.

Ah, y no te olvides de que podría ser capaz de amanecer cada mañana con mi cabeza entre tus piernas.

Ahora, valóralo, y si es poco, me lo dices.

UNA NOCHE MÁS

Una noche más ahí está, sentada en el sofá, sin una pizca de ganas de sonreír. Lee un poco para olvidarse de todo, mientras su compañía solo tiene ojos para la tele.

Todo se ha vuelto una gran rutina. Lejos quedan aquellos besos llenos de ternura y los momentos donde daba igual donde estuvieran porque era totalmente feliz.

Ya casi no se besan, un beso lejano al llegar a casa y nada más. Hacen el ¿amor?, pero con mirada cumplidora.

Vive siendo un volcán que explota poco. Toda esa fuerza que lleva por dentro se queda guardada.

Solo quiere sentirse deseada. Pero cuando se gira en la cama, solo quedan lágrimas de cara a la pared.

¿Habrá una noche más? No lo dejes pasar.

AHORA QUE JUGAMOS A CONTAR MENTIRAS

«No te quiero tanto», dice el señor Suárez. Miente. Yo voy a mentirte un poquito también:

La verdad, no me importas mucho, solo pienso en ti para olvidarme de otras. No me gusta tu risa, y odio ir pegado a ti por la calle. Tu canción favorita me importa más bien poco y tus ojos no son tan bonitos como parecen. Pensaba que eras capaz de poner mi mundo al revés, pero no. Prefiero dormir sin ti y ver las pelis con todo el ancho del sofá. Que tus manos y las mías están hechas de distinto material. Y que me gusta usar la encimera para apoyar los platos.

Y sé que cuando me vaya a morir, veré pasar mi vida en imágenes, pero no vayas a pensar que pasará tu sonrisa en fotogramas.

Te odio.

ESQUINITA DOBLADA

«Olvídate y vive el momento», dicen. Como si fuera fácil dejar todo atrás, pasar las páginas sin dejar la esquinita doblada. Como si tu mente quisiera dejar de pensar. Como si fuera fácil cambiar tus rutinas, tus recuerdos...

Olvidar es morir para volver a nacer, y no es fácil volver a hacerlo. Olvidar es otra forma de intentar borrar, de ponerte de pronto en otra piel, de saber que tendrás que acostumbrarte algún día a otros labios.

Si alguien te dice que es fácil olvidar, no tiene ni puta idea de nada. Quizá (mala) suerte de no haberlo vivido (todavía).

UTILÍZAME

Puedes utilizarme.
Estaría encantado.

Utilízame para pasear por la playa de la mano,
para hacerte reír hasta los lunes,
para ir de compras contigo.

Utilízame para besarte en tu portal
y para que alguien te masturbe en el ascensor.

Utilízame para viajar a París,
bueno, mejor Berlín.
Para usar el cheque gorrón del Foster´s.

Utilízame para bailar
canciones de los ochenta
y alguna de Pereza.

Para beber cervezas
rozando tus muslos con la mano.

Puedes utilizarme siempre.
Yo me dejo.

PERDIDOS

Cuando se unían sus cuerpos, se convertían en uno. Hacían la cena y se terminaba quemando mientras follaban en la mesa de la cocina.

Cada sofá de la casa los había visto acariciarse.

Entraban juntos a la ducha, mojados antes de entrar. Cada pared sentía su sudor. Se escalaban a besos el cuerpo. A mordiscos el cuello. Lamiendo sus pechos.

Solo eran dos, no necesitaban más. Con mirarse se excitaban. Y se pasaban los días riendo.

Siempre estaban perdidos. Perdidos entre ellos. Y el calor...

PRINCESA MODERNA

Érase una vez una princesa moderna. Vivía en mi ciudad. En la segunda planta de una torre céntrica. Era coqueta. Tenía un espejo enorme en su mazmorra. Se vestía y desvestía mil veces antes de quedar con príncipes y dragones. Rímel y plancha del pelo.

Su pelo ondulado caía por la ventana mientras pensaba. Llena de miedos. Miedo a volver a sentir dolor. Miedo a parecer vulnerable una vez más.

Había un pequeño príncipe que rodeaba su mente. Le daban ganas de hablar y bailar. Entre tanto bufón, alguien que le hace perder el control. Lo miraba con deseo. La hacia volver a la torre empapada. Saltando de su caballo sin mirar atrás.

Ella no lo sabe, pero se va a enamorar.

VIGO

—Vigo es feo —me dijeron un día.

Quizá visto desde fuera puede parecerlo. Otra cosa es vivirlo. Solo te das cuenta de todo lo que significa el día en que te levantas en otro lugar y no notas esa brisa de mar ni ves gaviotas arrasando con todo. Cuando caminas por calles y nunca subes ni bajas ni encuentras un rincón cualquiera donde pararte a pensar ni puedes sentarte en el espigón ni ir hasta la Guía para ver el mar entre rocas. Cuando no puedes irte un domingo por la mañana a pasear descalzo por la playa ni a tomar un helado por la Alameda. Cuando —¡joder!— hasta extrañas los bocatas de Maryline. Cuando solo estás deseando volver a ver el puente de Rande mientras entra el tren en la ciudad.

Qué feo tan precioso eres para mí, Vigo.

ROJO DE LABIOS

Ella es de esas chicas a las que les queda perfecto el rojo en los labios. Que con cualquier chaquetita fina parece una princesa. Con dos cervezas, sonríe de tal forma que enloquece a todo el bar. Siempre suena Pereza en su iPod. Y su culo mueve las aceras.

Él siempre se pone pitillos y se va mirando en los cristales de los coches. Le encanta cocinar y qué carita se le queda cuando se queda dormido en el sofá. Nunca duda y jamás baja la mirada. Odia el tabaco.

Un día se besaron, se follaron mientras subía el ascensor y desde entonces ninguno afloja. Se ignoran. Descuelga...

TE QUIERO

Todavía pienso mucho en ti.
Empiezo el día recordando tus labios,
Queriendo volver a verte hoy.
Utopía, lo sé.
Ignoras todos mis gestos.
Extraño tus susurros y gemidos,
Robarte besos en la cama.
Olvidarte no es posible*.

*Y más sintiendo lo que dicen unidas las primeras letras de cada frase.

EL BAÑO

Se miraron a los ojos
y convirtieron el baño
en una *suite* de lujo.
Los cristales empañados
sin calefacción.
Dibujando sus cuerpos
contra el espejo.
Lloviéndose bajo la ducha.
Mordiéndose la sal
que quedaba de la playa
y sus marcas del sol.
Enjabonándose
el cuerpo y la vida,
dejando resbalar
sus manos contra la pared
y los besos en la nuca.
Viviendo sin toalla,
follando sin control.
Jugando a dar
sin pedir nada a cambio.

Y el grifo no se giró nunca.

HISTORIA DE TRES

Tú no querías entrar en su juego, pero cómo te miraba... Y aunque sabías que era una cosa de tres, siempre te colaba que era la última vez, que no pasaría un día más sin que la dejara. Y no te lo creías, pero tenías falsas esperanzas y seguías besando esos labios compartidos.

—Te quiero a ti, pero no es fácil —repetía mientras te metía mano en los lavabos.

Y otra vez te marchabas a esperar en silencio con muchas lágrimas cada noche.

Y no hace falta que te cuente el final.

MOMENTOS Y LUGARES

Hay momentos, lugares y personas que pasan por nuestra vida. Muchos de ellos no se vuelven a recordar. Como si fueran esos sueños que vives, recuerdas al despertar y nunca más. En cambio, hay otros momentos que nunca se olvidan: el primer beso, aquella canción y, sobre todo, ciertas personas. Esa persona que da igual el tiempo que pase, da igual dónde vivas y con quién. Esa que recuerdas en cualquier lugar inesperado. Y que solo con recordarla eres capaz de temblar.

Y a todos nos pasa, aunque intentemos disimularlo.

Hay sensaciones que ni el corazón es capaz de esconder.

HASTA QUE PASE

Aunque todo el mundo la ve siempre sonreír, hace tiempo que sus mofletes no se levantan igual. Un poco de carmín en el espejo, un «hoy todo irá mejor» que casi nunca funciona. Dientes de ratita presumida. Fue pasando la vida entre cafés dobles bien cargados de decepciones.

¿Qué fue de aquella niña coqueta? Por momentos pierde la ilusión. La recupera con rayitos de sol que pegan fuerte en su piel. Lo mismo habla contigo como si no hubiera mañana, que pasa un rato largo dejando sus uñas perfectas. Toca levantarse y guardar sus miedos en el bolso. Es grande, entran casi todos.

«Deja que me quede un rato más aquí, solo hasta que pase la tormenta».

SONREÍR LOS DOMINGOS

En el colegio destacaba más de lo que quería. No era la más bonita del mundo, pero tenía una carita tan dulce que todos los chicos se volvían locos por ella.

Ojitos heredados de su madre, grandes como soles. Le costaba horrores hacer amigos. Amigos de los de verdad, sin ningún interés en sus labios. Una vez se enamoró, amor de instituto. Y fue un polvo más y adiós.

Pasaron los años, y creció su belleza. También creció su mundo interior. Cada minuto que pasa se convierte en un ser más cerrado. Tuvo un amor muy jodido. Era un cabrón, de los que hacen afición. Pasa de rollos de una noche. De conversaciones sin sentido.

Escribe mucho y no se lo enseña a nadie. Hay días que desearía ser esa chica normal, dormida entre libros y despertadores. De esas que sonríen hasta los domingos.

ATRAPARSE

Sin darse cuenta, todo sigue una línea recta. Era casi una niña cuando estaba ilusionada. Los años han pasado y ahora esconde tristezas que nadie sabe en sonrisas de fotos. Para que nadie sepa. Para que nadie pregunte. Para responder un «Todo muy bien» que ni ella misma se cree.

Es difícil escapar de algo que todo el mundo da por definitivo y perfecto. Fue calando con los días el miedo a la soledad. A estar sola. A no encontrar alguien que la quiera de nuevo. Tiene miedo a cómo se lo tomaría su familia. A equivocarse. Y, casi sin esperarlo ya, apareció alguien. Alguien que la hace olvidar por un rato. O incluso todos los ratos. Que consigue que sonría en cualquier esquina. Que el mundo se pregunte qué le pasa. Que sabe que si sus bocas se juntan, no van a querer despegarse jamás.

Y ya no lo puede parar.

SUENA *ROCK*

Hace tiempo que dejó de ser una niña. Aun así, en el fondo, le encanta no perder nunca la esencia. Es coqueta. Siempre con las uñas y labios bien pintados, sus camisetas tan chulas, a juego con sus vaqueros, sus ojos que lo dicen todo, ese *piercing* que vuelve loco a todo aquel que lo ve y sus escotes que dejan lugar a toda la imaginación.

Siempre sonríe, siempre parece que todo va bien. Habla mucho. Justo lo que calla es lo que no se puede saber. Suena *rock* y ella solo quiere un poquito de deseo, algo de ilusión. Un baño relajante para olvidar. Un rato de tele para no ver la realidad. Suficiente por hoy. Sonríe.

SER VALIENTE

Ser valiente es no avergonzarte de lo que te falta. Es muy fácil hablar de lo que se tiene, de cuánta gente está cerca, de cuando todo va bien.

Lo realmente importante es reconocer y decir sin tapujos y con valor lo que no tienes. Que algo va mal, que te han jodido y fallado. Ser fiel a ti mismo y jamás dejarte caer. Aunque no quede casi nada y no esté casi nadie.

Y aunque poca, queda gente así.

BESOS

Todo se resume en besos: el primero que te da tu madre al nacer, el que te daban en la frente por las mañanas, el tierno de tu abuela, los de los mofletes, el de la comisura, el que va con mordisco.

Tu primer beso con el primer amor, tan torpe y bonito que no sabías si iba a ser la hostia, pero el momento previo fue el más mágico de tu vida.

Los besos de rabia, de sexo fuerte. De sexo dulce. Los besos en tu cuerpo, en tu pecho, en tu espalda. Los besos con abrazos. Los de reencuentro. Los temerosos y los valientes.

Nos pasamos la vida besando: besamos, nos besan. Nunca sabemos cuándo va a ser el último con la misma persona. Hasta cuando cierras los ojos por última vez... te besan.

LAS COSAS QUE NUNCA VOY A CONTARTE

Hola, esta carta nunca va a llegarte. Seguramente nunca la leas. Además, hay cosas que nunca voy a contarte. Nunca sabrás que mis canciones favoritas son en castellano, que te he comprado rosas rojas que no te he entregado, que me muero por quitarte la ropa y que pase de repente el invierno.

Y aunque tú no lo sepas —como la canción— siempre estoy atento a lo que escribes. Incluso te he visto apoyada en la barra de algún bar. No digo nada, me giro y me escondo. Que aquel día que quedamos y te dije que no tenía planes, te mentí. Los cambié todos. Y que cuando llueve, me acuerdo de ti. Pongo música y casi ni duermo.

Que aunque dices que hay cosas que son imposibles, también lo es olvidarte.

TENERSE Y SOSTENERSE

Tenerse es sostenerse mutuamente. Si no te sostienen, no te tienen. E igual sostener es dar un beso inesperado, una cena para dos, improvisada en el suelo de la cocina. Hacer el amor en el balcón. Y hacerse reír. Conocer de memoria el tacto de su piel, aunque no puedas tocarla. Saber que algo va mal y no decir nada, abrazar muy fuerte y, como duele, apretar mucho más. Y secar las lágrimas con la manga de la camisa. Y cuando llegue el invierno, arroparse sin ropa. Que sea verano en la habitación y que suene: «Imposible... es caminar sin un motivo... Imposible es no girarme si te veo marchar... Sé que volveré a encontrarte, imposible es ignorarte, la verdad».

CHICA BONITA

Es bonita. Esa clase de personas que todo el mundo ve bonitas. Siempre con su sonrisa. Con su mirada que te deja marcado.

Nadie se para a preguntarle si es feliz. No saben que ella es un metro sesenta de cicatriz.

Con sus vestidos del Pull&Bear, que le hacen bailar en el espejo de su habitación, mientras espera que alguien le dé un abrazo por detrás. Y nada más. Con eso respiraría hasta las estrellas.

Sentirse deseada, no solo una noche de discoteca. Sentirse deseada hasta cuando mira por la ventana y no habla. Se calza sus bailarinas, y sale a la calle un día más.

Chica bonita, haces salir tú al sol. Mira cómo brilla hoy.

DOMINGOS DE AUTODESTRUCCIÓN

Solo un domingo cualquiera.
De esos en los que hace sol
y nadie te trae el desayuno a la cama.
De los de levantarse casi al mediodía.
La ducha dura más de la cuenta.
Te pones ropa cómoda, más veraniega.
Domingos de esos de comerte
un helado en cualquier parque,
de ver familias enteras
en las terrazas con esas sonrisas
de niños con costras en las rodillas.
De folios arrugados en la papelera.
De lápices gastados comentando
que tienes mucho que decir,
pero no te sale.
Una lágrima perdida,
un «hola» que suena a «adiós».
Chocolate. Te llama tu madre.
De qué peli más mala.
De tus vecinos follando.
Domingo cualquiera de autodestrucción,
de *pizzas* Tarradellas. De dolores
que no se van con ibuprofenos.
De pereza (y del grupo también).
De ven a Madrid, ten un descuido.
De casi es lunes.

SEXO

Soplar encima de tus bragas.
Que suspires.
Arrancarlas con los dientes.
Mover la lengua de una pasada, de arriba a abajo.
Que gimas. Y clavarla hacia el fondo...
Rozar por encima de tu clítoris.
Que te vuelva loca. Que grites.
Que desees tenerla dentro.
Agarrar tu culo y meterla entre tus piernas.

Soplas y empujo más.

MIRARTE A LOS OJOS

Si te mirara a los ojos una vez más, no me atrevería a decir nada, quizá te abrazaría. O lloraría, no lo sé.

Seguramente es tarde para decirte que me he parado mil veces en tu portal, por si por casualidad bajabas a tirar la basura. Que hay zonas de la ciudad que no atravieso por si te veo de otra mano. Y hasta aquella camiseta, que te olvidaste en mi casa, está planchada y doblada dentro de mi armario. Suenan canciones de Pereza en la radio, las que siempre sonaban en tu iPod, para joderme un poco la vida. O lo que es peor: *Cero*, de Dani Martín. Éramos tan veinte que empezando de cero todavía eres diez.

Y el mar dejó de oler a mar para oler a tus caricias.

SIGUE RESPIRANDO

Hace tiempo que murió, pero sigue respirando.
Se dio cuenta de que hay momentos en los que no hay marcha atrás, que todo cambia. Y eso modificó su vida.
Sigue ahí, pero nada es igual. Avanzan los días, pero no las emociones.

Nada le hace sonreír del mismo modo. Vive a base de sonrisas de galería y escudos en el pecho. No más daños, nada será parecido.
Miedo, siente miedo de caer y no levantarse más. Antiguo dolor.

«Todo mejorará», le susurran. Quiere creer, quiere volver a confiar. Queda mucho, pero en el fondo nunca se rinde.

ELLA

Duerme en bragas.
Le cuesta dormir.
Se pone música.
Duele el pensamiento.
Love me do.
Duele el silencio.
Duele la ausencia.
El saber que nunca más.
Que no más caricias.
Ni un solo «no pares».
Que atravesar la ciudad
es jodido así,
que dormir es imposible
con este lado tan frío.
Se masturba de rabia.
Que llora y llueve.
Que la almohada habla.
Aún no cura.
Hace bolas de papel
con las cartas
que jamás envió.
Ni leer la calma.
Y tiene miedo
de que mañana llegue
la noche otra vez.

ROBARME LOS SENTIDOS

Robas. Eres de guante blanco.
Llegaste con tu disfraz
de terrón de azúcar.
Vimos mil pelis en tu cama.
Y joder, desde entonces...
me pongo a rozar otras manos
y ya no siento.
Te veo en todos los bares
y nunca eres tú quien pide la copa.
Huelo tu perfume en el tren,
gente equivocada al pasar.
El gusto de otros besos
con sabor a nada.
Aún te escucho decir
tu último «hasta luego»,
que nunca existió.

Me robaste todos los sentidos
y ahora qué.

FINES DE SEMANA

Se pone pintalabios rojo. Plancha del pelo. Se mira al espejo antes de salir. Es viernes y queda con sus amigas: zapato de tacón y bailarinas en el bolso.

Bebe alguna copa de más y solo quiere bailar sin parar, reír sin control. Los chicos la invitan en la barra a un chupito de tequila. Quizá dos. Se le mueven los pies, le susurran en el cuello y muerden esos labios.

Y ahoga penas follando en el baño del local. Solo por un rato y nada más. A la mañana siguiente se siente una colilla, apagada antes de acabar.

Y queda una semana para volver a empezar....

(Quiero salvarte).

CARTA A TU CORAZÓN

Hola, quiero enseñarte esta carta, y si eso, le haces una captura a tu corazón.

Empieza así:

Hay corazones con tanto daño que se convierten en agujeros negros en el pecho. Como el tuyo. Pero me da igual que lo tengas totalmente roto y lleno de tiritas, al fin y al cabo, todos los corazones tienen heridas.

Sé que costará, que las piezas tardarán en encajar, que habrá días en que el dolor de los recuerdos sea tan grande que te morirás de ganas de volver a lanzarlo al suelo.

Pero ahí estaré yo, para volver a recogerlo. Aunque sean mil trozos.

No temas, corazón.

PERDIDA EN LAS HORAS

No sabes ni a qué hora te acostaste.

Ni idea de si es de día o de noche al despertar. Solo recuerdas una copa tras otra. Seguro: garrafón. Mucho baboso. Mucha risa, bailar a lo loco y el olor a noche de primavera. Tacones en la mano. Sin desmaquillar para la cama.

Y hoy, comida recalentada. Bajaste las escaleras de dos en dos y te perdiste toda la tarde en un parque de la ciudad. Con Supersubmarina en los cascos y un lápiz en las manos. Abrochaste tu cazadora vaquera al refrescar.

Escribiste un poco más de esas ideas que a nadie enseñas. Subiste a casa con una Coca-Cola Zero y palomitas de mantequilla. Una ducha que relaja y remueve pensamientos. Saliste desnuda. *Play*. Peli de mierda. *Stop*. Mejor música, de esa que jode las noches.

Última hora de conexión y recuerdos en *on*. Ojalá viernes, mañana. Ojalá domingos en su cama. Ojalá lunes a su lado. Y olvidar contar los meses.

LA CARTA QUE MENOS TE INTERESA

Hola, esta carta es resumen de algunas noches sin dormir, muchas canciones de cantautores que a ti te interesan una mierda y varios folios arrugados en la papelera de mi habitación.

Escribo, ya lo sabes. Cómo no lo vas a saber si, como tú dices, hay días que parece que me lee España entera.

—Y algunas zonas de Sudamérica —me dices sonriendo. Si encuentras algún hueco entre tus fiestas de copas de garrafón y besos sin sabor, dedícale cinco minutos a mis palabras. Después de tanto tiempo, buscando algo que creía olvidado, apareció tu pelo. Bueno, tu pelo y esa sonrisa tan peculiar. No perfecta, al igual que la mía, pero llena de cosas que expresar. Que no dices ni una cosa buena, aunque las pienses. Te pega más callar y seguir haciendo como que nada te importa.

Todavía te duele, y te escabulles de mis planes, con ese «No» que suena tan a «ojalá me saliera». Y yo, deseando ponerte rojitas las orejas. Aunque solo fuera por un cuarto de hora de una vida.

Y ya, ya lo sé, no soy el mejor, no me verás con la camisa abierta en ninguna discoteca de moda. Soy más de cazadora vaquera y de hacer cosas raras que nadie se espera, de escribir frases en el mantel de papel que ponen en algunos bares de carretera. Y como dice Leiva: «Quédate, aunque sea un rato». Por ti me conformaría. Al menos por varios ratos. Mientras mi cabeza siga pidiendo la droga de verte reír.

Me voy, que he quedado.

No contigo.

Sé feliz.

LAS 17:07

Las 17:07 de un día cualquiera. Es martes. Podría ser otro. Exactamente igual que el día en que apareciste.

Que, aunque tú no lo sabías, yo en el fondo te esperaba. No sé si fue por culpa de esas cervezas que quedaban en tu casa o por la simple inspiración de una noche cualquiera, pero conseguimos lo que nadie había conseguido en tan poco tiempo: confiar. Tú. Confiar. Yo. Descubrir que detrás de esa roca que llevas por corazón, hay cosas. Cosas que te cuesta horrores soltar. Que es como si te clavaran un cuchillo cada vez.

No eres común. Y precisamente eso es lo que te hace especial: tu seguridad en ti misma, y esos días —tantos— en que no tienes ganas ni de abrir la boca. Boca con sabor a jamón serrano, cerveza y a tabaco. Que en ti hasta sabía bien. Ojalá algún día sepa por qué unos días son tan blancos y otros negros. Qué callas. Dónde olvidas tu sonrisa hasta en los días de sol.

Y aunque todo te dé igual, aunque no quieras decir ni mu, ahí estaré, esperando que algún día digas: «Aquí estoy otra vez, no te vayas».

Dejo de tener ciudades favoritas, me quedo con tus lunares.

CASTILLA Y LEÓN

Llegarás deprisa pero con mucha risa. No como si fueras a salir de fiesta, pero con los labios bien pintados. Con el flequillo para cualquier lado y el corazón bien escondidito. No vaya a ser que parezca que tienes ganas.

Me encargo de la cena, tú eres más de llevar de beber. Me pillarás haciéndome el despistado, observándote mientras llevas el tenedor a la boca. Te reirás y yo diré que estaba mirando para otro lado.

Muertos de risa nos tiraremos en el sofá. Te contaré alguna historia de 2005 y rozaré tu mano casi sin querer. Buscaremos el postre en la nevera. Y mi boca, tu nuca. Mis manos, tus caderas. Tu cuello, piel de gallina. Apartaré tu cazadora de mi cama para poder morder mejor tu espalda.

Algún beso de película, pero en este caso de verdad. Con sabor a ti. Las yemas de mis dedos por tus hombros. Tu boca seca que dice: «Una caricia más». Ojalá no te tuvieras que ir nunca.

DESDE EL PRIMER DÍA

No aguantaron más. Se deseaban desde el primer momento en que se vieron, aquel día en que sonaba Iván Ferreiro y llovía. Tiras y aflojas y el primer beso en aquel parque.

Contra aquel árbol sin hojas, le mordió el cuello, le lamió todos y cada uno de los miedos de su cuerpo. La abrazó fuerte, sonrió con ansias. No se escucha nada...

Esa mirada cómplice en el portal y el vestido subido hasta el pecho en el ascensor. Lanzaron las llaves al suelo y le subió las manos pegadas a la pared. La devoró allí de pie. Pasó sus labios por el pecho y solo había calor y calor.

La llevó de la mano a la ducha y, entre espuma y vapor, le hizo el amor contra la mampara.

—Un poquito más —susurró.

Y el sudor...

DE CUANDO ERAS NIÑA

Lo recuerdas, eras casi una niña. Recorrías los locales de moda, ese Malibú. Lo conociste y no pensabas en otra cosa. Solo en verlo y besarlo.

Era tu vida, se lo perdonabas todo, incluso esas noches donde el mundo sabía dónde estaba y tú te hacías la tonta por no sufrir. Cuántas lágrimas en la cama cuando nadie te veía.

Y ha pasado el tiempo, sin cicatrices por fuera, algunas por dentro. Él sigue haciendo lo que le da la gana y tú te mueres por dentro. Te atrapa la costumbre y el miedo a... Dios sabe a qué.

Le das un beso para no tener que hablar. El sexo es un recuerdo y la pasión se pierde en la basura. Nadie te entiende, quieres escapar...

Cuando el amor se convierte en solo acumular... se acaba.

Y entonces llega el miedo.

SHHHHH

Hola, son las 2:30 de la madrugada. Quiero escribirte esta carta. Seguramente nunca llegue a tus ojos, pero en esta noche tan fría como el chaleco antibalas de tu corazón, quiero que el mío, sin chaleco, hable por mí.

Sí, me hago un shhhhhh, no pienses nada, no recuerdes otra vez, pero es difícil hacer caso, difícil dormir.

Alejarte de mí parece que te ha resultado fácil. Me causa miedo que en esta ciudad tan pequeña no te encuentre cruzando cualquier calle ni en ningún Mercadona.

De todas maneras, aquí seguirá esta persona dulce y habladora, por si algún día vuelves o me regalas algún «Hola». Y ya sé que no soy nada, pero mis labios te buscan y mi mente te piensa, en silencio, en espera.

Y te prometo que si algún día apareces, no diré nada, te abrazaré y sonará Pereza. Y lo haremos *Todo*.

UN MARTES CUALQUIERA

Martes, un lunes encubierto.
De comienzo de semana.
De sonar el despertador.
De alguna foto rota.
De «Mi rutina preferida».
De borrar mensajes antiguos
y recuerdos que duran todavía.
De ir a Granada o a tus piernas.
De ni de frío ni calor.
Algunas tapas mientras se va el sol.
De aquella canción que bailábamos.
Bueno, yo solo lo intentaba.
De una cerveza a las ocho.
De tu silencio a las nueve.
De ojalá un gol en Balaídos.
De trapos sucios.
De echar en cara.
De follar haciendo el amor.
O de fallar en él.
De mandar a la mierda todo
y de quedarme contigo.
De agárrate fuerte a mí.
De bésame y destrózame.
De viajar a Praga de una mano
y en la otra una cerveza.
Por si dudas. De ti, chica rubia,
que te escondes por la ciudad.
Que temes, por si me bebes.

De mimos y nórdicos.
Y mordiscos. De ven,
que te va a doler.
De escribir mierdas sin sentido.
Sí, como esta.
Que no dicen nada,
pero para ti igual todo.
De este martes sin sentido.

ME GUSTA

Me encanta cocinar para dos, tararear canciones, dormir abrazado y hablar entre risas hasta tarde. Pasar la mano por el pelo, ver pelis en DVDRip y la persiana bajada. Dar placer y reírme de tonterías hasta que duela el pecho. Adoro las bufandas y a Extremoduro. Ver el mar, el mar, el mar. Sí, tres veces. Sacar fotos. Que me den un lápiz y escribir frases sin sentido. Las noches de Andrés Suárez. Ver la luna con gafas de sol.

El *Todo* de Pereza. Viajar en tren. Comprar billetes de avión. El Nesquick de fresa y las golosinas con azúcar. Besar con mordisco. Follar en las mesas. Los días sin despertador. Saltar en conciertos. Ragdog. Las copas con naranja. Volver andando a casa. Los besos de madrugada, sabor tequila.
Me gusta una melena rubia. Las sonrisas de Amèlie. Quiéreme si te atreves. Las tortugas y los perros saltando. Los bocadillos bien cargados. Madrid en sus labios. Los bombones de coco. La tortilla con cebolla. Las lentejas de mi madre.

Y, sobre todo, me gusta tu mirada.

RUBIA

Había una vez una chica que adoraba ver el mar y escuchar a Leiva. Siempre bien vestida con la sonrisa puesta. Y la ropa también. De esas sonrisas que no pasan desapercibidas para nadie, que sin ser perfectas te dejan marcado.

Que sus vestidos le hacían unas caderas encantadoras. Impecable, como si todo fuera siempre bien. Tan cabezota que te daban ganas de comerla o de matarla.

Llena de miedos, llena de dudas que no compartía con nadie. Con un fondo tan bueno y tan sensual que daban ganas de morderle los labios. Y ahí sigue, a su manera se hace notar, nunca está, nunca se marcha. Solo le falta un paso más, por una vez en su vida arriesgar.

Y seguirá endulzando entre semana esta ciudad de mar con su sonrisa sana.

HERIDAS Y TIRITAS

Hay personas que pasan por nuestra vida, que son heridas. Algunas desde el principio y hasta el final. Otras aparecen para salvarte y terminan matando.

Lo intentamos todo: desinfectar, tomar calmantes para el dolor… y terminamos poniendo una tirita.

El problema es que siempre quitamos la tirita poco a poco, con dolor en cada tirón, y algunas veces es mejor tirar de golpe, arrancando la piel solo por una vez.

Cicatriz nos va a quedar igual, pero solo una y más bonita. Y aunque esté curada siempre escuece.

COSAS QUE HARÍA POR TI

Bailaría contigo aun sin saber. Aunque no sonara música. Y en la cama también. Pararía el ascensor. Te besaría contra el espejo y te dejaría sin bragas. Escribiría cada noche una canción para ti. Quizá te la leería después de hacer el amor. Cogería el primer tren a ninguna parte. Te taparía los ojos desde atrás. Y que le jodan al revisor mientras nos besamos. Convertiría los inviernos en primaveras. De tu mano, todos los otoños se harían verano entre tus piernas. Y si no existiera la playa, la haría en tu piel. Mordería tu pecho dentro del agua. Pintaría tu nombre en la arena. Esas noches aburridas, te esperaría en tu portal, para irnos a los columpios, como clandestinos.

Besarte en la frente y dormir en tu sofá. Pelear con la almohada hasta tirarte de la cama. Y mirarte a los ojos antes de acostarme diciendo un te quiero solo con la mirada.

VA A SER UN VIERNES DE MIERDA

Me gustan esas historias que empiezan con un «Va a ser un viernes de mierda» y terminan siendo distintas: por amigos en común, por dos besos de presentación, cuatro miradas furtivas y dos sonrisas que hablaban. Que se convierten en un sábado al sol, de la mano, de beso en la frente. De ponerse de puntillas y olvidarse de las fotos, del ruido, del mundo.

Y así fue.

Ahora escribo desde estas cuatro paredes, llenas de Post-it. Con la radio sonando, preguntándome cuándo te volverás a poner en mi camino, a posarte en mi pecho. Recordando cómo esa madrugada me desperté, salí a la terraza descalzo, por si pasabas. Y me volví a la cama. Me arropé, como tú me arropabas. Y me descubrí sonriendo cuando resonó en mi cabeza el «ser valiente no es cuestión de suerte». Ese que tanto tarareabas. Que ahora odio, y tú seguro aún cantas. A otros ojos, a otras manos.

DEL 20 AL 31

Me gustaría abrazarte en 20 eneros distintos.
Ya sabes que mañana 21 es primavera.
Que suene Taylor Swift y su 22.
Ver en el sofá contigo el número 23
y follarnos las 24 horas del día.
25 ojalá, si existieran.
Escribirte 26 cartas
y 27 caricias contra la luna.
28, qué inocente tu mirada.
29, como el de febrero cuando faltas.
Como cuando reduces a 30 para besarme.
Hasta el 31 el cava me sabe a tu boca.

«A»

Es un terremoto.
Baila sin pensar.
Sueña muy despierta.
Se llama A.
No podría vivir sin chocolate
ni besos en el cuello.
Intenta ser de piedra,
pero un roce la mata.
De placer. Solo quiere
que la mimen y reír.
Aquella tarde...

Aquella tarde:
pelis francesas,
Kinder bueno,
algún abrazo
y mis besos
en su cuello.
No podía ser menos,
ruido en la calle,
latidos en su pecho.
Apoyada en mis hombros,
sobrevivía...

Ahí estirada
en el sofá, estaba preciosa,
le di un beso en la nariz
y se enfurruñaba:

«La nariz no, idiota».
Y me besaba.
Apoyé un cojín
en su cabeza
mientras la desnudaba…

EL MUNDO DEJA DE SER UNA MIERDA

El mundo era una jodida mierda.
De días grises.
De lluvia que no paraba.
De ganas de mandarlo todo a la mierda.

Entonces aparecías y sonreías.

Se detenía todo. Incluso dejaba
de llover en tus pestañas.
Y te juro que me daba igual
que fuera una mierda si tú me abrazabas.

CREES QUE TODO VA BIEN

Crees que todo va bien,
que lo que tienes es felicidad.
La costumbre del amor
cuando ya no te lo esperas
porque tu vida tiene un camino marcado.
En la situación más rara e inesperada,
aparece alguien que te lo desvía al cielo.
Que todo da un vuelco.
Tu mundo patas arriba.
Las bragas mojadas de nuevo.
Tu corazón otra vez excitado.
Temblar. Dudar.
Y la sonrisa marcada en la boca.

ALMA ALQUILADA

Se despertó una mañana, tras una noche más de desprecios, de no poder dormir, de ojos como platos.

Se acabaron aquellas risas que rompían el silencio. Solo quedan fotos. Y duelen.

Le arropó aunque no lo mereciera. Hizo una maleta llena de recuerdos y borrones. Una nota simple en la nevera, vacía como ella. Así se despide ella, poco equipaje.

No quedan lágrimas. Una sonrisa de libertad al salir por la puerta. El futuro de la felicidad está ahí, aunque duela. Solo le queda seguir adelante.

El alma no se alquila.

LANZARSE AL VACÍO

Estabas muy abajo. Y desde allí, apareció tu cielo. Escalaste, poco a poco. Respiraste fuerte al llegar. Saltabas y reías. Era el precipicio más bonito por el que habías paseado jamás. Te arrimabas al borde de sus labios cada noche. Te columpiabas fuerte de sus caderas. Pero un día se rompió la cuerda de vuestra mirada y caíste... sin paracaídas, sin control. Al vacío.

MARZO

Parece solo el último lunes de un marzo lluvioso. Frío como un noviembre. Para algunos un día más. Para otros, seguro, algo inolvidable. Quién sabe para quién y en qué lugar del mundo es un día especial.

Y yo, como siempre, dispuesto a hacerte reír, a hacer como que nos encontramos, cuando llevo tres horas en tu portal. Con gominolas en el bolsillo que igual no me atrevo a darte. Con tu cazadora desabrochada aunque te mueras de frío. Odiando los paraguas como yo. Somos más de besarnos mojados. De ver cómo no estudias por leer lo que escribe Sara Búho. De hacerte el amor contra tu mesa de estudio. Y comer helado de Häagen-Dazs.

Es una lástima que tampoco vayas a estar en abril.

Ni en mayo, claro.

SE LLAMA MARÍA

Es bonita, mucho más de lo que ella dice. Odia la cebolla. De esas personas que siempre dicen que sí, aunque tengan cero ganas de ponerse las botas.

Pídele un favor y ya estará debajo de tu casa.

Le gusta estar y saber, tener todo bajo control, los vestidos y bailarinas. Y sin Coca-Cola *light* no puede vivir. No es como tú o como yo. Cree en el amor, y eso que la mataron. Bueno, no, la mataron y la remataron. Conoce un chico que le giró la vida, lo conoce como su mano, enganchada a sus miradas. Se la puso rosa (la vida, digo), se la hizo hermosa. La destiñó y quedó en ruinas.

Ahora está en obras. Luchando por colgar el «Otra vez: abierto por inauguración». Y daría su sangre por volver a su boca. Sin que sepa a derrota, y sí a una nueva victoria.

COMO TÚ LO HACÍAS

Y alguna noche,
una cualquiera,
de casualidad,
te volveré a ver
dando saltos
con tus amigas
en alguna discoteca
o apoyada en la barra
de algún bar
de mala muerte.

Y no tendré
valor suficiente
para confesarte
que no han vuelto
a abrazarme
como tú lo hacías,
sin avisarme.
Y me iré...
dando tumbos
me iré.

MI VIAJE PREFERIDO

Te voy a contar una historia real.
De lugares y viajes.
Totalmente verídica.
Con solo algunos
ejemplos bastará:

He subido a lo alto de la Torre Eiffel.
He paseado por los canales del Barrio Rojo.
Recorrí las tiendas de Milán.
Toqué el Muro de Berlín.
Vi cómo sonaba
el reloj astronómico de Praga.
Recorrí Buda y también Pest.
Me bebí una cerveza en Bratislava.
Noté el frío de Estocolmo y el calor de Malta.
Lo pasé genial, saqué miles de fotos.

Pero he de confesarte
que nunca he disfrutado
tanto como entre tus brazos:
ese fue mi viaje preferido.

LA VIDA Y MOMENTOS

Qué bonito nos parece siempre todo lo difícil. Nos encanta complicarnos.

Unos días tan *Diario de Noa* y otros de corrernos pegados a la pared. Nos llenamos de silencios que no nos dejan enseñar lo que pensamos. Nos gusta que nos abracen para dormir. Otros días nos falta cama. No queremos, pero odiamos estar solos... Bailamos en el espejo nuestra canción favorita. Cantamos mal en la ducha. Compramos ropa interior bonita, esperando que nos la arranquen. Y callamos todos los secretos. Lloramos cuando nadie nos ve. Sonreímos sin querer.

La vida.

Momentos.

MENOS DE CIEN PALABRAS

Muchas veces me he preguntado la razón por la cual ya no estás aquí. Muchas horas sin dormir, repletas de dudas.
Pero hoy me he dado cuenta de que seguramente fue mi culpa. Solo mía. Por intentar hacer sonreír a alguien que no quiere, por dar todo por alguien que da la mitad. Por hacer esfuerzos y encontrar reparos. Por dar besos con ganas y encontrarlos sin ellas.

Y sí, es lo que pasa cuando sabes que algo va a salir mal y te lanzas a la piscina con ganas. Con lo mal que sé nadar yo. Así me ahogué, claro.

Pero no te preocupes, aparecerá alguien y seguiré dando todo por nada. Nací así y, aunque duela, seguiré.

Y aquí, en menos de cien palabras, te lo explico.

HOLA, ¿CÓMO ESTAS?

No sé si te acordarás de mí: soy esa persona que un día te vio con tu carpeta y ya nunca más se olvidó de ti. Terminamos hablando, ya sabes, confío mucho en mí.

No querías quedar, aunque tu sonrisa delataba que era mentira. Muchas tardes, algunas cervezas, con tus gafas de sol y nuestro primer beso, mitad robado, mitad mordisco.

Algunas veces veíamos la luna con el techo puesto y la tormenta se hacía dentro del nórdico.

Ya no hablo contigo, pero los demás están hartos de que les hable de ti. He probado otros labios que no tenían sabor a nada. Bueno, a nostalgia.

Me han contado que hay otra persona por ahí, que tiene el pelo más bonito. Me sirve, si estás bien y te hace reír. Al menos que se dé cuenta de lo mucho que vales.

Me despido ya.

Besos.

Y QUE TE INVITE A CERVEZA

Había una vez una chica. Siempre reía. Alta, con unas piernas superbonitas. No necesitaba, ni quería nunca, tacones para salir. Pasaba de discotecas, era feliz en bares de la zona antigua. Bebiendo en los soportales.

Era preciosa. Ella siempre decía que no, pero los chicos se volvían locos por ella. No necesitaba chicos guapos, mataba por uno que le hiciera sentir momentos especiales. Su primer amor la dejó marcada. Nada la hacía sentir igual, y se guiaba por instantes.

Era tajante, pero la mejor persona que te podías encontrar en la vida. Te vacilaba y solo querías abrazarla. Un día me besó, yo no lo esperaba.

Me hizo sonreír muchos días y se marchó de la noche a la mañana. Pero no del todo, y ya sé, podéis pensar que eso no es bueno, que es una putada. Os equivocáis, es de esas chicas a las que solo les deseas la mayor felicidad. Y aunque no esté contigo, que se quede lo más cerca posible. Y que te invite a cerveza.

TÚ Y LA LUNA

Vivimos en la tierra,
pero, joder, tú eres mejor que la luna.

Desde el suelo lunar de tus clavículas,
observo y cuento
lunares en vez de estrellas.

Cuento en besos tu espalda
y en caricias tus muslos.

Me vuelvo loco al admirar
la marca de nacimiento
que cubre esa zona de tu cuerpo.

EL TREN DE LAS 14:36

La vi apoyada en la estación de tren. Pegada a una columna, sonreía sola. Iba sin medias aunque hacía frío. A ratos movía los pies al ritmo de su iPod.

14:36, llega el tren.

Sube pausada, y se coloca el bolso por delante. Su asiento está al lado del mío. Se coloca el pelo en el reflejo del cristal y esboza media sonrisa. Lleva un libro, pero no me da la vista para ver cuál es. Paisajes muy gallegos. Mucho árbol, cielo nuboso.

Saco un papel, medio lápiz me queda. Escribo cinco líneas y se lo entrego. No os descubro qué ponía, pero me lo devuelve con una sonrisa. Lo leo y me siento a su izquierda y le doy dos besos.

No se acabó aquí el cuento.

Aún quedan paradas.

O toda la vida.

UNA DE TIM BURTON

Lo mismo la encuentras jugando unas partidas a la Play o viendo una peli de Tim Burton, hasta arriba de golosinas, que relajándose en el baño o cocinando un buen plato, sin pensar en nada.

Fiel a sus amistades. Dispuesta a hacer algo por quien lo necesita, sin buscar reconocimiento.

Otras veces, esconde detrás de las gafas de sol lo triste que está su mirada. Con la mayoría de la gente cuela. Como sonríe y le brilla tanto el pelo, nadie desconfía. Como piensan solo en morderle el labio, no se enteran de que tiembla.

No lo puede evitar, le gusta seducir. Puede que gruña, pero entre gruñido y gruñido te puede hacer el amor en la bañera. Pero aun así se muere por un abrazo fuerte y apretando. De esos tan difíciles de conseguir y casi en extinción para ella. Quiere un masaje, uno de esos de la cabeza hasta los pies. Que la deje relajada y excitada. Para sentirse de nuevo así: llena de deseo. Llena de silencio. Respira.

MOMENTOS

Lo que da sentido a la vida son los momentos. Hay quien les da mucha importancia y quien los deja pasar como si nada sucediera.

Momentos que para el mundo igual son una mierda y para ti significan todo.

Tú sí que los entiendes.

Esos días que amanecen despejados y notas el sol entrando por la ventana. El primer «te quiero», que hace que te mueras de la vergüenza. La primera vez que te dejan, que te quedas mirando a un punto fijo con ganas de no dejar de llorar. Cuando tus pies se mojan en la playa. La risa de un niño. Cómo cerramos los ojos cuando algo está a punto de caer. Cuando se muere ese familiar, tan cercano que darías tu vida por él. Discutir con un amigo y que ninguno dé el brazo a torcer. Cómo tiembla tu cuerpo después de ese orgasmo tan intenso que ni te puedes mover.

Esa cicatriz de tu cuerpo que tú conoces y casi nadie más. Despertar de ese sueño del que jamás hubieras despertado por poder continuarlo. Ver que ese desconocido, en algún momento, fue tu mayor conocido. Y sobre todo, saber que dos personas que se recuerdan cuando ni hablan son capaces de todo.

Momentos.

Disfrutadlos.

DEL UNO AL DIEZ

Una vez en la ciudad
dos personas se miraron
en tres bares llenos de gente
cuatros chupitos amargos
besos hasta las cinco
a las seis mordiscos en su portal
siete caricias entre los muslos
ocho suspiros en su voz
nueve placeres en su cara
diez vidas repetirían de nuevo.

PERO MAÑANA PONTE GUAPA

No quiero que pensemos más.
Ven, que te bajo la cremallera,
que voy a meterte mano.
Acércate a mis labios,
que te los muerdo despacio
y nos quedamos sin saliva.

No se escucha nada en la Gran Vía,
follemos en la cocina.
La puerta de la nevera no cierra bien:
se te va a congelar el culo.
Y le paso mis suaves manos.
Todavía es de día.

La luz apagada y tu sonrisa
no necesita pilas.
Vas a saber a mí por tres días
y en el trabajo no te va
a reconocer ni la tía
enchufada de la jefa.

Te mandaré un wasap
para decirte que te pongas mona,
que esta noche toca fiesta en tu edredón
una madrugada mojada más.

Y tú das patadas contra las sábanas.

Que parece agosto
entre nuestras piernas y pasamos
de aire acondicionado,
sopla en mi piel...
Y no sé cuánto durará,
pero mañana ponte guapa.

VIVIR EN TU OMBLIGO

Me peinaré como pueda. Maldito remolino. Ensayaré mi mejor cara en el reflejo de cada coche.

Me pondré los cascos para apaciguar el miedo. Miraré por la ventana, intentaré no pensar en nada. La brisa en la cara al llegar. Pisando cada baldosa con la punta de mis Converse. Iré al supermercado. Busco algo rico para la cena. Empieza a oler bien, solo queda una hora.

Te esperaré en el portal mirando para abajo. Llegarás, tan guapa. Dos besos rozando la comisura de tus labios. Espero que no te vayas. Tu cazadora en el sofá.

La mesa preparada. Ríes nerviosa. A ti nunca te pasa nada (o eso parece). Me escuchas hablar y bebes un poco más para evitar no decir nada.

Vas a buscar el postre a la nevera y al girarte te encuentras mis labios acercándose a los tuyos.

Tus ojos por primera vez hablan. Y ojalá no te fueras hasta las once. De mañana por la mañana. Ya sabes que yo me quedaría a vivir en tu ombligo. Y tumbarnos en la cama. Hablar sin pensar nada.

OTRA VEZ DOMINGO

Otra vez domingo. Las once. Sol. Las sábanas se pegan, como el recuerdo de una mala noche, mala vida. Ayer salió, bueno, no iba a salir pero la liaron. Se deja liar. Sonó su canción preferida, bueno, la que era de ambos.

El espejo del baño habló de caos, de labios emborronados de promesas. La cocina es un desastre, restos de *pizza* y vasos de plástico. Medio llenos, claro. Una ducha de agua caliente recorre su espalda. Espuma en su cabeza. Albornoz puesto y la ventana abierta.

Lee Twitter desnuda. Es de esos días escasos (o no) en los que le encantaría que le acariciaran la espalda. La llama su mejor amiga, sonríe sin ganas. Le cuenta que ligó. Otro capullo, seguro. Y mira que se lo dice. Otra llamada, su madre. Dolor de cabeza.

Se queda dormida en el sofá. No tiene ganas de nada. Bueno, sí, pero se lo calla. Deja el móvil en la mesa. Se viste y queda para tomar cerveza. Vuelve y ya oscurece, casi lunes. Recuerdos y deseos en la cabeza. Se masturba con la tele de fondo. Una manzana de cena. No hay ganas de sartenes. Lo último que recuerda, la alarma: 7:30.

QUÉDATE A DORMIR

No fueron comienzos fáciles. Todo giraba entre sus dudas y barras de labios y los miedos de pantalones apitillados.

Cuando uno sí, el otro no. Idas y venidas. Como esas personas que se desean, pero ninguna da el paso, hasta que todo se termina. Como esa canción que une a dos, pero la escuchan separados.

Cuando él se acercaba, ella se separaba, cobra en mano. Cuando ella pedía un poco más, él daba un poco menos. Su primer beso fue lleno de ganas, lleno de baile. Una noche donde había dos estrellas más en el cielo.

Cenaron un día, restaurante lleno de gente y solos se sentían. Viajaron de la mano por la ciudad. Reían sin parar. Caricias de portal, besos de hasta mañana. Y un día, observando la luna en el techo de la habitación, se miraron a los ojos.

Él sonrió, y dijo:

—Imagínate que canto en M-Clan.

—¿Cómo? —respondió sorprendida.

—Quédate a dormir... es todo lo que pido...

Y volaron.

Y ALGUNA CANCIÓN DE MUSE

Nunca lo tuvo fácil. Épocas malas. Mucho tragarse sus pensamientos. Y aun así tiene un corazón de oro. Es capaz de jugársela por la gente que quiere. La ves pasar de lejos y parece que te va a partir la cara, pero detrás de sus ojeras es todo mimos. Se muere por abrazos.

Tiene tanto que decir que no se atreve. Tiene tanto por desear y solo tapa. Pensaba que lo tenía todo bajo control. En una línea recta. Aburrida a ratos.

Y entonces apareció alguien que la volvió a hacer temblar. A pensar en sentir cosas de nuevo. Se acojona, pero no quiere dejarlo ir. Ni parar.

Cinco minutos más… y alguna canción de Muse.

OTRO DÍA MÁS

Ella tiene muchas amigas emparejadas. Felizmente emparejadas, no tantas. Pero tiene muchas amistades emparejadas, sí. A esas pocas les sorprende que, con su simpatía, ella siga soltera. Además, cuando sonríe, es todavía más bonita.

No le gusta conformarse, nunca. Pero claro, los sábados por la noche, mientras sus amigas se van de cena romántica, ella se sienta en el sofá y saca su *pack* de Estrella Galicia y se pone *Grease* en el DVD. Y para sí misma es la relación perfecta.

Pasa los días entre vestidos bonitos y fiestas de noche. Copas. Alguna sonrisa. Algunas veces tiene citas con chicos, inteligentes y divertidos, pero nada le llena.

Pasan horas y llega a casa pensando «Ha sido divertido», pero no se vuelven a ver y su cama sigue sin tener calor.

Otro día más.

EL RETROVISOR DEL COCHE

Y allí estaba, repasándose el pintalabios en el retrovisor del coche.

Siempre lleva ropa interior bonita. Jamás olvida echarse colonia y verse en el espejo del ascensor. Es de esas chicas a las que hasta les sienta como un guante la camiseta de su equipo de fútbol.

Te dan ganas de besarla sin parar. Muchas veces está en silencio, piensa demasiado, colecciona dolor. Y aunque no lo creas, sus silencios dicen más que el resto del mundo a gritos. Una vez lo dio todo y la reventaron por dentro. Ahora vive siguiendo falsas señales.

Sus párpados se cierran lentamente cuando le acaricias el pelo y poca gente sabe que su punto débil está en la espalda. Adora la playa y meter los pies en el agua. Le encantan los animales: más de gatos que de perros. Araña cuando debe. La muerdes y sus ojos son todo hambre.

Mírala a los ojos con deseo y la ropa se cae sola.

TE QUIERO MIRAR VARIAS VECES

Te quiero besar a dos manos:
una con caricia en la cara,
otra sujetando firmemente tu cadera.

Te quiero morder con dos bocados:
despacito en tus clavículas,
con ganas en tus muslos.

Te quiero mirar dos veces:
una al despertar,
la otra toda la vida.

Te quiero querer de dos maneras:
algunos días con sonrisa,
algunas noches para siempre.

COMO SI FUERA POSIBLE NO PENSAR

Su nombre da igual. No es lo más importante. La vamos a llamar «Ele», por decir una inicial. Podría decir la «Eme», pero entre Leiva e Iván Ferreiro se me adelantaron.

Ele tiene una sonrisa pícara. Muchos sueños sin cumplir. Una vez, cuando era más pequeña, se enamoró. Se acostumbró a eso. Cree que lo sigue estando, pero no.

Algunas veces se olvida de dudar por un rato. Un poco de playa. Algún viaje. Pero llegan las jodidas noches, que le hacen pensar en nuevas sonrisas. Un poco de cariño ya olvidado. Sigue siendo coqueta. Le encanta posar con su vestido nuevo. Y aunque ha crecido, todavía medio sonríe con sus dientes ligeramente separados.

Nadie sabe nada. A sus amigas les cuenta que todo va bien.

«Como siempre» repite su cabeza.

Y mañana se pasará la noche leyendo un ratito más. Para no pensar. Como si fuera posible.

OLVIDAR

Llega un momento donde dejas de echar de menos a una persona. Te hizo feliz a ratos, sí. Pero lo único que extrañas son los momentos vividos. Solo momentos. Solo quieres vivirlos de nuevo, mejorados.

Desde entonces todo ha sido igual. Levantarse con horarios cambiados. Turnos a lo loco. Noches sin dormir. Del trabajo a casa. De casa a la playa. Sol y pensar. De casa al trabajo. Canciones en medio. Comer con mamá. Sin tiempo de siestas. Cada vez que se acerca alguien nuevo, solo te falta mandarlo a la mierda con la mirada. Nada te calma. Solo necesitas un abrazo fuerte que no te repita que todo pasará, que te haga llorar y soltar toda la mierda acumulada. Y que se quede ahí. Llora, que cura.

Y mañana algo nuevo te sorprenderá entre el café del desayuno y el cerrar de ojos de cansancio de un día más.

EL CIGARRITO DE ANTES

Suena su despertador cada mañana. Un día más. Se mira en el espejo con esos pelos de loca que tiene recién levantada. Es de esas chicas que no son las más guapas del mundo, pero tienen algo que las hace terriblemente atractivas.
Suenan los Guns.

Camina descalza por la cocina, con ese pijama tan cortito. Se cepilla los dientes mientras ensaya la sonrisa que va a seguir poniendo hoy.

Corazones marcados en la arena.

Te puede dar la impresión de ser superficial, pero es la típica que sonríe con cualquier detalle. Y no solo recibiéndolos. Hasta su pequeña mascota la mira con ojitos cuando va a salir de casa. Ella pone sus típicos morritos.

Te insulta hasta con una sonrisa. Aunque por dentro tenga ganas de cagarse en todo, o de follarte muy fuerte. Y te dan ganas de quedarte a vivir en sus tatuajes, de comer galletas y de darte baños de horas los domingos.

Es ella. Seguirá callando y arrastrando.

No fumo, pero puedes ser mi cigarrito de antes y de después.

CAMISETAS BONITAS

Tras mucho tiempo hablando y deseando en silencio, nuestras bocas se unieron. No era una de esas chicas extremadamente delgaditas. Unas curvas preciosas. Una melena que se le movía con el viento. Un pecho que no dejaba indiferente a nadie. Camisetas bonitas. Si le pillaba un poquito el sol, enseguida se ponía morena, muy morena.

Un día, mientras descalza cogía zumo de naranja en la nevera, la besé. Las cosas de encima de la mesa cayeron al suelo. Ni nos enteramos del ruido. La senté encima, para besar su cuerpo entero, mientras ella echaba la cabeza hacía atrás. Desde sus labios hasta sus rodillas. Sin pausa. Sin tregua. Su pecho en mi boca. Mis manos en su piel. De gallina. Creo que llamaron al timbre, pero no le hicimos ni caso. Y ya tumbados en el sofá, mi lengua se perdió entre sus muslos. Temblaba. Entre orgasmos la noche. Esa que se convertía en día cuando gemía.

No recuerdo la hora, pero qué bonita estaba cuando respiraba mientras dormía.

LA TALLA 38

Ya no esperaba a nadie. Tanta decepción hace que no confíes en ilusionarte de nuevo. Y no sé, apareciste, pero no hiciste que se detuviera el tiempo.

Conseguiste que caminara más despacio pero sonriente.

Como la hormiga que lleva comida a casa.

Te veía cantar *Caramelo* y me encantaba tu pelo. Brillaba hasta en una coleta. Mi sonrisa parecía hasta bonita cuando sonreía por ti. Y no necesitaba más que tu mano entre mi mano.

Después me dejaste una talla 38 olvidada en mi cama. Sin avisar. Con olor a ti. Un sujetador con las marcas de mis dientes. Unas cuantas canciones antiguas de tu iPod. Y recuerdos a montones acumulados en los cajones. He vuelto a no usar paraguas, ya no puedo taparte. Se acabaron los besos fríos por la ciudad.

Respiro. Pero ya no vivo...

SER RARO

Me gusta ser una persona rara. Muy rara.

De esas personas que aún miran por la ventana antes de dormir, por si está el cielo despejado y se pueden ver las estrellas. De las que se fijan en quienes caminan con prisa y la mirada agachada hasta el suelo.

Aún disfruto con canciones desconocidas que no salen en los Cuarenta Principales. Soy de los que toman Cola Cao frío en vez de batidos. De esos raros, que si un tren me encanta, vuelvo a por él, aunque me arrolle de nuevo.

Soy de acariciar todos los centímetros de tu cuerpo antes de hacerte el amor. De observar desde el asiento del autobús los vestidos de la gente en primavera. De sorpresas en peligro de extinción. De esos que viajan y se sientan en la plaza más grande para escribir lo que piensan.

Soy de decir «hola» en todas las tiendas en las que entro. De sonreírle a los que captan socios para la Cruz Roja.
Y seguramente no sobreviva siendo raro, pero moriré siendo un poquito más feliz.

BAH, OTRA NOCHE

Todo marcha según lo previsto: unos días mejores; otros, bah.

Creció. Clases y más clases.

Ahí siguen, juntos. Le quiere, o eso al menos cree por el día. Las noches ya son otra jodida historia.

Cuando su madre le pregunta, ella sonríe, de esas sonrisas tan amplias que casi todo el mundo se las cree.

Algunas veces recuerda aquello que pudo ser y dejó pasar por miedo. Aquellos gestos que aparecieron de la nada, que no se esperaba. Aquella forma de decir las cosas que le hacía temblar. Y esas ganas de besarle que no ha confesado a nadie nunca. Se arrepiente, quizá. Le queda la duda de saber qué hubiera pasado si se hubiera dejado llevar.

Y todavía, cada vez que abre la cama y mete los pies dentro, su mente la hace dudar otra vez. Otra noche. Otra vida.

ME DUELE

Me duele.
Me duele no volver a verte
desayunar
al girarme en la cocina.
Te sabías uno a uno
los imanes de mis viajes
en la nevera.
Me duele
que te fueras sin avisar.
Que solo fuera un cromo
que creías repetido
en el patio de un colegio.
Que mis «hola» sean respondidos
con monosílabos.
Con la desgana de quien madruga
después de no dormir apenas.
Me duele
tener que dormir
y encontrar una almohada
fría como compañía.
Salir de noche
y no querer encontrarte,
y verte saltar en cualquier pista.
Y no acercarme...
Me duele
no hacerte cosquillas,
sobre todo porque ya
no soy yo quien te hace

reír con ellas por las noches
y lo hará alguien que no tiene
ni puta idea de cómo te reías.
Y tu sonrisa, ay tu sonrisa,
esa sí que duele:
saber que no
volveré a morderla.

DOMINGOS POR LA MAÑANA

En cualquier país, ciudad o pueblecito perdido, mucha gente duerme: unos felices, otros tristes.

Gente que acaba de llegar de salir o a punto de levantarse. Que se están desayunando en la cama o recordando los besos de anoche. Que lloran por haber visto a esa persona de otra mano. De abrazar a sus amigos entre chupitos. De resacas e ibuprofenos. De mucha agua a la hora de comer. De ir a casa de tus abuelos. De recordar el polvo de ayer, de querer más (o no). De caricias de portal. De no sacarte el pijama en todo el día. De comer chocolate Milka con las pelis malas de la Primera.

Domingos de recordarle, de recordarla. De sonreír o llorar. De desear verle el lunes, o no verlo jamás. Domingos por la mañana y un poco más.

SEÑORITA DE MADRID

Igual tememos despertar una mañana cualquiera y no sentir nada. Tememos querer y que nos jodan. Otra vez. ¿Cuántas van? O que todo lo bonito de hoy se vaya mañana con una nota borrosa en la nevera. Y nos ponemos nuestro caparazón y salimos a la calle cubriéndonos el miedo.

Vuelve a llover.

Miedo a mirarnos en el espejo y no reconocernos. Sonriendo a nuestro reflejo. O ver una película y reflejarnos en la pantalla. Quizá sea temor a que no sean capaces de ponernos la piel de gallina como aquella primera vez. Igual tememos que Extremoduro tenga razón y estemos en una calle sin salida. Cerrada al público.

Me gusta temer. Solo me preocuparé el día en que no tema nada.

No temas nada, Lady Madrid, abrázame, dos veces y fuerte.

LA CARTA MENOS BONITA DEL MUNDO

Podría contarte que nadie me ha besado como tú. Que nadie me ha abrazado como tú. Que nadie me ha follado como tú. Y alguna de estas cosas podría ser verdad.

Podría decirte que nadie me ha enganchado como tú. Que nadie sabe hacerme reír como tú. Decirte que sin ti no hay nada. Y tú seguramente serías feliz así.

Pero no te voy a decir nada de eso.

Aun así, por si te interesa, te diré que aunque posiblemente no seas perfecta en nada, eres la única capaz de hacerme sentir único en el mundo. Y aunque quizá suene a poco y esta sea la carta menos bonita del mundo, para mí lo es todo.

AMORES A DISTANCIA

Chico conoce a chica. Chica conoce a chico. No se pueden encantar más. Ella de una punta, él de la otra.

El mundo les dice que están locos, que cómo van a viajar tanto. Que esas cosas nunca salen bien, que todo serán cuernos e infidelidades. Que lo van a pasar mal.

Lástima que no ven sus sonrisas cada vez que se escuchan por teléfono. Mensajes. Llamadas antes de dormir.

Las prisas para hacer la maleta, y joder, cómo se abrazan en la estación. Y no se vieron lágrimas más sinceras que las de sus despedidas.

Hacen planes de estar juntos cada día, se dedican canciones desde lejos. Bailan en la cama.

Y aunque saben que seguramente (o no) un día se acabe, más vale intentar algo que te emociona, que arrepentirse de por vida de no haberlo intentado.

SABE QUE SÍ

No sabe qué hora es. La ropa y su sujetador en el suelo. Ayer coincidieron. Mientras ella bailaba con sus amigas, él hablaba en la barra del bar como un cerdo. Cruzaron alguna mirada, pero no hablaron. Lo de siempre, lo de cada sábado.

—Es gilipollas, pero lo echo de menos.

Se levanta en bragas, se prepara un arroz blanco con tomate y atún. Otra tarde de domingo. De películas malas de La 1. De comer Milka. De masturbarse en el sofá pensando en él. De «ojalá viniera». De ver su conexión. De «no vuelvo a beber». De otro ibuprofeno. De abrazar a su perro cuando se tumba al lado.

Anochece, abre el Facebook, ahí están sus fotos. Peticiones de amistad de cuatro gilipollas. Denegar. Autodestrucción.

—Nunca más un domingo así —murmura.

Pero sabe que sí.

ME ACUERDO DE TI

¿Sabes cuando te preparas un Cola Cao,
antes de dormir, con el pijama a medio poner?,
¿cuando las parejas se despiden con un
«volveré pronto» en la estación?,
¿cuando llueve tanto que miras por la ventana
y casi puedes sentir la lluvia?,
¿cuando te corres tan intensamente
que no te puedes mover?,
¿cuando suena esa canción
que te hace bailar hasta descalza?,
¿cuando te acarician sin rozarte?,
¿cuando huele a libro viejo?

Pues sé que, cuando sucede eso,
siempre me acuerdo de ti.

VUELVE MAÑANA

Allí está el chico, nervioso. Si fumara, cogería colillas del suelo. Se conforma con mirar al suelo y colocarse bien la cazadora.

Hace frío. Parece que va a llover, pero aguanta. La ve venir con su flequillo mal peinado. Se hace el despistado. La abraza fuerte y le dice que ya no hay nada que temer. Más fuerte la segunda vez.

Pasean. Escuchan a gente tocar en la calle. Él habla mucho. Ella escucha y ríe sin parar. Tantos sitios para comer y tantas ganas de comerse. Comparten postre y miradas.

Y en la parte más alta de la ciudad, les pilla el chaparrón. Sin paraguas. Bueno, ella no se acuerda de que lo lleva en el bolso. Se cubren y ya nadie habla. Ni falta que hace.

Café con hielo. Pero mucho calor. Un poco más juntos. Cae con fuerza.

—Abrázame, no quiero que te vayas, anda, vuelve mañana.

COSAS PEQUEÑAS DE LAS 23:19

No quiero mucho. Ni pido mucho. Quizá me acostumbre a disfrutar de las cosas pequeñas. Esas que nos hacen tan grandes.

Bailar en el espejo, incluso en esos días en que todo va a salir mal. Cantar (desafinar) en la ducha. Acariciar por dentro de tu pelo. Cocinar platos raros, con restos de todo. Reírme contigo. Hasta que nos duela la barriga de decir tonterías. Que la gente se olvida muchas veces de hacerlo. Verte descalza por la cocina y desnuda al despertar. El sujetador detrás del sofá.

Descubrir canciones en el Spotify. Escribir textos malísimos en cinco minutos. Tan malos que parecen directos. Hacer colas para la primera fila de los conciertos. Caminar dos horas por verte cinco minutos. Volver a hacer el Camino de Santiago. Solo quizá, o de tu mano. Los pantalones apitillados y pasar horas eligiendo ropa en el Pull. Que la Coca-Cola siempre lleve limón y la tortilla cebolla. Ir en el tren con gafas de sol, pero los ojos iluminados.

Que me hagas rabiar. Que te enfades y se te pase en minutos. Dormir sin despertador y desayunarte sin levantarnos. Los calcetines de colores. Cenar en el casco viejo. Los besos de mi madre. Días con ganas de ordenar los discos por cantante y la ropa en la silla todavía. Y sobre todo te quiero disfrutar, como cosa pequeña. De corazón grande. Y de ojos que no podría explicar con ninguna palabra.

FELIZ DOMINGO (SI TE HAS LEVANTADO)

Hola, buenos días.

Es domingo. Me he despertado temprano.

Dicen que los domingos son los días donde las personas más profundamente piensan. Donde hay más *pizza* recalentada y cosas de las que arrepentirse. Dicen que son días de no quitarse el pijama o de ir a tomar helados por la tarde. De parejas compartiendo espacio, que igual no ganas. De hablar y que ya no signifique nada. De algún paracetamol. De escuchar canciones en bucle. Esas que no puedes parar de escuchar y siempre te dejan muy metido en la mierda. Y las vuelves a poner. De levantarte en camas equivocadas. O en algunas, que mal que te pese, no volverás a rozar. De duchas (o baños) relajantes, que algunas veces no relajan nada. De ganas de escribirle aunque sepas que no te va a contestar. De comidas familiares. De ir al pueblo. De besar contra la pared del pasillo. De gafas de sol. De verte en línea (otra vez) y que me sigas ignorando. De hoy te quiero y mañana te digo que no. De los cotilleos de «qué fuerte, qué fuerte, no sabes lo que pasó ayer». De los «no me pasa nada» que gritan «me pasa todo». De ti, que no hablas, pero miras. Profundamente.
Y entre todas esas cosas, yo solo tengo ganas de verte. De besarte y que muerdas la almohada.

Cuenta las horas que dura en tu ropa mi olor, cuando vuelvas a casa.

Feliz domingo.

CASI SIN QUERER

Todo empezó como empiezan las mejores cosas. Un poco por inercia inesperada. Cuando ni tú mismo te entiendes. No sabes qué pensar.

Aquellos primeros besos por intentar volver a sentir algo se fueron convirtiendo en compartir sofá. Compartir risas. Compartir vida. Y te das cuenta de que quemarías la ciudad si te enteraras de que te necesita.

Pasó el tiempo. Y casi sin darte cuenta tu vida cambió sin avisar. Haciendo ilusiones sin saberlo. Y como todo lo bueno que empieza, un día se acaba. Dándote cuenta de las cosas. Con besos en descenso. Pensamientos en otro sitio. Mentiras recibidas. Un adiós anunciado. Uno se quedará en otros labios. El otro un poquito en la mierda. O en mucha mierda.

ENTENDERLO EN TUS HOYUELOS

Todavía recuerdo lo roja que se te ponía la cara cuando te susurraba al oído que al llegar a casa te iba a hacer el amor en el pasillo. Y te mordía los mofletes en el ascensor.

Nadie entendía lo que te gustaban los besos en la frente. De esos que yo te daba sin avisar. Y de la mala hostia que te ponías si despeinaba tu flequillo.

Me agarrabas por detrás mientras hacía un poco de pasta:

—No hagas mucha, que ceno poquito.

Un día que te engañé y te dije que buscaras debajo de la almohada. No había sueños. Una rosa blanca como tu piel. Compartíamos caricias, de esas ya olvidadas.

Y tu maldita manía de no decir nada, de mirarme a los ojos y que tuviera que entenderlo todo en tus hoyuelos.

BILLETE DE IDA Y DE HUIDA

Te conocí. Fue como comprar un billete solo de ida a cualquier parte del mundo. Pero gratis y sin avisar.

En tu cama me sentía como si tuviera el mar delante. Y qué pequeña parecía tu cama cuando tenía mis labios en tu espalda.

Grabábamos siempre algún CD para cantar en el coche. Conducías a cualquier parte y en los semáforos ponía mi mano con la tuya en el freno de mano.

Un día llegamos a una playa y, sin toalla, hicimos el amor. Juegos de niños sin control. Veranos e inviernos. Tú venías a conciertos que te importaban una mierda por verme sonreír.

Y yo no sé qué pasó, supongo que alguien apareció que te hizo cambiar de opinión. Dejamos de compartir canciones y sé que, cuando no te miraba, contestabas al WhatsApp.

Yo me iba a casa y tus besos eran flojos. Podría decirse que rotos. Y no tuviste valor de decir que todo había cambiado. Tuve que decir yo que nada merecía la pena. Perjuraste que no había otra persona, que la culpa no era de nadie. Y puse cara de ñu mientras decías que algún día podríamos volver a tomar café.

Qué bonito que, entre viaje y viaje por desconectar, y entre fiesta y fiesta para olvidar, empezara a verte en bares con otra persona. Y tu Instagram no miente cuando le prometes amor eterno en las fotos en las que salís encima de la almohada. Con *hashtags* de *love*.

Y me pregunto cómo os besaréis, si le dirás las mismas cosas que me decías mientras hablábamos en la cama, donde aún queda nuestro olor. Y ahora quiero un billete para huir de recuerdos. Y sale demasiado caro. Dicen que está agotado.

SI SUPIERA EL MUNDO

Si supiera el mundo que detrás de tanto amor hay todavía más engaño. Que algunas veces dos labios se despiden por un rato y se encuentran con otros en el coche que espera abajo. Si supiera su boca explicarlo igual que sus ojos. Si supiera que algunas veces no se puede tener todo. Que es mejor el adiós que mentiras amontonadas.

Si supiera que el amor sin respeto no es más que una estrella apagada. Si supiera que hay que echarle valor aunque se quede sin nada.

Si supiera el mundo que las personas solo buscan su propio interés, sabiendo el daño que están causando.

Si supiera las veces que fui a las rebajas para comprar nueva colección. Si supiera las veces que besé labios que no lo merecían. Si supieran que las copas me gustan con naranja. Que hice el amor en un concierto. Que prefería dormir con tu pecho de almohada y que por un momento al despertar con la mano dormida, no siento nada.

Si supiera el mundo que si jugamos a contar mentiras, entonces yo tampoco te querría.

DULCE DULZURA

Se despierta todas las mañanas. Debe ser el único momento del día en que no tiene sus ojos grandes abiertos. Su pelo es revoltoso, pero le gusta que vaya siempre perfecto. En verano se pone supermorena, todo el mundo se lo dice. Y aunque tiene una sonrisa preciosa para el resto del mundo, ella es más de poner morritos en las fotos. Los labios más bonitos del mundo.

Casi nadie sabe que detrás de su timidez hay un lado pícaro y revoltoso. Y que los pequeños detalles la vuelven loca. Y no tanto regalo de gran almacén. Que con dos cervezas junto a alguien especial o una tarrina de Häagen-Dazs en el sofá algunas veces es suficiente.

Tiene un montón de noches pensativas. No todo sale como ella quiere. Eso me pasa por ser buena, piensa. Por momentos se harta de estar a la expectativa. Si tampoco pide tanto, solo que la quieran de verdad. Sin tapujos. Sin mentiras que hagan desconfiar a su mente. Le dan ganas de agarrar la maleta y viajar sin control, como a ella le gusta.

Y seguirá evitando momentos, seguirá callando, callando demasiado. Pero cada vez que se piensa en ella solo sale una palabra. Dulce. Dulce dulzura.

JUGAR AL PARCHÍS

Para quedar tuvimos que esperar hasta las cinco.
Jugamos a perseguirnos. A pisarnos los talones.
A evitar las barreras que le poníamos al corazón.
A comernos muchas veces. Contar veinte besos.
Y muchos orgasmos. Llegar a casa y contar diez
antes de besarte de nuevo. Colores.

Quererte es como jugar al parchís.
Y dejar que me ganes.

NO QUEDA AGUA

Nos conocimos y tú pensabas que nadie más podría sorprenderte. Tenías demasiada costumbre de ir de clase a casa y viceversa. De cocinar platos ricos para la cena. Y de dar besos de esos que se dan cuando llevas tantos meses que has perdido la cuenta.

Pasamos de usar el móvil dos veces al día a mirarlo cada dos minutos. De dormir poco y pensarnos demasiado. Y cuando pude volver a tener tus ojos delante, supe que eran los míos los que hacían que volvieran a brillar. Vaya luz, y eso que el verano había terminado.

No fueron besos, fueron dos lenguas que jugaban a desearse. No fue mi boca en tu pecho al desnudarte, fue cómo tu piel de gallina me lo contaba todo. Y te juro que podría haber vivido en tu espalda toda la vida, pero tuviste que marcharte. Adonde no eres feliz, pero nadie lo sabe. Adonde no estoy yo ni tus orgasmos de madrugada.

Y aún tengo la rosa guardada, seca. Como mis ojos, a los que ya no les queda nada de agua.

LA CHICA MÁS GUAPA DEL MUNDO

Normalmente se queda despierta hasta tarde. Algunas veces lee, y otras tiene la tele puesta con la cabeza en otro lado. Cuando se levanta por las mañanas siempre está de mal humor, mejor que ni le hables hasta que desayune. Bueno, mejor espera al mediodía.

Odia su pelo. Bueno, en realidad le encanta, pero es superrebelde. Mucho secador, y si eso, la plancha. Mejor que no llueva, que se marcha un pelo para cada lado.

En las fotos muchas veces no sonríe. No tiene la sonrisa más bonita del mundo, pero es la suya, inconfundible. Sabe que debería enseñarla más.

El armario es un problema. Muchas prendas. Pero cuanta más prisa tiene, peor le queda todo. Se prueba ropa una y otra vez. Repartida entre la silla y la cama.

Y si no la conoces, seguro que te parece una chica normal. Pero con todos sus defectos incluidos, es la chica más guapa del mundo.

Y MIENTRAS SUENA

No te imaginas lo que le gusta el sol. Cada vez que encuentra unos rayitos en la ciudad, se acerca. Se pone las gafas de sol y se acerca un ratito a la playa. Se ríe de su cara de recién levantada. Va aprendiendo a hacer las cosas desde el corazón. Con paciencia infinita, le va ganando la pelea al miedo. Ese que la acompaña desde siempre. Miedo de decepcionar al mundo y a sí misma. Y tiene ganas de ponerlo contra la pared. Y si no es por KO, será a los puntos.

No todo ha sido tan fácil como aparenta. Tienes que acercarte un poco a sus ojos para ver las decepciones acumuladas. Menos mal que su instinto la va salvando. Por algo será.
Y mañana será un día más, con locuras nuevas. Haciendo cosas que mucha gente no entiende, pero no las va a cambiar. Nunca más. Por nadie.

Y mientras suena «… y una lágrima se ahorcó, harta de tanto llorar…» ella sigue sonriendo.

NO SABRÍA EXPLICÁRTELO MEJOR

No sabría explicártelo mejor, pero al menos lo voy a intentar: eres de esas personas que, sin ser extremadamente guapas, tienen algo que las convierte en preciosas.

Y no te hace falta mucho, con cualquier cosa barata, sales a la calle y desprendes energía. Sonríes y joder...

Ya, ya lo sé, no es fácil que tú quieras a nadie. Hablo de querer de verdad. Pero yo al menos sé que, cuando quieres, quieres con toda tu alma. Y entonces, muy mal tienen que hacer las cosas para que te marches.

Pero alguna vez, las hicieron mal, jodidamente mal. Y ahora, ahora te cuesta horrores. No quieres una sola decepción más. Y a todo le pones pegas. Absolutamente a todo. Se le llama miedo. Bueno, tú quizá le llamas escudo.

Al menos, gracias a eso, siempre abres tus ojos todo lo que puedes, por si acaso. Y son preciosos.

NO ENTENDER NUNCA NADA

Mirándome a los ojos, sigo sin entender nada. Llevas el rímel que te regalé un día cualquiera. Hueles a esa colonia que, cada vez que alguien la lleva por la calle de las compras, me giro para ver si eres tú. Me fijo en tu pierna. Tienes una carrera en la media. De engancharla, como siempre. Has pillado dos kilos que te hacen la cara todavía más bonita.

Pediste café con leche en vaso grande y con hielo. Y te sigues riendo de mi Cola Cao. Llevas en el iPod esas canciones que yo te enseñé. El móvil en el bolso, como te gusta a ti cuando estás con alguien. Nos han puesto un poco de bizcocho. Unos niños juegan a corretear por la terraza del bar. Un hombre mayor se deja la pensión en la tragaperras. En la tele, Canal Plus Liga. En tus ojos, invierno.

Y al final tendrás que marcharte. Me abrazarás fuerte, como siempre. Y seguiré sin entender nada. Pero sabiendo que todo lo que quiero es contigo. Y ojalá algún día tenga valor de decirte que contigo no me importaría no entender nunca nada.

MI PROPIA LOTERÍA

Me ha tocado. Me ha tocado ser yo. Enamorarme de cosas raras y de personas locas. Me encanta el olor que se queda en las manos al pelar mandarinas. El sabor de la sandía fresquita en verano. Y comer galletas con leche en invierno. Inundar los platos de pasta con queso rallado. Beber cervezas solo en compañía.

De pequeño leía hasta las etiquetas de los botes. Nunca salgo sin colonia. Y siempre siempre me voy mirando en el reflejo en los coches aparcados. Los pantalones apitillados y las camisas de cuadros. Soy hipocondríaco de nacimiento. Me agobio con facilidad. Soy de charlas largas con amigos y de debatir hasta la noche sobre el amor. Bailo peor que canto e intento acariciar mejor que escribo.

Soy de sangre caliente, pero igual de abrigado en cada estación del año. De ver mucho el mar. De escribir hasta en los manteles del restaurante. De viajar de aquí para allá. De hacer cualquier tontería para que alguien sonría. De estar tres días triste en casa y tres seguidos sonriendo por ahí.

Soy una historia más. Soy mi propia lotería.

EL AMOR ES SILENCIO

Lo más bonito de estar enamorado es el silencio. Ese silencio que se crea cuando dos personas se miran a los ojos. Porque sabes que digas lo que digas, aunque intentes decirlo de la forma más espectacular posible, jamás nada podrá acercarse a explicar cómo te sientes.

Y supongo que eso es el amor: sonreír callados.

COSAS BONITAS

Leer libros bonitos
con media copa de vino
suave en el sofá.
Los calcetines de colores.
Quererte a ti mismo
por encima de todas las cosas.
Olvidar la última vez
que encendiste la tele.
Ir mirándote el pelo
en el reflejo de todos los coches.
Las gominolas con azúcar.
Las canciones que ponen
los pelos de punta.
Masturbar con la lengua.
El reloj cinco minutos adelantado
para seguir llegando
igual de tarde. O más.
Dormir poco y acariciar lento.

LA PEOR SENSACIÓN DEL MUNDO

Hace tiempo que hace frío. En la calle no demasiado, pero por dentro no hay abrigo. Recuerda con ilusión su primer amor. Hacía todas las tonterías que nadie podía imaginar. El segundo marcó todavía más. Y lo que es peor, dejó cicatrices. De esas que no se ven, pero que tú notas siempre.

Y poco a poco el tiempo ha pasado, casi sin enterarse. Entre cosas sin importancia y frío. Mucho frío. Algunas veces se para a pensar, cuando acaba el día y la habitación está oscura. Qué horrible sensación esa de tener ciertas dudas de que alguna vez vaya a sentir no solo algo parecido sino, simplemente, sentir algo.

Así día tras día. Y supongo, que esa es la peor sensación del mundo.

FRÍO II

Hace sol, pero hace mucho frío. Me dices: «Dame la mano, que hace frío». Y sabes que yo las tengo siempre calientes. Escóndelas dentro de los bolsillos de mi abrigo. Sin abrochar como siempre. Vamos a tomar un chocolate caliente en esa cafetería del centro. Ahí sobra la bufanda.

Galletas de canela. Las manos jugando debajo de la mesa. Se escapan cerca de las piernas. Besarnos en cualquier ascensor. Con lengua. Un apartamento en la montaña con una chimenea gigante. Ver el reflejo en el fuego. Hacernos el amor hasta arder. Que tengas que destaparte para dormir.

Y qué frío por la mañana. Vamos a volver a besarnos. Y supongo que, si tú me abrazas, nunca volveremos a pasar frío.

ÉRAMOS DE ESOS

Éramos de esos que no saben estar juntos, pero tampoco sobreviven separados. De los que pueden estar días sin hablarse, pero no soportarían faltarse. Que se podrían insultar hasta cenando pero, si alguno faltara, ambos morirían. De que cada vez que éramos tormenta, después venían otras ca(l)mas. De esas que no llenaban y lo hacían todo aburrido. De orgasmos que sabían a poco. De «Sí, me trata bien, pero no es lo mismo». Que si uno picaba, el otro respondía. De echarse de menos y no decir ni mu. De ser orgullosos hasta reventar. Y reventamos. Tanto, que ni hablamos. De esos que estaban destinados a quererse. A odiarse a ratos. A no ser. Pero siendo toda la vida.

EL APARTAMENTO PEQUEÑO

Era un apartamento pequeño. Entraba un sofá de esos que se convierten en cama. Una cocina con dos fuegos. Una tele tan pequeña que nos importaba una mierda no verla. Pero estabas tú. Con el flequillo despeinado. Cociné yo. Tú venías por detrás. Y temblaba hasta el salero. No nos hacía reír el vino, es que somos muy idiotas de serie.

Los pies jugaban, las bocas se arriman en el sofá, ese que convertimos en la última *suite* del Palace. Y yo, tu espalda para besarla durante horas. Para rozarla por cada centímetro de la piel. Desabrochaste el sujetador e hice aguas en tu pecho. De aguas a pico del Everest. Tus ojos brillaban y la piel se erizaba. No decías nada, pero suplicabas un mordisco más.

Explorando dentro de tus bragas, sujetando con fuerza tus muslos. Me hubiera quedado sujeto a tus caderas toda la vida. Siameses de orgasmos. Y en aquel sofá lleno de nosotros, olía a vida. A noche buena. A que si nos hubieran dado a firmar, jamás nos levantaríamos.

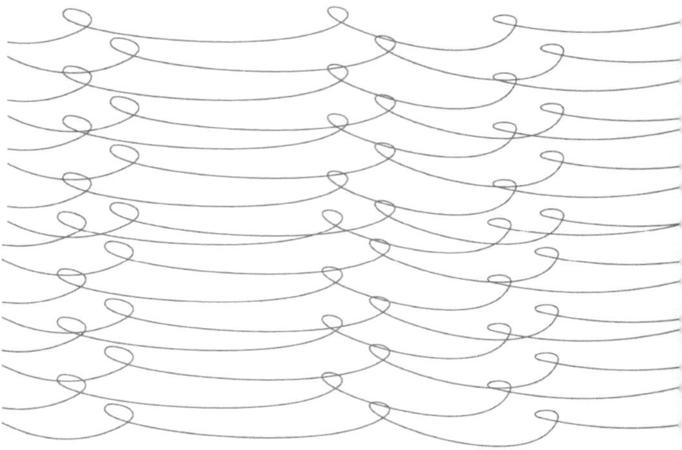

MICROCUENTOS

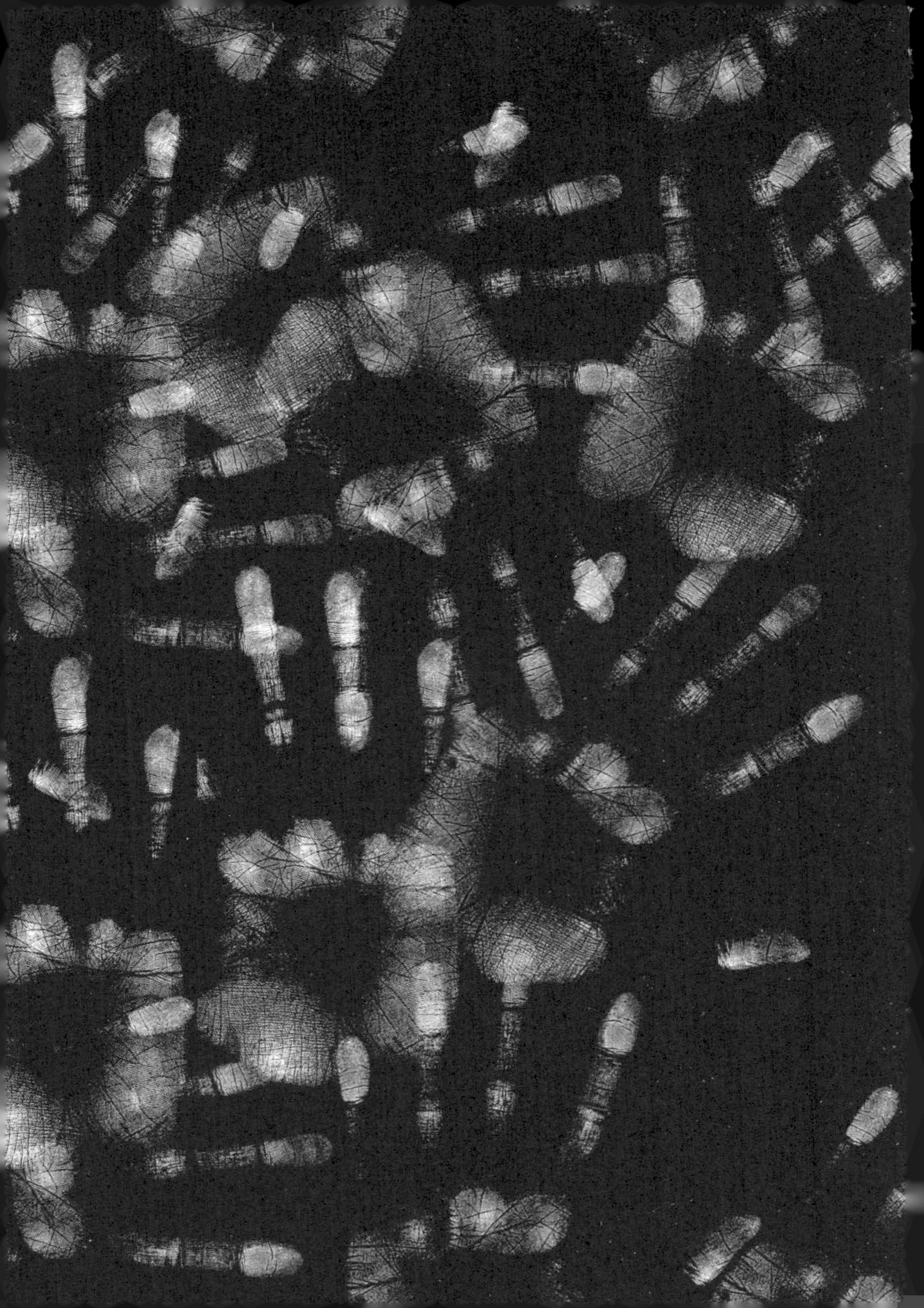

1 Ojalá supiera escribir tan bonito como tú pestañeas.

2 Los cinco segundos previos al primer beso. Las invasiones de sofá. Las manos que se rozan sin querer queriendo. La ropa en el suelo. El amor.

3 Lo bonito es cuando no miras el móvil durante horas porque todo lo que necesitas lo tienes enfrente y está hablándote mientras te mira.

4 Hay abrazos que te salvan. Que te hacen no querer soltarte nunca. Donde sabes que, aunque todo vaya mal, ahí, apretado, estás bien. Muy bien.

5 La gente ya no prepara sorpresas. Con lo que molan las sorpresas y la cara de quien no las espera. Sorprender es lo más bonito del mundo.

6 Se está perdiendo lo de aparecer por detrás y abrazar fuerte. Y lo de decir «te quiero», por miedo. Y lo de arriesgar, por no perder. Y qué pena.

7 Hay personas que solo con verlas te hacen temblar. Aunque sea tarde. Aunque ya no se pueda. Siempre van a conseguirlo. Que las ganas estén ahí.

8 No me alegro de tus decepciones anteriores, pero todas ellas han conseguido que tú estés aquí. Eres mi suerte. Nos la merecemos..

9 Ya casi no habláis. Mitad orgullo. Mitad indiferencia. Pero removerías toda la puta ciudad por encontrarle si te enteraras de que le pasa algo.

10 Si te hace sonreír sin que te des cuenta y, sobre todo, si te hace pensar, tienes un problema. Pero muy bueno. Disfruta.

11 Me gusta la gente que tarda en abrazarte por primera vez, pero que cuando lo hace es para toda la vida. Y aprieta fuerte...

12 Que se puede echar de menos a alguien y a la vez no querer que vuelva nunca más... Que algunas veces el daño ya fue bastante.

13 No me dan miedo estas ganas de verte, lo que me acojona es que no se vayan nunca.

14 Viernes por la noche y puedes volver a dejar las bailarinas en el bolso y el corazón en el ropero. Hasta por la mañana.

15 En resumen: hay personas por la que perderías el tren por un solo beso. Y trenes en los que montarías por exactamente lo mismo. Y es precioso.

16 Querer a alguien no es cuestión de físico. Es de sensaciones, que te haga temblar sin estar. Que consiga que sonrías aunque no puedas verle.

17 Siempre pensaré que el amor es hacerse reír.

18 Que algunas veces nos marchamos. Y no precisamente porque queramos hacerlo. Debemos. Y no digáis que es de cobardes. Muy valiente hay que ser.

19 Se dijeron adiós, se giraron y de repente dejó de llover en la calle. Por dentro quedaba mucha tormenta todavía.
Y dolía...

20 La quería tanto que no tenía que pasarse cada hora del día recordándoselo.

21 Dejó el corazón guardado en la guantera. Los asientos para atrás. Y se lamieron las cicatrices. Y los cristales se empañaron.

22 «¿Cuál es tu lugar favorito?», le preguntó. Él no dijo nada y la abrazó. Ya tenía respuesta.

23 Y al final, resultó ser gilipollas.

24 Que amarte dolía, y yo te quería incluso sin medicación. Imagínate.

25 Y un día descubrió que jamás sería feliz con alguien si no aprendía a serlo primero estando sola.

26 Cada noche cogían el móvil y se veían en línea preguntándose con quién estarían hablando. Y los dos se preguntaban lo mismo.

27 Pared. Tu pecho apoyado. Tu espalda desnuda. Mis labios mordiendo. Frío por delante. Calor por detrás. Sudor.

28 Ella era un huracán, y me enamoré aun sabiendo que a su paso se iría destrozando todo. Hasta el corazón.

29 Nunca duerme sola, pero jamás acompañada.

30 Era de pintalabios rojo en noches negras, de tacones altos en días bajos y de sonrisa amplia en días pequeños.

31 Y nunca necesitaban preguntarse si querían verse hoy.

32 Me di cuenta de que había llegado tarde al tren de mi vida. Lo que no sabía es que tú te habías bajado en mi estación.

33 Mi lengua paseando por el borde de tu ropa interior en un día lluvioso. En tu cuerpo mojado.

34 Uno tan tijera, el otro tan papel. Y en vez de jugar a destrozarse, se hicieron el amor encima de la piedra.

35 En nuestro sofá, todas las películas tenían final feliz.

36 Tapa con besos de una noche el reflejo de tristeza de su espejo. Pero siempre vuelve a ser por la mañana.

37 Vi pasar tus ojos y pedí un deseo. Que no fueras fugaz.

38 Y fueron tan felices que les importaba una puta mierda que su última conexión no coincidiera con la suya.
Y sonreían igual.

39 «¿Que sientes por mí?» le preguntó.
No dijo nada, bajó la cabeza pensando: «Como si lo pudiera describir con palabras».

40 Me dijo: «Hazme feliz».
Entonces, le hice reír.

41 Le dijo que iba a comerse el mundo. Entonces se perdió entre sus piernas.

42 Le vi empezar un libro y dejarlo a la segunda página porque decía que no le gustaba. No quise saber qué haría con las personas.

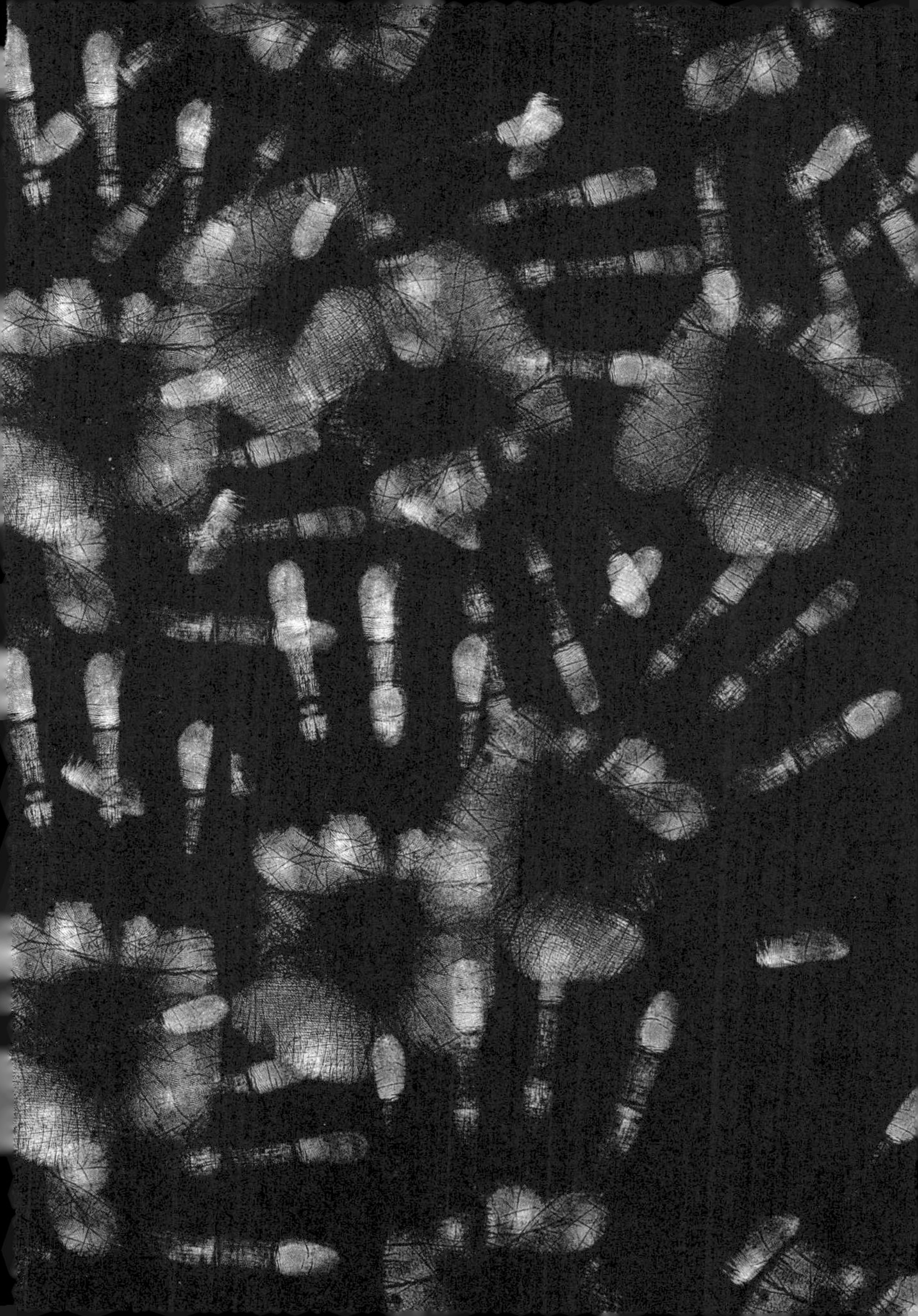

MUEVETULENGUA.COM

MUEVE TU LENGUA

#FOLLAMANTES	Carlos Salem
MI CHICA REVOLUCIONARIA	Diego Ojeda
A PESAR DE LOS AVIONES	Diego Ojeda
LAURA Y EL SISTEMA	Pedro Andreu
LOS CUERPOS LEJANOS	Rodolfo Serrano
A CUENTO DE NADA	Rafa Pons
TE ODIO COMO NUNCA QUISE A NADIE	Luis Ramiro
HERIDO DIARIO	David Martínez Álvarez (Rayden)
LAS NOCHES SON PARA LOS ARTISTAS	María Cabañas
LA AMPLITUD DE UNA NEVERA AMERICANA	Pedro Andreu
CASI SIN QUERER	Defreds
EN UN MUNDO DE GRISES	Sergio Carrión
AHORA QUE LA VIDA	Ismael Serrano
CUANDO NOS REPARTIMOS LOS BARES	Teresa Mateo
IZAR LA NEGRA	Pablo Benavente
APNEA	Rubén Tejerina
LOS VERSOS QUE NUNCA FUERON CANCIÓN	ZPU
ELLA ESTABA DETRÁS DEL LABERINTO	Joaquín Pérez Azaústre
SERENDIPIA	David Olivas
EL SECADERO DE IGUANAS	Pedro Andreu
EL LIBRO DE LOS QUIZÁS	Fran Russo
APUNTES SOBRE MI PASO POR EL INVIERNO	Marwan
CUANDO TÚ YA NO	Saray Alonso
CUANDO ABRAS EL PARACAÍDAS	Defreds
PRONÓSTICO DE LLUVIA	María Cabañas
¿QUIERES CALARTE CONMIGO?	
NUBES NEGRAS	David Ruiz
UN PARAGUAS ROTO	Anne @invierns
LA TRISTE HISTORIA DE TU CUERPO SOBRE EL MIO	Marwan
VIAJES A KERGUELEN	Iago de la Campa
LA BARBA DE PETER PAN	Nerea Delgado
TODA ESPAÑA ERA UNA CÁRCEL	Rodolfo Serrano y Daniel Serrano
MUJERES CON GATO	Carlos Salem
LA PIEL QUE BUSCA PIEL EN SU DERIVA	Felipe Benítez Reyes
#TUPOESÍAENUNTUIT	VVAA

CÓMO PUDO NADIE DEJARTE ESCAPAR	Samir Abu-Tahoun
AMOR Y ASCO	Srta. Bebi
ANATOMÍA DE UN ÁNGEL HEMBRA	Pedro Andreu
TE QUIERO COMO SIEMPRE QUISE ODIARTE	Luis Ramiro
ELSA Y EL MAR	Màxim Huerta
APAGA Y VETE TÚ	Sonia Bartolomé
EN 2084	El Chojín
LA NIÑA QUE HABLABA CON LOS ÁRBOLES	Ismael Serrano y Mar Blanco
DIEGO OJEDA A SOLAS EN FNAC	Diego Ojeda e invitados
HURGANDO EN LA CAJA NEGRA	Pedro Guerra
LA RESPUESTA ES NO SER COMO ELLOS	Pablo Benavente
DE MOMENTOS	Isasaweis
A RATITOS	Isasaweis
1775 CALLES	Defreds
VIDA BELLA	Javi Alañón
COMPAÑERA GALÁCTICA	Diego Ojeda
RECALCULANDO RUTA	El Chojín
AMA O ARDE	Rubén Tejerina
LAS CONSECUENCIAS DE NO ENCONTRAR NADA MEJOR PARA PERDER EL TIEMPO	Carlos Marzal
LIBRETAS DE AUTOR	
CORAZÓN Y TIEMPO	Iago de la Campa
LUIS RAMIRO A SOLAS EN FNAC	Luis Ramiro e invitados
DÁTREBIL	Pedro Andreu
APNEA ILUSTRADA	Rubén Tejerina
INFINITA	César Poetry
LA RUEDA	Alberto Claver
TU NOMBRE ESTABA EN TODAS LAS CIUDADES	Rodolfo Serrano

Defreds
Jose A. Gómez Iglesias

1775 calles

Textos	Defreds
Prólogo	Víctor Fernández
Epílogo	Fanny Figueiras
Portada y diseño	Cristina Reina
Fotografía	Fanny Figueiras
Maquetación y corrección	Papiroplus
Número de edición	Primera Edición
Fecha de edición	Febrero, 2017
@edición	Frida ediciones
Isbn	978-84-946390-5-0
Depósito legal	M-1962-2017

«Quisiera darte todo lo que nunca hubieras tenido, y ni así sabrías la maravilla que es poder quererte».

Frida Kahlo

«En una ocasión el pequeño David Summers le mostró a su padre un pequeño Bambi idéntico al que había visto en un libro de Walt Disney que creyó que iba a ser el orgullo de su padre por lo logrado que estaba. La sorpresa fue que en cuanto llegó, este lo agarró y lo tiró a la papelera: "Para ese Bambi prefiero el de Disney, lo hace mejor".

No le servía por muy bien dibujado que estuviera. No era suyo, no era original. Tenía solo 6 años, le pareció cruel la reacción de su padre, pero jamás olvidó el mensaje: No imitar a nadie».

Extraído del libro *Sufre mamón*
Javier León Herrera.

PRÓLOGO

La poética de la humildad

Víctor Fernández

En primer lugar, si me lo permitís, me gustaría hacer un comentario personal. Quizá no sea políticamente correcto, quizá a otros le parezca endogamia editorial pero, en este caso, sin apurar mucho el código deontológico, es un deber.

Por un lado, abruma enfrentarse al prólogo de un autor cuyo talento, trabajo, humildad y dedicación le han hecho cultivar miles de corazones, página a página, en forma de libros y de lectores.

Por otro, dada la confusión generada por algunos «teóricos de la poesía actual» que no dejan de encasillarlo en un género poético (también encasillado) para que cuadren sus artículos o teorías, al principio, me incliné por un prólogo más filológico para aportar como editor, humildemente, algo de luz y, nunca mejor dicho, justicia poética para añadir que, como Defreds dice al principio del libro y, siguiendo a Magritte, esto no es un libro de poesía.

Desde ese punto de vista, podría haber valorado, por ejemplo, teorías como la de Lotman para hacer notar su evolución como escritor desde el punto de vista de la estructura artística, o del formalismo ruso y Vladimir Propp para hacer ver la evolución el engranaje técnico de reloj suizo de sus relatos y microcuentos, de sus brillantes motivos o sus reconstrucciones urbanas y posmodernas de lugares comunes del cuento tradicional. De la subversión del modelo confesional que supone su narrador desde el punto de vista de la sociocrítica y la narratología, del adictivo isomorfismo, esto desde la perspectiva glosemática, propio, por otro lado, del lenguaje más poético. He ahí la libertad de la escritura.

Pero, ante la duda, una llamada a Jose y, como siempre, desde la más profunda humildad, me dijo que hiciera lo que más me apeteciera y, como si tuviera delante una suerte de Saint-Exupéry, tuve claro que, en este caso, como ocurre con las decisiones difíciles, «quien elige el camino del corazón no se equivoca nunca».

Siendo coherente con este principio y su imperativo moral, rechazo todas las anteriores teorías y me quedo con la que más me importa, la sociología del lector, especialmente en el contexto de algo que más que un debate, parece una pelea de gallos.

Han pasado casi tres años desde la publicación de su libro *Casi sin querer*, casi uno para el cumpleaños de su paracaídas. Durante ese tiempo, hemos visto cómo, poco a poco, aterrizaban felices en las miles de estanterías que son vuestros hogares y, lo más importante, cómo miles de personas, después de leerlo, permanecían durante segundos, minutos, horas, (vidas, por qué no…) con una sonrisa cuajada en el rostro. En eso, como nos dice Defreds en su primer libro, consiste el amor: «en sonreír callados».

Y, mientras aún sonreíamos callados con los ecos de *Casi sin querer* y volábamos en un salto al vacío al amor tras la ruptura, el desconsuelo, la desconfianza, el cuestionamiento absoluto, a la vida al fin y al cabo, Defreds nos prepara otro ejercicio de poética de la experiencia, retándonos a no poner nunca los pies en el suelo y volar ahora a través de un itinerario mítico y simbólico, si fuere necesario, para llegar a la persona que amamos.

Es en eso, entre otras muchas cosas, es en lo que radica la genialidad de Defreds, en elevar lo cotidiano a categoría poética porque, como él nos muestra, es en los gestos más sencillos donde la belleza se muestra en su máximo esplendor.

1775 calles es la cartografía de un universo propio en el que, por su extremada limpidez, es imposible no verse reconocido.

Porque al final, continúa su vitalismo, somos nosotros los que hacemos que los momentos sean uno más en la vasta cadena de montaje que estructura nuestra cotidianidad o que los trascendamos como el ritual que nos hace sentir y querer vivir cada día como el último de nuestra vida.

Es amor lo que habéis dado al leer *Casi sin querer* y *Cuando abras el paracaídas*; amor también a Defreds y la maravillosa persona que hay tras su heterónimo, Jose A. Gómez Iglesias y amor, por último, a nosotros, el equipo de Frida Ediciones.

Gracias a Jose y gracias a vosotros, lectores, por estar ahí durante todo este tiempo. Con este libro, esperamos que sigáis volando con nosotros durante mucho tiempo más… «a vosotros os lo escribiríamos todo, pero nos dejasteis sin palabras».

Víctor Fernández

INTRODUCCIÓN

Si estás buscando un libro de poesía, deja este libro en la estantería y busca otro. Tienes muchísimos para elegir.

Aquí solo están mis pensamientos y cosas que me han ido pasando. O las que he visto a mi alrededor y le he puesto mi toque. No puedes esperar nada más que realidad. Son sencillos, me salen así. Si te saca una sonrisa, ya ha cumplido su objetivo.

Emoción es todo lo que ha pasado con mis dos primeros libros *Casi sin querer* y *Cuando abras el paracaídas*. Cualquiera que me conozca un poco sabe que no me lo esperaba. Todavía recuerdo cuando todo esto empezaba. Puse todo mi empeño en alargar lo más posible todos mis sueños. Solo os puedo dar las gracias por los miles de mensajes agradecidos que he recibido en mis redes. Algunos desde lugares realmente lejanos.

Hace unos meses, de entre todos los mensajes, me sorprendió uno en especial, más que por el contenido por el lugar desde el que lo recibía. Le he pedido permiso para compartirlo con vosotros:

Shani K.
23/12/2016 15:45

«¡Hola!

Es poco decir lo que me provocan tus palabras. Las respiro hondo y las vivo en cada minuto. Cuando estoy triste me hago recordar que "nunca te lo han puesto fácil" leyéndolo una y otra vez, me tranquiliza, me hace ver la luz que brilla en mí.

Me llamo Shani. Soy de Israel. No sé como llegué a tu página pero por algo será. Es difícil pasar un día sin leer una de tus maravillosas letras, tan profundas, tan real.

Eres una persona increíble y sin conocerte personalmente, te puedo sentir tras tus letras. Sigue dando a la gente de tu talento sentimental. Aquí estaré yo ansiosa al recibirlo.

Te doy las gracias por cambiar y mejorar la forma de mi vida, puede que fuera yo, haciéndolo cuando mi interior se siente reconfortado, sano e iluminado. Aprendí español viendo telenovelas y hablando por Skype.

Una última cosa. Me encantaría tener el libro *Cuando abras el paracaídas* pero no por la web sino físicamente. ¿Como lo podré comprar y tener?

Gracias de nuevo, con mucho amor,

Shani»

Sí, le respondí a Shani. Fascinado y emocionado. No sabéis la emoción que es descubrir pequeñas historias como esta. Días después, me volvió a escribir, con una foto de mis dos libros. Los había pedido a España y llegaron a Israel.

El poder de Internet, emocionar a miles de kilómetros. Sin todos vosotros esto sería imposible. He contestado todos los que he podido. Gracias por poner miles de libros en vuestras mesillas. En vuestro viajes. En cada uno de vuestros momentos especiales. Gracias por entender mis letras.

Aquí está mi tercer libro *1775 calles*. No tengo ni idea de escribir de otra manera. Suelto lo que me hace sentir cosas y no miro atrás. Espero que os deje un poso de sencillez para el resto de vuestras vidas. Y recuerda, tú puedes darle el sentido que quieras a mis textos, pero lo que yo quiero decir, seguramente solo lo entienda yo.

Inicio

Dicen que las respuestas y todo lo que podamos conseguir está en las calles. Vemos cada día gente pasar por nuestro lado sumergida en sus pensamientos.

¿Nunca habéis intentado intuir qué puede estar pensando alguien mientras camina? Si tiene un buen día o uno malo.

En cualquier calle de nuestra ciudad puede suceder algo que nos cambie la vida. No hace falta esperarlo ni desearlo. Simplemente sucede. Seguramente cada uno de nosotros tiene una calle preferida. Una calle que le recuerda a alguien o a algo que le ha sucedido. Esa en la que nos ha pasado algo que no olvidaremos jamás.

¿Cuál es la tuya?

He bajado a las calles de mi ciudad. Para disfrutarlas, para fijarme en cada metro. He visto historias pasar. He imaginado otras. Y sentido la mayoría.

Muchos textos cortos de este pequeño libro han sido escritos en una calle distinta de mi ciudad. Otros están inspirados en ellas, en momentos y situaciones. Cada una con su historia. Unas fueron hace tiempo y otras el mes pasado. Unas se podrán intuir y otras se quedarán siempre para mí mismo. Espero que las disfrutéis. Me han faltado muchas, nunca pararé de descubrirlas. Si vienes a mi ciudad, te invito a elegir las tuyas.

Gracias por acompañarme en este viaje por las calles de Vigo. Por las calles que pasea mi corazón. Adelante.

Índice en ruta

Vigo, España

95
92
60
94
30
93
107
112
3
25
27
48
56
82
83
55
34
24
44
74
108

Pedido mínimo

Me alegra cuando pedimos al chino y hay pedido mínimo. Cenaremos sin parar, nos miraremos. Sobrará mucho para comer mañana. Sonrío. Muy rico todo lo recalentado si tú estás al lado. Te diré que no entiendo eso de que el mundo critique todo sin pararse a pensar. Si ya hay bastantes problemas en el mundo para molestarnos los unos a los otros. Menudo ruido en la calle. Iago Aspas ha marcado con España un golazo por la escuadra. Una cerveza a su salud y las cuatro restantes de charla en el sofá, que mañana no madrugas. Huele a tu colonia. Esa que yo te regalé. Me encanta cuando te la echas, dura todo el día. No necesitamos lugares increíbles ni cosas caras. Pero con los pequeños detalles somos absolutamente felices. Ahí está el amor. En el vaso con dos cepillos de dientes que conviven mientras suena una canción de Fredi Leis.

Rúa Velázquez Moreno

Mirada

Cuando naciste no sabías lo que te esperaba. Parecía una familia humilde la que sonreía con tu sonrisa. Sin las comodidades europeas. Quizá solo soñabas lejanamente con ser feliz, tener una infancia sencilla con otros niños. Nunca has terminado de entender por qué tienes que ir de un lado a otro. Escapando de una guerra que no te mereces. Escapando de una muerte que quizá siga siendo casi segura. Entre lágrimas buscando a tus padres que tampoco tienen culpa. Lo de pagar justos por pecadores cuando se habla de personas, nunca merece la pena. El sitio perfecto para encontrar el miedo son los ojos. En los ojos de un niño es una verdadera pesadilla. No a más muertes. Seamos humanos, aunque algunas veces no lo parezca. Escapar de la pena para seguir en pena. En un viejo almacén cosiendo algo ilegal para subsistir a duras penas. Esa es tu vida, no te han dejado conocer otra. Y llueve... en los ojos.

Rúa Uruguay

Contigo infinitos

Los días de lluvia. Los de sol. Los buenos y malos. Las sorpresas. Las cenas en casa o fuera. Un viaje muy lejos. Un hotel. El mar. Los futuros. Los presentes. Reír en la cama. Las madrugadas. Las películas en el sofá o el cine con palomitas. Y las que nos montamos. Los sueños. Las flores. Las navidades. La playa. La magia. Las series. Verte reír incluso cuando te haces la enfadada. Recién duchados. Aprender. Un vinito. Hacer el tonto. Y el amor. La vida es compartir. Que ojalá nos haga una canción Bely Basarte. Sin ser un diez en nada, rozamos el ocho en todo. Eso nos hace mejores. Contigo infinitos.

Rúa Taboada Leal

Sueños compartidos

Es difícil, aunque no lo parezca. Detrás de toda esa madurez aún quedan restos de esa niña a lo que no dejaron ser tan niña. Algunas veces le da rabia mirar hacia atrás y ver cómo le arrebataron cosas y momentos sin avisar. Sin pedir opinión. Como si los niños no tuvieran derecho a elegir sus propias sonrisas.

Supongo que por eso algunas veces necesita simplemente estar tranquila en el sofá. No necesita grandes lujos, pero con los pequeños detalles y una mano que aprieta la suya es más que suficiente para que sonría. No es fácil que tiemble, pero si lo consiguen le tiemblan hasta las pestañas de placer. No quiere dar síntomas de fragilidad y de miedo.

Pero ella misma sabe (aunque lo calle) que cuando de verdad quiere a alguien lo lucha con todas sus fuerzas. Poquito a poco, tirando pequeños muros. Pero NO se rinde. Y menos cuando cierra los ojos antes de dormir y se da cuenta de que ha encontrado la felicidad. Esa que igual ni esperaba. Hasta le suenan bien los sueños compartidos esta vez.

Tiene la mejor virtud del mundo: se puede confiar en ella, pero no al 100%. Al 200%. Parece una virtud más, pero es de esas que casi nadie tiene. Dan ganas de abrazarla y no soltarla nunca.

Ella si te dice: «te quiero», te mira a los ojos y lo dice de verdad. Ojalá siga hablando mucho tiempo de mí.

Rúa Severo Ochoa

Trata como te gustaría

Nunca lo entenderé. No puedo. Es superior a mí. No entiendo a la gente que engaña, que es capaz de llegar a casa, sonreír a su pareja y decirle que la quiere cuando hace un rato estuvo en cama con otra persona. El amor no lo entiendo sin respeto. Se me caería el alma al suelo engañando a la persona que me quiere y ha dado todo por mí. No sería capaz de dormir. No me lo perdonaría a mí mismo nunca. No hagas nunca lo que no te gustaría que te hicieran.

Con la verdad por delante el mundo sería otra cosa. Luchemos por ser leales con nosotros mismos.

La lealtad mezclada con sinceridad es seguramente la mejor virtud del mundo. Trata como te gustaría.

Rúa Tarragona

No lo hagas

Alberto y Lucía llevan un tiempo juntos. Hace nada que se han alquilado un pequeño apartamento. Este sábado se han ido a cenar juntos, es su aniversario. A la vuelta en el coche bromean sobre ser padre y madre algún día.

Manuel y Alex han salido esta noche a tomarse algo. «Una copa y poco más» que llevan el coche. Esa copa se convierte en alguna más y en un «No pasa nada, voy bien y controlo» de Manuel.

No le dio tiempo a esquivar en ese cruce y de golpe todo cambió. Tristemente nunca mejor dicho.

Alberto y Lucía ya no podrán hacer sonreír a su bebé. Ya no están. Ya no tendrán sonrisas. Si acaso ahí arriba.

Alex, sigue respirando. Ya no entiende las cosas como antes. Se mueve a duras penas en esa habitación que se ha convertido en su vida.

Manuel nunca se quitará la culpa.

Controla. No bebas si vas a conducir. Sin excusas. Después las lamentaciones no servirán para nada. No destroces la vida a quien no tiene culpa de nada.

Rúa Tomas Alonso

El truco

Te he pillado el truco. Ese que todo el mundo busca. Que detrás de esos tacones, hay una chica sencilla. Que no necesita demasiado para ser feliz. Detalles sí, pero de los que cuestan poco dinero. Y eso, que vives cerca de un mundo que vive al contrario. Y eso te encasilla un poco. Bueno, demasiado. Pero no te preocupes, aún sin trucos, sigues siendo magia. Me clavas la mirada y parece como si nunca hubiera estado lluviosa. Eso parece por un rato. Vaya, igual me miras de verdad. Y cuando caminas, todo el mundo se gira para verte por detrás. Yo algunas veces, también, pero por delante, cuando mueves la boca, enseñas todo. Eres un maldito árbol seco. Podría montar una casa en las ramas como los americanos. Y quedarme ahí bien arropado por ti.

Rúa Baiona

¡Y QUÉ BIEN!

Lo bonito que se pone tu pelo en verano cuando le pega directamente el sol. Lo despeinado cuando hace viento. Luego nunca vuelve a su sitio. Nunca sales de casa sin perfume. Dos gotitas en el cuello, una en las muñecas. Tus ojos que aunque brillan poco, cuando lo hacen son más bonitos que un concierto en verano. Los lunares de tu cara haciendo constelaciones. La cara que pones cuando ajustas tus gafas de sol.

Y esa arruguita que se te marca cuando sonríes.

Tu sonrisa perfectamente imperfecta. Tus manos heredadas de tu madre, sin ser tan suaves como las mías. Pintadas de colores las uñas. Y aun así da gusto sujetarlas. Esas camisetas lisas de cualquier tienda del centro. Se marca tu pecho. Tu cintura no es de avispa. ¡Y qué bien! Prefiero jugar yo a picarte. Y tirarme encima de ti mientras me llamas gilipollas.

AVENIDA DE BEIRAMAR

Basado en hechos reales

He llegado a ese punto. Pensé que nunca lo haría. Es un punto bastante grande. Y oye, parece hasta negro intenso.

El punto en el que voy dejar de ser gilipollas.

Te lo he dado todo. Incluso cuando nadie creía en ti. Cuando nadie creía en nosotros.

Pero ya no más, me he cansado de lo que tú quieras. De ahora tienes claro que no y en un mes viene con unos regalos y cara de perrito triste. De estar o no estar dependiendo, en resumen, de lo que a ti te dé la gana.

No habrá más oportunidades, aunque vuelvas. Aunque se me rompa el corazón y el alma en mil pedazos cuando te diga que esta vez no.

Y quizá algún día entiendas que lo que yo merecía era otra cosa.

Sobreviviré. Tiraré miedos.

Rúa Cambados

Si no lo entiendes

Perdóname por escribir lo que me apetece.

Perdóname por creer en los sueños en forma de letras.

Perdóname por luchar por mis ilusiones.

Perdóname por sonreír cuando vea nuevas generaciones (y no tan nuevas) sonriendo con un libro entre las manos.

Perdóname por notar que hay gente que espera nuevo libro contando los días para el lanzamiento.

Perdóname por no escribir lo que a ti te gusta. Lo que para ti tiene calidad.

Perdóname por creer que escribir es otra forma de amar en este mundo que parece una guerra.

Perdóname si no lo entiendes.

Rúa Cánovas del Castillo

Los 46 metros

¿Cómo meter un hogar y una vida en 46 metros cuadrados? Para alguna gente quizá le parezcan pocos.

Colores blancos y negros, casi como nuestra piel. Una cocina que tiene luz con la lámpara apagada cuando preparamos algo juntos en ella. Aunque algunas veces no sepa demasiado bien.

Un salón que se ruboriza de las veces que nos ha visto besarnos en su sofá. Entre serie y serie.

El dormitorio y su cama grande donde compartir lecturas y amor. Sin marcapáginas y en todas sus formas y vertientes.

Lo hemos convertido en hogar. Con sus risas, con sus riñas. Con su calor.

Y eso no se mide en metros. Se mide en miradas. En momentos de puro amor. Y hasta los días malos nadie se quiere marchar.

Pd: me encanta hasta ese cuarto donde se miran la lavadora y la tabla de planchar.

Rúa Sevilla

Peter Pan

Siempre me ha gustado ser un moderno Peter Pan. Lo de ir un paso por detrás e ir haciendo cosas que igual ya no corresponde por edad, pero ¿qué más da?

No quiero envejecer. Me encanta sentirme igual de payaso que hace quince años. Es inevitable, lo sé. Pero, podemos retrasarlo un poquito ¿no? No quiero crecer. Quiero vivir en mi mentira mientras pueda.

Será mi poquita barba y mi cara de niño, que algo ayuda...

No creo que seamos malos los que nos gusta vivir como niños.

Al fin y al cabo los niños son los que quieren siempre de verdad. No saben mentir.

Avenida de Castelao

TÚ
YO

Deseo

El genio me concedió un deseo. Se me ocurrían miles. Pero me terminé dando cuenta de que lo único que quería era que tú pudieras cumplir cualquiera de los tuyos.

No volví a verte.

Travesía de Vigo

Radares

Las agujas de mi reloj (y todos los del mundo) se detuvieron la primera vez que te miré a los ojos. Realmente solo miré yo. Tú estabas concentrada tramando cosas, sin duda. Como mejorar algo o alguna cosa parecida.

Tú y tus ganas de perfeccionarlo siempre todo. Como tú dices: «cuando algo está a punto de caer, ya empiezo a buscar la solución antes de que se caiga del todo».

La carne y tú no sois demasiados amigos, en cambio el japo nos acompaña casi desde las primeras noches.

Hay veces en las que mataría a todos los sapos que salen por tu boca cuando te enfadas, pero la mayoría no dejo de sonreír cada vez que estamos en la cama en silencio y se te escapa un «te quiero». Dices pocos pero sinceros.

Te conocí a tus veinticuatro casi veinticinco, con muchos miedos del pasado por encima.

Los hemos ido lanzando al mar con cada mirada, con cada serie del salón. Aún quedan algunos, pero se terminarán marchando. Con nuevos sueños dentro de ti. Que no me olvido de las corazonadas de que harás algo grande.

Con caricias de postre, al mediodía o de cena.

Rúa Pracer

Somos humanos

Somos humanos. Muy humanos.

A todos nos gusta que se preocupen por nosotros. Un «te echo de menos» suelto aunque sea. Invertir cinco minutos en un «me acuerdo de ti».

Que seguramente no sea necesario pero nos ilumina la cara durante unos segundos.

Tan humanos que nos cuesta reconocer nuestros errores o ponernos en el lugar de los otros. Como una canción de Andrés que nos transporta a otros momentos.

Y yo además de humano, soy raro. Y moriré raro. Invirtiendo segundos.

Rúa Conde de Torrecedeira

Sabia

Una sabia señora me dijo un día:

«El éxito crece tanto como la envidia que se coloca a su alrededor. Perderán en criticar el mismo tiempo que invertiste tú en tus sueños. Ahí tienes la clave.»

Tenía toda la razón.

Plaza da Porta do Sol

Hermano

Cuando me enteré de que ibas a nacer me sentí un poco raro. Estaba acostumbrado a estar en casa con papá y mamá. Vamos, el pequeño rey de la casa. Recuerdo que todo el mundo se puso muy contento. También me acuerdo de que mamá me dijo que cuando tú llegaras tenía que portarme mejor y no hacer ruido. Y lo cumplí. Yo más tímido que ahora, menudos recuerdos.

Iba por la casa intentando pisar flojito. Y fuiste creciendo. Tan diferentes, la verdad. Pero reconozco que te quiero. Que nunca permitiría que te pasara nada. Y que me quedaría sin el último yogur para que te lo comieras tú.

Nos hemos peleado un montón, más entre risas que otra cosa. Hemos pasado de estar cuatro horas hablando a gritarnos. Y viceversa.

Y ahora me siento aquí, delante de este papel en blanco y me doy cuenta de cuánto hemos crecido. Que voy para mayor. Que nos vemos menos que antes. Pero que siempre te querré, hermano.

Rúa de Rosalía de Castro

Este año...

Acabo de estar en la calle. Hay gente que corre a por las últimas compras. Otras toman tranquilas un café en las terrazas de la ciudad. Se me va a hacer raro que este año no estés cerca. Diciendo que me quieres aunque sea estando sentados en el sofá mientras ponías en la tele uno de esos programas que siempre tenías de fondo. Con tus abrazos de «todo irá bien» que desprendía tu madurez de siempre. Ya sé que algunas veces no te hice el caso que te merecías, ya sabes que cuando alguien falta te das más cuentas de las cosas. No sabes lo que me arrepiento. Ya sé que la vida sigue y las cosas pasan, pero es inevitable tu recuerdo. Tu voz diciendo que «me portara bien», aunque sabías de sobra que nunca me meto en líos. Este año será raro supongo. Y creo que los próximos también. Pero hay cosas que no se olvidan, personas que dejan huella. Que estén lejos o arriba suena a putada, pero los momentos ya nadie nos lo va a quitar. Nunca. Y esbozaremos sonrisa.

Praza de Portugal

Vuelve

Chica de pestañas largas y bonitas nunca lo ha tenido fácil. Tampoco le gusta mucho hablar de ello. Acento gallego.

Chico llegó para «salvarla» de un mal momento. Para hacerlo todo más bonito. Pero chico tiene mucha basura acumulada. Cambios de humor. Perfecto para dejarla rota. Perfecto para escapar con sus movidas a cualquier parte. Para aparecer y desaparecer y romper todavía más.

Chica quiere que todo sea como al principio. Sin más de sus putas mentiras. Que recuerde momentos sin dormir y abrazos durmiendo.

Chico no contesta al teléfono, metido en su mundo sin avisar.

Chica llora y solo quiere que todo vuelva a la normalidad. Que no exista más distancia con sus brazos.

Chico a saber qué pensará. A qué dedica sus noches y pensamientos. Vuelve.

(Basado en hecho reales, que me contaron una noche cualquiera).

Ronda de Don Bosco

La habitación de al lado

Solo necesito que no me sueltes de tu mano. Recorrer una ciudad que nos sabemos de memoria pero que parece nueva si tú vas al lado. Cenar en un sitio sin preocuparnos de saborear y comernos con la mirada. Meternos en cualquier bar donde se pregunten qué hacen esos dos gilipollas besándose contra la tragaperras. Y nosotros riendo.

Y cuando casi no quede noche, subir a la última planta del hotel más lejano y meterte mano en el ascensor. Por dentro de tu ropa interior. Que la puerta se abra y una pareja de ancianos esté esperando para bajar y que nos dé igual.

Que te tires en la cama sin bajar las persianas. Boca abajo. Boca mía encima de ti. De tu espalda. Morderte despacito, dejarte sin sujetador. Llueve fuera. Llueves tú. La lengua por los muslos... El calor. Quizá esta noche no vamos a dormir. Quizá se enteren en la habitación de al lado.

Rúa Romil

Cuando duermes

Cuando está contenta, cocina. Cuando está segura de algo, no tiene límites. Tiene unas ojeras preciosas y una habitación desordenada como ella. Un corazón grande que, cuando quiere, quiere de verdad.

De lo bonita que está cuando duerme no voy a decir nada, no tengo manera de explicarlo con palabras.

Rúa Valle Inclán

Somos de esos (Somos, no éramos)

Podemos pasar de no hablarnos durante un día entero a besarnos sin parar. Hacernos los enfadados para acabar con caricias en el sofá. Tú con tu carácter y yo con el mío. No podríamos perdernos, ni mucho menos engañarnos. Tú de canciones movidas y yo de lentas. De pensar en futuros y momentos. Somos de esos. De dar todo. Tú con tu pronto fácil y yo con mis miedos. Nunca dejaremos de ver pelis en el sofá hasta las mil de la madrugada mientras llueve fuera. Golpea la ventana. Hacemos una casa con cuatro tablas. Nuestro corazón nunca deja de latir. Como dice Andrés, me harás «un puzle con dos piezas».

Somos de esos. Pero al final incomparables con nadie. Y nos queremos como nadie.

Rúa Xulian Estevez

He dejado de soñar

Hay momentos en la vida en los que piensas que ya nada te va a volver a emocionar. Incluso piensas que será así para siempre. Sin retorno.

Pero la vida también te sorprende y te lo pinta de nuevo mejor de lo que esperabas. Lleno de colores. Supongo que es cuestión de destino. De estar justo ahí en el sitio, en el lugar. A esa hora. Y que el destino haga el resto.

Aparece tu rumbo. Tu brújula. Alguien que te apoya aunque algunas veces quiera «matarte».

He dejado de soñar para cumplir. Incondicional.

Rúa Zamora

Marta se va a clase

Marta se levanta para ir a clase un día más. La persona que sale en el reflejo no le gusta nada. Pero no queda otra que vestirse y pillar el autobús un día más. Allí algunos niños se ríen a su paso. Supone que será por lo de siempre. Eso de que está «un poco rellenita». Bueno, eso lo dicen los mayores cuando quieren quedar bien. Lo que suele escuchar a sus espaldas es que está gorda. Se pone los auriculares con música mientras sube. Suena «Lady Madrid».

Muchas veces hace como que no ha escuchado y no se lo cuenta a nadie hasta que se apaga la luz. Ahí se lo cuenta a ella misma antes de quedarse dormida.

Al fin y al cabo, es una chica más, con sus miedos. No se merece ser la señalada sin piedad. Y además intenta privarse de cosas. Como la sociedad «manda» por estar un poco más delgada.

Pero nadie hace nada. Acoso constante. «Son cosas de niños» escucha. Cada vez tiene menos ganas de ir a clase mañana. Menos ilusión por sus sueños.

Pero va a luchar, de eso no se cansa. Ojalá pueda inculcar sus valores al futuro.

Rúa Zaragoza

INCLUSO EN INVIERNO

Todo el mundo buscando hacer grandes cosas contigo. Viajes largos a cualquier parte. Cenas caras en áticos.

Y yo que me conformaría con compartir todas las pequeñas contigo.

Esperar en la parada a que llegue al autobús. Bailar con las manos. Cenar un bocadillo de pollo con salsa de queso. Y un montón de patatas con todas las salsas del mundo.

Y mirarte un ratito a los ojos antes de dormir sin pijama. Incluso en invierno.

RÚA JACINTO BENAVENTE

Bésame si quieres

La verdad no sé si me gustan más tus ojeras de dormir poco o mal o tu flequillo siempre despeinado.

Además también sé que puedo contarte las chorradas más intensas del mundo. Que tengo la seguridad total de que aun así no te irás. Y mira que para intenso nadie me gana. Traerás galletas *Mikado*. Esas que empiezo a comer pero que nunca encuentro la manera de parar. Y cervezas. Muchas cervezas. Y no parar nunca de reírnos.

Algunos días te los dedicas, no quieres saber nada de nadie. También parece que no sientas nada. Si acaso se te duerme el brazo izquierdo debajo de la almohada.

Otros, en cambio, tienes la impresión de que un domingo cualquier aparecerá alguien que te cambiará la vida. Incluso la talla del escudo. Va muy apretado.

Descargas pelis que nunca llegas a visualizar. De carmín en los ojos. Poco maquillaje en general. De abrazos muchos, de recibir pocos. De notar temblar tus piernas en la cama después de correrte. De fiarte a ciegas y de dar todo sin pedir nada a cambio. De tragar decepciones y seguir bailando. De ser reflejo de mamá. Y de enfadarte y desenfadarte en cinco minutos.

De parecer más arisca que un gato, con corazón de oro con ganas de que le saquen brillo.

Eres así y me gustas así. Nunca dejarías que te cambiaran. Bésame si quieres.

Rúa Joaquín Lóriga

Solo esa posibilidad

Es de esos días en los que pongo veintisiete veces la misma canción de Andrés Suárez. Y esta vez es culpa mía. Te dejé marchar cuando era justo lo contrario a lo que deseaba. Te aseguro que no hay ni un solo día en el que no me arrepienta de ser tan gilipollas.

Iluso. Creía que iba a encontrar alguien mejor, solo por esos días que teníamos malos. He perdido al universo entero. Y solo hay planetas sueltos. Menuda mierda.

Donde iba siempre tu risa, ahora hay silencio. El mismo silencio que en una calle de mi ciudad a las cinco de la mañana de un martes de enero.

He tardado demasiado tiempo en darme cuenta. Y lo sé. Es tarde. Muy tarde. Tan tan tarde que ya no hay posibilidad.

Solo esa que me han contado. La de encontrarte por la ciudad sonriendo de otra mano.

Ya ni las canciones en *repeat* me salvan.

Rúa León

ALGO MÁS QUE SEXO

Contigo he descubierto algo más que sexo. El placer de besarnos con todas las fuerzas. Sentir que cada caricia es un roce perfecto. El clímax una locura de amor incontrolable. Nuestros torsos unidos sin querer estar en ningún sitio más en el mundo.

Corrernos a la vez. Buscarnos. Conocer de memoria nuestros gemidos. Qué diferente el sexo con puro amor. Por mucho que intente compararlo no puedo. Es otra cosa. Pero increíble.

RÚA DE COLÓN

Exprimir segundos

Mira en qué mundo vivimos. Cualquier día puedes salir a la calle y, por infortunios, nunca volver. Puedes viajar y nunca hacer el camino de vuelta. Simplemente estar en un sitio en el momento exacto, por desgracia. Puedes tener el día más feliz de tu vida y que aparezca al día siguiente una enfermedad que igual nunca desaparece. No entiende de edades, ni de momentos.

Con el paso del tiempo aprendes a vivir cada minuto como si fuera el último. Para que, pase lo que pase, sepas que has exprimido al máximo cada momento. Sin miedos, porque ya nada es evitable. No sabes dónde está el último beso. El último abrazo.

He aprendido a soltar todos los «te quiero» que me salen. Aunque algunas veces parezcan demasiados.

He aprendido a disfrutar de un paisaje, una canción. Una película. Un instante al lado de la persona que amo.

No voy a cambiarlo. No tengo ni idea de cuántos segundos quedan. Pero van a ser apasionantes.

Rúa López Mora

Y eso duele

Una noche más se tumba con canciones de fondo. Ni las elige; que suenen como quieran. Pensando se da cuenta de que siempre lo da todo por todo el mundo. No lo puede evitar, le sale por puro instinto. Su forma de ser.

Prefiere que todos estén bien a estarlo ella misma. Ese bucle desde que nació.

ESTAR PARA TODOS. PARA TODO. SIN ESPERAR NADA A CAMBIO.

Pero eso, llega un momento que explota, que la derrumba. Harta de que cuando está mal el mundo no se dé cuenta.

Nadie está. Nadie abraza y dice al oído «aquí estaré» como ella tantas veces ha repetido.

Y eso duele…

Rúa Faisán

Ese punto

Entonces llega ese punto en el que te das cuenta de que no.
De que hagas lo que hagas, no.
De que no te quiere igual que le quieres tú.

Y entonces te vas, sin mirar atrás, sin hacer ruido.

Para seguir viviendo. Bueno, para ir tirando...

Rúa Fátima

Nuestra foto en el diccionario

Ya sé que algunas veces estas cosas tardan mucho tiempo pero con nosotros sucedió así. Pronto descubrimos que lo nuestro había sido amistad a primera vista. Y eso que aparentemente no tenemos mucho que ver. Seguramente el mundo no nos entienda muchas veces pero nos entendemos a la perfección al mirarnos.

Sabemos lo que piensa el otro y nos damos una patadita por debajo de la mesa. Nos hablamos si ha pasado alguna cosa en horas donde el mundo sueña... Y no, no nos vemos todos los días pero tampoco lo necesitamos.

Tenemos amigos separados también y no nos importa. Sabemos perfectamente que cuando tenemos que estar, estamos. Nos hemos visto llorar cuando la gente cree que sonreímos. Hemos filosofado mucho sobre la vida, sobre el amor. Sobre si haremos el tonto otra vez (pues claro que sí, no lo dudes) o si ya nos estamos equivocando en el presente.

Hemos compartido cenas en sitios muy buenos, pero también en bocaterías que seguramente nadie más en la ciudad conozca. Vinitos dulces que nos hacen chispear la mirada. Bueno, y también hace que por nuestras bocas salgan las mayores tonterías.

Hemos viajado sin mucho presupuesto. Y ni falta nos hizo. Hemos paseado aún sin ganas cuando el otro necesita respirar.

Hemos entendido que aunque la caguemos mil veces, ahí vamos a estar, para echarnos la bronca y acabar riendo.

Compartiendo los miedos sobre lo que nos dirá el futuro. Que igual no es lo que pensamos, pero estando cerca aunque no sea físicamente.

Y seguramente nadie más nos entienda del todo. Seguramente nadie más entienda que nos queremos con fidelidad. Que lo seguiremos haciendo pase el tiempo que pase, estemos donde estemos.

Y si el diccionario pusiera una foto para definir nuestra amistad, saldríamos nosotros hablando y comiendo. Seguro.

RÚA FALPERRA

Papá

Lo que más puedo destacar de mi padre es que es una buena persona. Parece poco, pero si lo piensas es la mejor virtud que puede tener alguien. Es algo que sin duda la inculcaré a mis hijos. Más allá de tus errores y defectos, la nobleza es una cosa que deja siempre marca.

No quiero imaginarme que un día pueda faltar. Quizá nunca hayamos sido los más unidos del mundo, pero cuanto más avanza el tiempo, más te das cuenta de lo que antes no valorabas. He notado la ilusión en sus ojos. Y siempre ha estado ahí para lo que necesitara. Dándome lo que seguramente no tenía si me hacía falta.

Humilde hasta decir basta.

Papá, te lo digo poco, pero a ti también te quiero.

Rúa Cuba

La chica sin nombre

Podría llamarla «A» o «Z». La verdad que es el nombre es lo de menos.

La chica sin nombre repasa fotos antiguas del colegio. Qué uniforme más hortera. El pelo igual de rebelde que ahora. Ahí a la izquierda sale el chico que tanto le gustaba. Era idiota, pero le encantaba. Se acuerda de las palmeras de chocolate del recreo y aquellos besos tontos debajo de aquel árbol. Lo nerviosa que se ponía preparándose para ir a las discotecas de moda. Por si lo veía bailando las canciones de moda. Con sus amigos todo guay. Y las llamadas a mamá para retrasar la vuelta un poco más. Aquellas copas cargadas que sabían a horrores y las llamadas perdidas al llegar a casa que tenía que interpretar.

La chica sin nombre ha cambiado. En el espejo cada vez se parece más a mamá. Aún le siguen tocando idiotas un poco más mayores. Carga menos las copas y toma muchas ensaladas. Ya no hay hora de volver a casa. Más conciertos que discotecas. Alguna amiga queda, ha cambiado otras. Además algunas llegaron. Le encanta esa ropa color mostaza. El árbol es su cama de 1,20. El pelo tiene otro tono, pero sigue siendo alocado como ella. Ya no es que ya no sean llamadas perdidas, ahora directamente no se llama, va todo por escrito. Quiere más, pero con el doble de sentido. Con el doble de miedos.

La chica sin nombre seguirá mirándose en el espejo después de la ducha. Pidiendo un abrazo por los hombros.

Nunca dejará de contarle a papá qué tal le va. Nunca dejará de escribir sin que nadie lo sepa. Seguirá callando todo lo que duele.

Y ya no usa minicadena. Abre *Spotify*...

«No llames y vuelvas, no vuelvas y llames... Adiós amor... no vuelvas a tocarme la piel...»

MINUTO 59

Todavía recuerdo un pase al hueco de Mostovoi en Balaídos. Y a un chico de Moaña que entró en el 59 para subirnos un poco de los infiernos. He visto goles que hacían volar un estadio. Amigos que se abrazaban como si no hubiera un mañana.

He sentido besos que suben al marcador. De los que repetirías mil veces. La primera vez que nuestras manos se tocaron perdimos 4-0. Tanta rotación en el barrio de Vallecas. Pero nosotros ganamos.

El beso de Casillas y Sara fue bonito. Pero mucho más cuando me das por la mañana tus «buenos días» todavía con las sábanas. Lleno de amor y pasión. Balones fuera.

RÚA CORUÑA

Pillar el autobús

Anda, anocheció ayer. Podría coger el autobús pero esta vez prefiere volver andando. Así pasará por algún escaparate para comprar un vestido que quizá nunca se ponga. Estaría bien que alguien la estuviera esperando en la puerta, pero ciertamente si se para a pensar, ni recuerda cuando fue la última vez que le gustó alguien de verdad. Gustar de morirte de ganas de algo. Cuatro babosillos de noche, algún interesado, pero sin más.

¿Qué cenar esta noche? Algo ligero estaría bien. Pero termina poniendo una cuatro quesos en el horno. En las comidas familiares siempre le preguntan qué tal de novios. Qué algún día querrán ver un pequeñín correteando por la casa.

«Que sí mamá…»

Y sus amigas... ¡bah! todas muy contentas y emparejadas. Bueno en realidad emparejadas todas. Lo de contentas ya es otra cosa. Claro, es lo que tiene la intuición y ser la soltera a la que le cuentan todo.

Los sábados son cada vez más de vino y libro que de copa y tacón. Algunas veces salir a cenar. Las últimas veces que aceptó una cita, parecía gente interesante, pero todo demasiado recto para su línea tan torcida. No necesita que le digan a todo que sí. Ni grandes lujos. Prefiere volver a casa sin que la dejen en el portal para un beso sin sentido. Una peli descargada en *screener*. Y mañana más…

Rúa Burgos

La película que nunca llegamos a poner

No existía mejor plan para aquel plan para aquella noche de sábado. Una cenita en casa. Una llamada al chino. Unas estrellas de las que entraban bonitas con el cielo nublado. Brillaban. De media hora valorando la película que íbamos a poner. Esa que nunca llegamos a poner. Pero tampoco dormimos.

Rúa Aragón

Palabras

Abrazar a tus padres. Las natillas con mucha canela. Querer a quien no nos quiere. Esperar cosas de los demás que nunca llegan. Escuchar canciones que nos hacen llorar. Pizza con mucho queso. Besos con mordisco. Follar en el ascensor. Recordar las batallas de tus abuelos. Cervezas muy frías con tus amigos. Mordiscos en el pecho. Lambrusco y pasta. Soñar despiertos. Sonreír sin motivos. Libros de papel. La tortilla de patatas. Caricias de portal. Recordar cada noche a quién debemos olvidar. Conciertos. Sexo en la cocina. Ver el vaso demasiado vacío. La amistad verdadera. Los animales. Animar a tu equipo hasta quedarte sin garganta. Mirarte en el espejo y reír sin parar. Palabras. Momentos.

Avenida Alcalde Portanet

No dejar los brazos cruzados

Aprender. Y descubrir cosas nuevas. Viajar dentro de historias. Leer lo que te apetezca. Mirarte las pelis que más te gusten. Saltar en concierto y sonreír a la gente al entrar a los sitios. Pedir perdón y dejar el orgullo a un lado. Escuchar esa música que a nadie más le gusta. Disfrutar con las cosas que te hacen disfrutar de verdad.

Y que el mundo diga lo que quiera mientras sigue con los brazos cruzados en el sofá.

Praza Ámerica

CARTA POR ADELANTADO

Todavía no sé si alguna vez sucederá, si tendré esa maravillosa sensación. Pero me apetece saber de qué color tendrás los ojos. Si te pondremos música antes de tiempo. Si serás niño o niña. O si tardarás mucho en decir alguna palabra. Si me emocionaré la primera vez que nos veamos con tus ojos casi cerrados y mi corazón totalmente abierto. Si sabré estar a la altura y ser tan buen padre como los míos. Si será cierto eso que dicen de que, al abrazarte fuerte, lo sentiré yo todavía más fuerte, aunque no tengas tantas fuerzas todavía. Ojalá algún día pueda contarte cuánto he deseado que estuvieras. El amor que pusimos para hacerte real.

Si seré capaz de enseñarte a montar en bicicleta. Si te gustará el mar tanto como a mí.

Todo lo que puedo decirte si algún día lees esto, es que te voy a querer siempre. Tanto que jamás llegarás a descubrir cuánto. Da igual, será imposible medirlo.

Te espero.

PASEO DE ALFONSO XXII

Lo que jamás te he dicho

Mientras escribo estas líneas estás sentada en el sofá. A mi lado. Algo despistada viendo la tele después de un día duro de trabajo. Siempre te digo lo mucho que te quiero. Soy un pesado. Que no sabes lo que te agradezco que estés ahí en los días buenos y en los malos. Pero hay una cosa que jamás te he dicho: creo que, si fuera posible borrar todo este tiempo y volver a la primera vez que nos encontramos, me volvería a enamorar de ti perdidamente.

Y eso debe ser el amor que yo siento.

Rúa Gran Vía

San Valentín de todo el año

Quiero hacer contigo un San Valentín todo el año. Y aunque algunas veces no salgan risas, podamos salir a dar una vuelta. A despejarlo todo. Que un paseo juntos vale por muchos abrigos caros. Ya sabes que nosotros tenemos una rosa todos los días del año en la mesa de nuestro salón. Las blancas se secan mucho más tarde.

Nosotros no tenemos un día del amor especial. Luchamos por hacerlos especiales todos. Dicen en la tele que hoy tenemos que regalarnos cosas. Como si tuvieran alguna idea sobre lo que es el amor.

Tenemos el mejor regalo. No hay mentiras entre nosotros. No tenemos nada que aparentar hoy.

Rúa de García Barbón

Búho

Y cuando te vi, me di cuenta de que tu sonrisa imperfecta era perfecta. Y que tus ojos decían que querías volver a amar.

Sin querer, nuestras manos se ponían ojitos mientras en la ciudad llovía. Subimos a lo más alto de la ciudad.

Ancianos sentados en bancos y yo deseando saltar al vacío de tu boca. Y escalar por tu espalda. Tiendas de discos antiguos. Callejuelas. Callejuelas de Madrid. Hasta los tristes sonríen cuando sale el Sol. La importancia de los besos, que ni las prostitutas los tienen en venta. Metralletas mis caricias.

Suena *Cigarettes* de Russian Red. Un hombre escucha la radio. Gol en las Gaunas. Cuando yo era pequeño y ahora tengo dos canas. Y las mismas ganas.

«Peluquera, póngame tupé».

Regalices rojos. Heineken. Mira la Luna qué redonda. Como tus ojos. Hotel con llave electrónica. Algunas paradas de autobús. Búho. Casi no duermo. Cucarachas en verano.

Rojitas tus orejas. Mucha cerveza. Tetris. Nuestras piernas.

Puede que no entiendas nada. Yo tampoco. Palabras. Seguro que alguna importa.

AVENIDA DE HISPANIDAD

Cómo llueve

Cómo llueve fuera. Parece una noche de invierno que jamás pasará.

Algunas veces llueve así, otras en bajito. Para que casi no se escuche.

Me gusta ver cómo llueve. Y el olor que deja en la ciudad.

Desde cualquier rincón de casa. La cama o la cocina. Bailando en alguna farola.

Y no, no llueve realmente. Pero hablo de ti. Pasará la tormenta.

Rúa Islas Baleares

Y TOMAREMOS CAFÉ

Siempre dicen que cuando creces empiezas a tener las cosas más claras. En realidad es justo al revés, más oscuro parece todo. Bueno, quizá no más oscuro pero todo está más revuelto todavía. Que no te entiendes ni a ti mismo.

Que deja de ser importante estar solo un 14 de febrero comparado con estarlo todo el año. Pasa a ser un día más donde el mundo se recuerda que se quiere (por si lo había olvidado) o, simplemente, se acuerda de que tiene que quererse. O que eso debe de creer el resto. Que en los tiempos que corren el amor es más aparentar que disfrutar.

Eso sí, hay cosas que no cambian, sería capaz de decirte que fumo (aunque no) solo porque me dieras fuego o me quemaras con el tuyo. Que me hablaras, en definitiva.

Y no te diré lo de «haz el amor y no la guerra» porque no hay guerra más dura que la de dormir sin ti un día de noviembre.

Y no sé, con suerte vendrás a verme en diciembre. Y tomaremos café.

RÚA IRMANDIÑOS

Pitillos ajustados

Esas increíbles ganas de pasar página cuando ni siquiera tienes libro. De tener los pies congelados pero morirte de calor. De saber que eres un laberinto sin salida y entrar igual porque quiero perderme en ti.

Que el amor no se trata de ti o de mí, que se trata de nosotros. Como hacerte socio de alguna ONG. Aldeas Infantiles o algo así.

Como tus ojos, igual de maduros que aniñados.

De abrazar cuando todo va mal sin decir nada. Que el verbo «olvidar» nos acojona y, que nos quieran, asusta todavía más.

Como vernos reflejados en alguna canción de Andrés Suárez o en algún texto de alguien que escribe en Internet. De tener pijamas de muñecos con nuestros años. Y que muchas veces dormir mal es simplemente soñar mal. Y así ya no descansas.

De salir a correr una noche de otoño. O corrernos juntos. Pitillitos ajustados y esas ganas de pillar el primer avión hasta tu espalda. Sin facturar. Que aparezca alguien que te sorprenda sin avisar. O que te haga temblar solo con su voz.

De echar de menos hasta lo que has tenido. O lo que te quitaron. O lo que se fue. Cosas sin sentido, como este texto. Pero para mí lo tiene.

PRAZA DE ISABEL LA CATÓLICA

No quiero irme nunca

Lo que más me gusta de ti, es que aunque no tienes la mejor memoria del mundo para recordar algunas cosas, no te acuerdas solo de las que te interesa. Eres de momentos, de callar todo lo que sientes hasta que no tienes confianza. De poner los ojos brillantes y vidriosos cuando algo te emociona y no te lo esperas.

Alguien que adora los detalles y recibe pocos. Tu espalda no necesita marcapáginas, siempre quiero empezarla de nuevo. Disfrutar de tus lunares y ver cómo se arquea cuando está llena de placer. Y lo nerviosa que te pones cuando se te mueve el flequillo. Me recuerdas a mí necesitando siempre pan.

Que nadie sabe que harías locuras porque quién te lo da todo. La forma que tienes de descubrirme canciones que casi nadie conoce y que hablan de nosotros. Posiblemente podríamos superar el récord del mundo en mirarnos a los ojos.

Casi te gusta por igual verme cocinar que comer. Tus nalgas apoyadas en mis piernas para poder besarte debajo del pecho. Y esos abrazos tan fuertes que nunca dicen «adiós», solo hablan de «no quiero irme nunca».

Rúa Filipinas

2:30 DE LA MADRUGADA

Hola, son las 2:30 de la madrugada y quiero escribirte esta mini carta. Seguramente nunca llegue a tus ojos, pero en esta noche tan fría como el chaleco antibalas de tu corazón, quiero que el mío, sin chaleco, hable por mí.

Sí, me hago un «shhh», calla y duerme, no pienses nada, no recuerdes otra vez. Pero es difícil hacer caso. Difícil dormir.

Alejarte de mí parece que te ha resultado fácil. Me causa miedo que en esta ciudad tan «pequeña» no te encuentre cruzando cualquier calle. O en el pasillo de algún supermercado.

De todas maneras, aquí seguirá esta persona dulce y habladora, por si algún día vuelves o me regalas un «hola».

Y ya sé que no soy nada, pero mis labios te buscan y mi mente te piensa, en silencio y en espera.

Prometo que si algún día apareces, no diré nada, te abrazaré y sonará Pereza. Y lo haremos absolutamente todo.

RÚA CHILE

Las cosas que aportaste

1. Que el Sol salga un poquito menos en mis ojos.
2. Que algunas canciones dejen de tener sentido.
3. Que no me tiemblen tanto las piernas.
4. Vuelvo a dormir en pijama.
5. Me queda más sitio en el sofá.
6. Que desconfíe más del mundo en general.
7. Algunas veces no puedo compartir el 2x1 en cenas.
8. Me acuesto pronto y duermo poco.
9. Me duermo con todas las pelis.

Ya no podrás decir que no aportaste nada.

Rúa Churruca

Llegará algún día

Llegará algún día en el que ellos dos puedan agarrarse de la mano sin ver alguna mirada rara. Llegará un día en el que no tengan que justificarse por quererse como nadie. Llegará el momento en el que el mundo entienda que es algo tan normal. El amor no se puede controlar. Qué más da, que sean personas del mismo sexo. Es amor y el amor que entiende todo no entiende de nada.

Rúa Brasil

Tan rápido

Cómo ha pasado el tiempo. Joder, tan rápido.

Parece que fue ayer cuando empezábamos a hablar. Casi sin querer, casi sin parar. Mirábamos el reloj y eran las seis de la mañana. Parecíamos dos tontos encantados de serlo.

Cervezas, risas, madrugadas sin almohada. Sexo con la mirada. Duchas desnudos.

Supongo que somos de esas personas que nacimos para no estar juntas, pero para recordarnos siempre. Aunque parezca que no, el día menos pensado es cuando más te pienso. Sin darme cuenta, recuerdo algo. Sin darme cuenta, sueño contigo.

Y, al despertar, todo sigue igual, levantarse y que sea un día más. Voy sabiendo de ti, como puedo. Alguna foto por ahí. Sé que alguna mano te agarra fuerte. Que parecéis felices.

Todavía puedo ver dentro de tus ojos, que alguna vez te acuerdas. Aunque sean pocas. Que aunque todo sepa a derrota, una vez ganamos. Y que nuestras guerras terminaban siempre en paz debajo del edredón.

Y como dice Andrés Suárez… «Aún te recuerdo, con la palma de tu mano en mi jardín…»

AVENIDA ALCALDE GREGORIO ESPINO

Partida de bolos

Aunque sus ojos ya se admiraban sin decir nada desde mucho antes, juntaron sus labios por primera vez en una parada de autobús. Y les daba igual que pasaran mil por delante.

Y aunque no tiene nada especial, aún se les ilumina la mirada cada vez que pasan por ella. Eterno.

Después del primero vinieron muchos más.

Mezclados con cañas, partidas de bolos divertidas, con caricias entre cada lanzamiento. *Strike*.

Viajes para no olvidar. Acampadas. Hoteles. Anécdotas para recordar.

Aunque algunas veces la saque de quicio, ella se reconcilia cada vez en sus ojos azules. Esos que la siguen mirando para dejarla loca.

Y aunque no saben adónde irá todo, disfrutan cada momento. Y mientras suena «Me jugaría la boca por morder tus labios...» saben que eso ya nadie se lo podrá robar. Nunca.

Rúa Bolivia

Amor inesperado

El amor es inesperado. No se puede controlar ni evitar. No es cuando tú quieres. O cuando el mundo cree que lo necesitas. Te hace sonreír sin avisar. Como esas noches que no ibas a salir y acabas bebiendo cervezas sin parar a las ocho de la mañana en cualquier portal. Metiendo mano sin parar. O quizá todavía no, pero acompañarte hasta tu casa. Puede sonar todavía más erótico un abrazo en la puerta. Sin fotos, pero con cada minuto en tu cabeza.

No entiendes de medidas. Solo de sensaciones. De cómo te hagan sentir. De las ganas que te creen de hablar un poco más. Y lo bonito que te parezca su pelo así de revuelto al despertar.

Y que sus ojos te digan: ojalá no te marches nunca.

Y MEJOR

Vaya si había nervios. Era de esas veces que no le daba pereza quedar con alguien. Le había sorprendido tanto su seguridad en lo que hacía como ese toque de bordería que dejaba en cada frase. Pero aun así, ahí estaba. Con su pelo bien peinado y esos pantalones que no dejaban indiferente a nadie. Bebía café muy rápido. Siempre con atención a llamadas importantes y a desviar la mirada sin avisar. Pero no se marchaba y cada vez que hablaba de algo que realmente le parecía interesante, no paraba. Transmite todavía más belleza así. Y mejor…

AVENIDA DO AEROPORTO

Películas

No «Sucedió en Manhattan», ni en unas «Vacaciones en Roma». Fue en su propia ciudad y por un tiempo se sentían como en el «Séptimo cielo». El corazón después de tanto espacio y «Deseando amar» dijo «Adiós a las armas». Cantaban «Grease» «Descalzos por el parque».

«Mejor imposible».

Rúa Barcelona

Envuelta en su abrigo

Si estás sentado en cualquier cafetería con ventanas a la calle y la ves pasar, es lo primero que vas a pensar. «Que mirada tan fría desprende».

Envuelta en su abrigo, el invierno le hace un poco menos de daño. Es un invierno más, sí. Uno más dentro de su vida. Ella siempre aprende. Siempre quiere aprender y ser la mejor en todo. Nadie le ha regalado nada. Más bien le quitaban todos los regalos. Aprendió a sacarse las castañas del fuego ella solita. Aunque costara. Aunque doliera.

Y si alguna cosa le quedó en herencia, fue ese escudo tan bonito que la separa de las personas. Mucho daño dejaron los que consiguieron traspasarlo.

Y al final tampoco pide tanto, ni belleza, ni dinero, solo que le hagan sentir, que merece la pena mirarla a los ojos y empezar a conocerla. Sin mentiras, esta vez.

Rúa Caracol

¿TE ACUERDAS?

¿Te acuerdas de aquellas tardes donde no salíamos de la habitación y cerrábamos la puerta despacito y con llave? Que nos escondíamos debajo de las sábanas y terminábamos sin ellas. Y sin decir nada nos entendíamos. Tu cara al correrte, tu cara de un poquito más. Y desnudos nos quedábamos mirando al techo, riendo, hablando de tonterías que solo nosotros entendíamos.

Y no sé bien la razón, pero cambiamos el rumbo, el despacito, por portazos sin llave. Escondidos cada uno en nuestra casa. Días sin hablarnos, noches sin corrernos. Y ya nada tenía gracia al mirar el techo.

Cómo han cambiado los tiempos; te has cambiado el pelo, ahora nos encontramos de otras manos en la cola del cine, o en el bar de debajo de tu casa. Y seguimos sin decirnos nada, pero esta vez sin entendernos.

RÚA CELSO E. FERREIRO

Carta a los Reyes Magos

Queridos Reyes Magos:

La verdad este año he intentado portarme un poquito mejor que el anterior.

Mamá, Papá y demás familia están bien. Prometo dejaros muchas galletas si me los mantenéis al menos igual durante los próximos lustros. De dinosaurios, o unas de esas *Oreo* extra, con el doble por dentro... Bueno, yo dejo un par de paquetes de cada una y ya a vuestro gusto. La leche está en el segundo estante de la nevera.

Mis amigos están bien también. Si les puedes traer salud y trabajo para todos, pues genial. Son esos que me aguantan cuando no me aguanto ni yo. Los que cenan conmigo cuando las cosas no me van del todo bien. Tienen aguante los cabrones. Ya son años. Y joder, cómo comen, me sale por un ojo de la cara invitarles.

Así, como extra, os pido alguna sonrisa más para el resto de personas que me las intentan sacar a mí. Se las merecen, aunque ellos no lo sepan. De aquí, de allá. De un día o durante semanas.

No necesito nada más. Me conformo con conseguir que nunca se me vayan las ganas de seguir siendo yo mismo. Eso ya no está en desearlo, quizá solo en hacer las cosas que te hacen un poquito más feliz.

Nada más, buen viaje y que dejéis por todas las casas ganas de superarse. Nos vemos el próximo año.

Rúa Cervantes

Las sombras

Las únicas sombras que te gustan son las que ves en el suelo cuando caminas despacio, en uno de esos días grises, que sales tarde del trabajo. Del sexo te gusta contra la pared. Pero, ¿quién te va a volver a dar las ganas de hacerlo? Te pasas el invierno disfrazando el corazón y ahora llega el carnaval y tú qué bien te lo has montado. Ya no tienes que gastar mucho, solo una barra de labios nueva. De esas de no decir nada, pero que digan «bésame». Otro San Valentín en soledad y que bien. Mejor así que tragándose alguna mentira más, adobada con cena cara. Qué complicado alguien normal que te mida las piernas en caricias en el sofá. Y que te quite la seriedad con una risa tonta antes de dormir.

PRAZA DE A PEDRA

YA NO TE SALE CON NADIE

Buenas noches:

¿Cómo va todo? No hace falta que me lo digas, se nota a leguas que te cuesta horrores dar un abrazo. Y mira que muchas veces lo necesitas. Y de los fuertes. Pero nada.

Que no quieres que nadie aparezca sin avisar. E ir agarrada a alguien, ahora mismo, pues… ni te lo planteas. No te gusta la gente descarada ni la que miente. Y eso abunda, corazón.

Te cuesta utilizar en alguien el poco tiempo que te sobra. Y confiar en personas… buff, ya dudas tanto que es casi imposible.

Y mira que te gusta que te acaricien hasta no poder más, pero ya… ya no te sale... con nadie.

De todas maneras te diré, que sigo muy tranquilo, porque, si algún día me tienes que besar, sé que va a ser de verdad.

Y que si confías en mi lo vas a hacer al 100%. Sin ninguna duda ni temor.

Te guardo todas las caricias, por si… tu cuerpo algún día las quiere recibir.

Y aunque aún no lo sepas, me gusta cocinar.

Y mientras tanto, seguiré ahí, agazapado. Muchas veces en silencio. Que parece que no importo.

Me conformo con verte esbozar una sonrisa con cualquier tontería que no te esperas.

RÚA DOUTOR CADAVAL

Vivir a 300 kilómetros por hora

Escucha Marea y a Extremoduro. Algunas veces con los ojos cerrados. Lo suyo es curar. Con mucha ilusión. Algunas veces a caricias. Eso sí, otras veces se cansa de que no la curen. Algunas veces se pierde la esperanza. No de gemido fácil, pero sí intenso.

En sus labios mucha gente querría quedarse a vivir. Sin lujos ni comodidades. Y cuando sonríe sus dientes relucen. Y cómo se deshace su flequillo al medio, para cualquier lado. Cuando hace viento. O tristeza. De una forma u otra la gusta vivir a 300km/hora.

No frenes. Al menos, no ahora.

Rúa Don Quijote

Han pasado los años

Llevabas coletas, pero en realidad nunca fuiste niña. No te lo pusieron fácil. Tuviste que sacarte el carnet de mayor, con demasiado adelanto.

Y hoy, que han pasado los años, tu mirada sigue pareciendo dura, pero por dentro está la niña que nunca te dejaron ser. Paseas firme por la ciudad, dejando elegancia a tu paso. Haciendo que nada importa. Que tú solo eres para ti. Que dejas que quien quiere hacerte reír pase de largo para seguir llorando. Pero, algunas veces, sabe amargo el café poco cargado.

Que nadie te ha regalado nada, y que hacer pizzas caseras nunca se te olvidará. Bien llenitas.

Que algunas veces, deberías no decir nada y pedir que te besen, sin pensar en nada más.

Y cerrar los ojos, y dormir sin despertador una maldita vez. Y comer pipas en un banco. Del parque, digo.

Rúa Doutor Marañon

Pero no te atreves

Somos uno de esos casos de los que el mundo está lleno, aunque se sepan muy pocos. Bueno, el nuestro quizá un poco más especial.

Nos conocimos casi sin querer. Estaba claro que no podía ser. Por todo lo que rodea tu vida desde hace tiempo. Eso que todo el mundo conoce.

Quisiste parar todo, frenar cada vez que me acercaba a ti de una forma u otra. Funcionaba por momentos. Otros desbordábamos la ropa interior.

Hace un tiempo que probamos a no hablarnos, funciona por el día, a veces, pero las noches son para recordar lo que quieres y no puedes tener.

Bueno, podrías si te atrevieras. Pero no.

Rúa Eduardo Iglesias

Eres tornado

Con mis pantalones ajustados y mis gafas de sol entiendo lo que es el verano cuando el sol pega en su pelo. Y miro de reojo todos sus pasos en falso. Eso sí, los da en un vestido de flores precioso que compró en las rebajas. Para una vez que queda algo bonito de su talla. Bah, si está guapa hasta en pijama.

Todavía es marzo, pequeña sandía, que ya estás deseando que sea agosto para volverte africana con tus amigas en la playa. Hasta que se marche el sol a las 22:00 y vuelvas a reír y reír en el chiringuito. Qué envidia das con ese tono en la piel. Algo que cure el vértigo de este invierno. De tanto frío de promesas incumplidas. De un «casi sale todo bien» que fue una vez más tremendamente mal. Y lo que es peor, tantas dudas en el aire. Lo que tiene conocer a alguien que está a ratos. Pero qué ratos tan bonitos, joder. Veta a la mierda. También un rato. Eres tornado.

Rúa Elduayen

Sin riesgo de equivocarme

Seguramente ya nos habíamos cruzado mil veces por la ciudad sin darnos cuenta, o en algún local de copas mientras nuestros propios amigos estaban borrachos. Pero tuvo que ser justo ahí, cuando ya no esperábamos nada de nadie. Ninguno sabemos qué ropa tenía el otro. Solo nos mirábamos a los ojos, como los niños que sonríen sin miedo. Hablamos durante un rato largo que se hizo muy corto. Los dos tuvimos las mismas ganas que miedos de volver a encontrarnos. Costó un poco, pero empezamos a necesitarnos. De vernos entre muchos besos y ningún caso al móvil. Y sin ser nada, seguimos disfrutando de las cosas tan bonitas que supone entenderlo todo con alguien.

Y todo el mundo nos ve y piensa que juntos no llegaremos nunca a ninguna parte. Incluso, alguna vez nos hacen dudar por momentos. Pero luego nos encontramos con la misma mirada del primer día, en la misma cama de noventa de nuestras primeras veces y los dos nos damos cuenta de que nadie más podría hacer un mundo tan grande en un espacio tan pequeño.

Y volvemos a perdernos debajo de las sábanas que terminarán sobrando como siempre. Y sin riesgo de equivocarme, te quiero.

Praza de España

Pasarán los años

Pasarán los años y con ellos algunas personas por tu vida. A mí me pasará igual. Unas se irán, otras las dejaremos marchar. Puede que alguna se quede. No lo sé. Dejaremos de entendernos. Dejaremos de hacer el amor para demasiadas guerras mundiales en cuerpos humanos. Para dejar de hablar de aquellas canciones de los 90, que todo vaya caducando día a día como los yogures. Sin poder chupar ya ni la tapa.

Trabajaremos, igual incluso algún hijo. Haremos cosas de mayores. Veremos el tiempo pasar como Usain Bolt.

Y ahí siempre estarán nuestros amigos, esos tres o cuatro que se quedaron de aquellos diez, para hacernos reír un rato, para llevarnos al japo. Para demostrarnos que algunas veces un abrazo importa más que nada. Y dos copas de vino, hablando de tiempos peores y mejores, siempre saben bien dulce.

Notaré cómo la piel de mis manos se arruga un poco más, mes a mes. Que seguirá siendo suave aun así. Como lo eran tus piernas al sol.

E igual un día me sentaré en el sofá, con una serie repetida enfrente.

Y recordaré aquel verano donde lo fuimos todo. Donde yo tenía el pelo más largo y tú de un color que ni recuerdo cuál era.

Intentando hacer memoria para saber intentar recordar quién besará tus canas de raíz antes de dormir.

Volviendo por un minuto al agosto donde sonaba El Canto del Loco en la radio mientras comíamos un helado Drácula. Y sólo se escuchaba el mar.

BAIXADA A ESTACIÓN

No te lo voy a negar

No te voy a negar que llegaste a ser para mi más de lo que pensaba que serías. Que todo empezó como si nada y poco a poco tuve la sensación de querer que siempre estuvieras. Yo no sé qué hicieron tus padres esa noche para que desprendas tanta dulzura cuando hablas. Muchas risas, muchos momentos que no sabría explicarte con palabras, tantas noches deseando que hubiera una frase más. Que si una hora más, que si un ratito más, que si un día más. Vamos, que empecé a quererte todos los momentos. Todo iba en aumento. Pero no siempre las cosas van como queremos. Las discusiones también lo hicieron. Y tus dudas. Tus silencios. El no poder fiarme ya de tu mirada. Esa que ya no es tan limpia como en nuestro primer beso. Aún recuerdo muchas veces cómo te reías después de los orgasmos. Y te encuentro por ahí en cualquier bar, en cualquier mano. Nos cruzamos y bajamos un poco la mirada, como si nadie pudiera saber la de tiempo que nos mirábamos fijos, sin decir nada. Solo abrazados en el sofá con la tele apagada. Y no te voy a negar que te echo de menos, seguramente más de lo que imaginas. Seguramente nunca me olvidaré del todo, como pasa siempre cuando sientes de verdad. Pero no te confundas tú tampoco, no quiero que vuelvas. Creo que por una vez, el daño ya tuvo suficiente dosis tuyas.

Rúa Estornino

Ponle sello

Cuando ella sí, él no.
Cuando él sí, ella no.
Uno afloja. Otro aprieta. Como el juego de la cuerda.
Que un día se rompió.
Nada volvió a ser lo mismo.
Solo quedan recuerdos y carreteras.
Donde había medio lleno ahora es vacío del todo.
En el vaso y por dentro.

Rúa Fermín Penzol

Cuento breve

Después de mucho pensar en ti me entraron ganas de escribirte algo bonito. Y, como no me salía nada, pues he decidido contarte un cuento muy breve. Espero que te guste.

Érase una vez tú.

Y ya no necesito más capítulos.

Fin.

Rúa Fisterra

Rayos del sol del domingo

Se despierta con los primeros rayos del sol. Pero los del mediodía. Y por un momento no tiene ni idea de qué día es. Domingo otra vez.

La semana fue muy jodida y un sábado se rodeó de sus amigas. Fueron algunos chupitos. Algunos. No recuerda cuántos. Acabaron en un local que dicen que es de moda, pero solo hay gente muy extraña. Bailaron. Bailaron para olvidar un poco todo. Ni caso a nadie, solo bailar. Echa de menos las caricias. Pero las de verdad, no las del primero que pase. Bailemos (un *reggaetón* lento).

Ya dolían los pies y pillaron el primer taxi a ninguna parte. A casa. A su cama fría y junto a su peluche que conserva desde enana. Helicóptero en la cabeza. De esos días en los que te duermes pero no puedes ni recordar en qué momento fue. Hoy ya no sabe si se quitará el pijama, quizá le gustaría que se lo quitaran con la boca otra vez. Vamos a la cocina, quizá quede algún trozo de pizza de los de ayer.

Rúa Florida

Carta a medias

No sé cuánto, pero ha pasado el tiempo suficiente para descubrir que lo único que me calma es escribir. Ideas que vienen a mi cabeza. Años soltando frases con sentido para muchos, idioteces para otros.

Nos conocimos como dos desconocidos que no tardaron mucho en entender que pronto serían inseparables. Que nada podría evitarlo.

Y aunque ya no veamos la vida a través de los mismos ojos, gracias por tu «no presencia».

Me ayuda a entender que es imposible dejar de querer, pero que algunas veces el daño fue suficiente por esta vida.

Seguramente no vuelva a tener unos besos como los tuyos, pero dolerán menos. Te quiero pero me quebraste.

Rúa Fotógrafo Xosé Gil Rúa

Igual de tanto disimular

Igual de tanto disimular, de tanto llorar por las noches cuando nadie te ve…

Igual así se te olvida que el amor no es una rutina. Ni una comodidad. No es estar por pena o por miedo. No es acumular años juntos. No es un «no voy a encontrar a alguien mejor». No es un «no quiero estar en soledad».

Igual el amor es intentar sonreír cada día y ser valiente. Muy valiente para dar pasos hacia delante, aunque duelan.

Y qué pena que muchas veces el mundo es no atreverse. Lo tenemos todos los días a nuestro alrededor. Observa.

Rúa García Lorca

Y ESO ES SUFICIENTE

Te pasas la vida viviendo momentos. Sonriendo amores y sufriendo desamores. Decepciones propias y ajenas.

Y de repente llega un mar enorme después de tantos ríos pequeños. Alguien que consigue que siempre tengas ganas de nadar en su cuerpo.

Que hace que te olvides de todo. De desayunar. De sufrir, de llorar, de recordar.

Que apareció en el sitio más inesperado y de repente ahí le viste y lo supiste.

Y te das cuenta de que no hace falta mucho más. Y que el cielo está muchos metros por debajo cuando os miráis. Y con eso es suficiente.

AVENIDA DE FRAGOSO

Volveremos a tu cama

Tus rarezas y dulzuras me alegran las semanas. La rutina de un despertador que sangra solo al primer segundo, luego recuerdo tu sonrisa y me levanto de un salto.

Una ducha de lunes con esa «alegría más tonta» sonando. La sonrisa bordada en el espejo y el secador haciendo ruido hasta bonito. No queda leche, solo medio vaso. Corazón medio lleno. 90% de batería y cazadora al hombro salgo de casa. Me toco el bolsillo, van las llaves. El corazón también. Pasa el día sin poder detenerlo.

No hablamos mucho pero tengo ganas de hablarte hasta en tu turno de tarde. Y aunque suena a tópico me conformo con unos buenos días con sonrisa. Con un «me apetece verte» de vez en cuando. Un «acaríciame» en el oído.

Algunas veces cocino para dos. Otras no como por pensarte. Y, si estás, igual se nos quema.

No sé a dónde vamos, tampoco me importa demasiado. Pero volar contigo, aunque sea solo un rato, es como volar toda la vida con cualquiera.

Mírame. Aquí domingo. Tú me hablas y vuelve a ser viernes por la tarde. Y si me besas pasará otra semana. Volveremos a tu cama. Y lo seremos todo de nuevo.

Rúa Jenaro de la Fuente

Dibujos animados

Que igual *La Sirenita* solo quiere salir a bailar.

Ese momento que tu ropa preferida del armario es cambiada por otra como Buddy por Buzz Lightyear en *Toy Story*.

Up nunca nos dejará olvidar el amor ni los globos.

La emoción de *El Rey León* aunque la vea por milésima vez.

Aprendiendo de *Bambi* a luchar contra las inseguridades.

Un *Robin Hood* de sentimientos.

Que igual Cruella de Vil no era tan mala.

Sonriendo como niños escuchando *Lo más vital.*

Rúa Granada

Para ti que ya no estás

El todo. El absolutamente todo. Una enorme nada desde que no estás. Tu recuerdo quita el aire por un momento. Luego toca seguir respirando, aunque ya es distinto. Como tú decías «la vida seguirá» pero sigue un poco más triste desde que no nos abrazas. Ahora recordamos con cariño las veces que nos decías las cosas por nuestro bien. Hemos aprendido de ti y de tu cariño incondicional.

Sonreímos. Nos gusta hacerlo todavía. Cada día. La razón es que sabemos que a ti y a tu alegría es lo que os gustaría que hiciéramos.

Todas las cosas buenas y alegres que nos sigan sucediendo, en parte, serán por todo lo que nos enseñaste. Y nosotros nunca te olvidaremos.

Seguiremos cumpliendo sueños. Y tú estarás en algún sitio, asintiendo.

Descansa.

Rúa Heraclio Botana

ANALIZANDO CADA DETALLE

No hay nada que le guste más que enseñar cosas a las personas. Enseñar todo lo que va aprendiendo. Es su día a día. Vive por y para ello. Cosas nuevas y ponerlas en marcha. Su papá es el hombre de su vida, de eso no tiene duda. Además con cualquier cosa que se ponga ya resulta elegante. Es el sol el que disfruta de sus largas piernas y no al revés. Y sus bonitos bikinis arreglan cualquier verano. Sirena en el agua.

Qué bonito parece todo sin entrar en su mente. Esa que hace tanto que nadie estimula. El caos que esconde dentro, detrás de la línea recta que aparenta corazones rotos, cada vez más blanqueados. Aunque en San Valentín parezca lo contrario.

Y ese día que, sin avisar, aparece quien descoloca un poco más. De quien siempre necesita una frase más. De quien necesita esas cosas que le hacen temblar de nuevo antes de dormir.

De jugar a mentir para no decir claramente lo que pasa por su mente.

RÚA GUATEMALA

No lo entiendo

Hoy es uno de esos días que dan para pensar mucho. Y para darte cuenta de que todavía sigue faltando mucho respeto en el mundo. Lo que es terrible también es que en pleno siglo xxi, todavía exista gente que utilice palabras como «lesbiana», «gay» «maricón», «homosexual» como ofensa e insulto hacia una persona.

Tengo grandes amigos míos que lo son y me siento orgulloso de ellos por cómo son. Y si yo mismo lo fuera estaría orgulloso de mí mismo.

Estoy seguro. Porque puedo equivocarme en muchas cosas y no gustar en tantas otras, pero siempre sin faltar el respeto a nadie.

Alguien que te demuestra que sabe querer, o al menos lo intenta, cualquiera que persiste en lo que sea, ya merece la pena. Sean cuales sean sus gustos.

Feliz día.

Rúa Honduras

Incomparable

No, esto no es comparable con nada. Los dos lo sabemos. No es cuestión de que lo notemos, simplemente lo sentimos.

Convertimos cada sitio que pisamos en algo especial con recuerdo. Ciudad. Bar. Cama.

Y cada vez que volvemos es casi temblar. Lo disfrutamos al máximo.

Tú me preguntas, yo siempre te respondo. Siempre todo lo que pienso. En todo lo que tiene que ver contigo no necesito tiempo para pensar. Confío a ciegas.

Y si alguien cree que eso es arriesgado es porque nos ha visto mirarnos. Mordernos. Entendernos.

Además cada día que pasa, ahí estamos. Hablando de todo, pensando en la próxima vez que nos veamos. O qué película caerá.

Abrazarte es sentir calor y vida. Dan ganas de no soltarse nunca. Somos, simplemente somos.

Como la sonrisa y comodidad de un Riad en Marrakech. El encanto de un fin de semana en Oporto. El placer de pasear por Combarro. La octava maravilla del mundo lo de abrazarnos. Sin dudar.

Rúa Julia Minguillón

Con el paso del tiempo

Con el paso del tiempo vamos aprendiendo a disfrutar de todo al máximo. No merece la pena perder el tiempo con enfados tontos, cuando puedes disfrutar de todas las sonrisas que te sabe provocar esa persona que te mira con ojos de quererte sin límite.

Charlas hasta bien entrada la madrugada, tardes de sofá con silencios que significan que estás tan bien que no te moverías de ahí.

Decir todos los «te quiero» que sientas, que la vida es corta y contigo pasan a la velocidad de un AVE. Dar un poco el brazo a torcer, adaptarse y no perder ni un minuto de los que podemos volar. Saber que lo que nos late en el lado izquierdo tiene espacio sin límite de tiempo. Hasta que dos ancianos vuelvan a sonreír recordando el sitio en el quedaron por primera vez.

Rúa Logroño

Mirando a un punto fijo

Y ahí te vi. Sentada en una terraza mientras tus amigas sonreían mirando la pantalla del móvil. Y tú… tú lo tenías guardado y esbozabas la sonrisa mientras pensabas en algo que seguramente fue tremendamente divertido.

Mirando a un punto fijo y preciosa.

Supongo que por eso nunca has dejado de encantarme tanto.

Rúa Lugo

Desnudos en mayo

Dicen que las personas mueren pero el alma siempre se queda ahí. El tiempo lo pone todo en su lugar, igual el mío es cerca de tus piernas. Los dos lo sabemos. Para poder pegarme a ti cuando me despierto en medio de la noche. Y puede que nunca celebremos un catorce de febrero, pero nuestro amor es dormir desnudos cualquier día de mayo.

Rúa Londres

Ojalá me añadas

Te noto libre pero a mi lado y te quiero todavía más.

Somos todo hasta cuando no estamos cerca. Hoy no se puede y no pasa nada. Aunque te eche de menos. Aunque sepa que quizá no te vea. Que estarás tomando una cerveza con tus amigas. O de compras con mamá. No te pasas el día hablándome por *Whatsapp*, no lo necesitas. Pero nunca te olvidas. Siempre apareces de una forma u otra para recordarme que estás ahí y que seguramente mañana nos besaremos de nuevo.

Eres así, si un día estoy un poco apagado, pues me iluminas todo con alguna chorrada encantadora.

Libre, pero siempre respetándome. Un día te vi hablar de mí y se te iluminaban los ojos. Y no necesito más. Quizá que el fin de semana compartamos postre. Que compartamos silencio. Que hagamos el amor. Y que tu vida no cambie por estar conmigo, simplemente me añadas a todo lo bueno.

Rúa Braille

Entendí tu respuesta

No pedí prácticamente nada, solo un poco de sinceridad. Una trato a la altura del mío. Y recibí silencio. La mayor de las decepciones.
De todas maneras creo que entendí tu respuesta.

Era un «no me importas».

Y duele.

Avenida de Madrid

Claro y conciso

Tienes derecho a querer. A intentar hacer las cosas lo mejor posible. Tienes derecho a sonreír y a sentir cosas.

No tienes derecho a humillar. A maltratar. A pegar. Ni amenazar.

Tienes derecho a estar triste. O con plena felicidad. Tienes derecho a vestir como quieras. A ir donde quieras.

No tienes derecho a obligar, chantajear o espiar. No tienes derecho a sentir que no puedes decidir.

Tienes derecho a escapar. A sentirte libre otra vez. A seguir tu vida.

Rúa Manuel de Castro

J.G

En la calle ya anochece. Se empiezan a iluminar las primeras farolas. El supermercado pronto se pondrá en hora punta, con las cajas repletas de pizzas prefabricadas y servilletas de marca blanca. Dicen que te dan descuento para la próxima compra. Unos niños juegan al balón en la puerta de un garaje después de comprar gusanitos en el quiosco. Deseando convertirse en John Guidetti. Sus padres están sentados en una cafetería riendo sin hacerles mucho caso. Una señora mira fijamente por la ventana de su segundo piso. Una adolescente espera el autobús que no pasa en hora. Hay unos aparcacoches buscando unos céntimos más. En la panadería apenas queda pan por hoy. Unos ancianos van de la mano al entrar en su portal y unos hombres trajeados están tomando algo previo a una buena cena. En una terraza que casi invade toda la acera. Una universitaria camina deprisa con maleta dirección a la estación. Y miro al cielo despejado deseando que hoy todavía tengas ganas de volver a decirme «te quiero».

PASEO DE SAMIL

La espiral y el granizo

En menuda espiral acabó. Sin casi darse cuenta. Tenía algo especial, de eso no le cabía duda. Pero no imaginaba que acabaría en esa trampa tendida sin culpas.

No, no le va a echar la culpa a nadie. Simplemente se enamoró de alguien que solo buscaba cariño por un rato. Y al principio le pareció bien. «Si es lo mismo que busco yo» pensaba. Fue un alivio escucharlo antes. Una tortura vivirlo ahora.

Pero se ha dado cuenta de que el amor no se elige. Ni se decide. Aparece y surge. No se le puedan poner fechas ni momentos. Es más inesperado que una tormenta de verano. Que puede doler como el granizo.

Todavía no sabe que hará. Algunas veces se ilusiona por un rato con que todo pueda cambiar. A su favor. Se pone canciones al despertar, por si en alguna encuentra respuestas. Esta vez no hubo promesas.

Rúa María Berdiales

29 PALABRAS

Algunas veces una canción de cuatro minutos y veintisiete segundos puede darte más respuestas que una persona.

Y personas que con mirarte te hacen sentir como el mejor concierto de tu vida.

RÚA SERAFÍN AVENDAÑO

Los éxitos

¡Los éxitos!

Qué fáciles parecen desde fuera. Llegar a esos momentos bonitos en los que todo el mundo te quiere y se acerca.

Que ese deportista, que ahí ves todo emocionado, ha tenido que entrenar miles de horas desde pequeño. Se ha perdido fiestas, momentos y vacaciones. Tiempo al fin y al cabo, eso que parece menos importante hasta que te falta.

Ha sufrido muchas derrotas antes de llegar. Días en los que nadie se acordaba de todo el esfuerzo.

Se enorgullece de lo que hace porque sabe lo que le ha costado llegar. No se ha rendido ni una vez, no se ha saltado ni un entrenamiento.

Y al final todo depende, de un segundo, un punto, un gol, unos reflejos.

Valóralo y aplícalo a todas las situaciones de la vida.

RÚA URZAIZ

Amores a distancia (2)

Muchas veces me han preguntado si creo en los amores a distancia.

Indudablemente sí. El amor, si es de verdad, no entiende de nada. ¿Va a entender de kilómetros? Por supuesto que no. No entiende ni de la mayor de las dificultades.

Eso sí, siempre buscando que esa distancia un día se convierta en cercanía. Poniendo ese objetivo de ilusión. Restando días. Intentando que las cosas salgan bien.

Un mensaje es soñar. El siguiente fin de semana unas ganas de todo. Un «te echo de menos» vale por al menos veintisiete.

Los «te quiero» al despedirse duran en las cabezas, semanas. Los besos tienen el doble de ganas. Y una fuerza brutal.

Los días de mucho más que 24 horas. La piel siempre a flor de piel. Las lágrimas de despedida. Sinceras.

Suerte fue conocerse.

Rúa Miñoca

Todavía

Tú no lo sabes, pero Ana todavía se encuentra perdida. Todo el mundo ve desde fuera el problema, menos ella. No es tan fácil, algo le hace ver las cosas directamente al revés. Cada vez el viento le asusta un poco más.

Su carácter se hace más cerrado con tanta mirada. Sin comprender, que no es su culpa. Que necesita ayuda más que habladurías.

Igual conoces a Ana y puedes ayudarla de alguna manera.

(Busca a Ana en mi segundo libro *Cuando abras el paracaídas*)

Rúa Montero Ríos

Han cambiado los domingos

Solo es un domingo más. Pero ninguno es igual. Es ese día en el que te das cuenta de lo rápido que avanza el tiempo, que se acabó una semana más. Que hemos sumado algún sueño y perdido gente por el camino. Ese en el que asoman las primeras canas. Que tus prioridades han cambiado. Pides menos, pero todo tiene que ser bueno. Muchas cosas y tantas regulares ya las has pasado. Ahora solo un poquito de tranquilidad, mucho amor y pasión de verdad. Ya apenas hay resacas y cosas sin sentido. Prefiriendo caricias y pelis.

Poder organizar tu vida con alegría. Que se vayan un poco las preocupaciones y que lleguen los retos.

Que al final me quedó claro que siempre será mejor domingo si tú te quedas sonriendo cerca.

Y ya sabéis, eso que dije un día:

«Somos eso que hacemos que no le contamos a nadie. Y lo que pensamos el domingo por la noche al apagar la luz».

Rúa Príncipe

Saltando las piedras

Resoplo. Resoplo un poco justo antes de escribir este texto. Al fin y al cabo son muchos meses ya juntos. Todo lo que pueda dejar aquí por escrito va a saber a poco. Lo importante es lo que pienso por dentro.

Te quiero tanto que me cuesta escribir sobre ti. He decidido que vamos a vivirlo todo. Y queda todavía mucho. Me voy a quedar con los momentos. Con los detalles. Con que, al final, hemos estado ahí. Aguantando las tormentas y los soles. Ya sabes eso que dicen, para lo bueno cualquiera estaría. Pero tú estás incluso en los días malos. Me gusta el camino que nos queda. Iremos saltando las piedras.

Te lo dejo tan claro, como lo clara que tú eres. Las medias tintas no sirven contigo. Y es una virtud. Nunca fallas.

Nos quedan muchas maletas y sueños. Muchas comidas a domicilio. Hoteles en los que ver las estrellas debajo de las sábanas. Algunos enfados y muchas sonrisas.

Desde luego que no eres perfecta, pero eres perfecta para mí. Me complementas. Mi otra mitad.

Te quiero. Y jamás lo he dicho sintiéndolo así, te lo aseguro.

Te espero en el sofá de al lado. Trae la mantita. Prepararé un Cola Cao con dos tazas. Incondicional.

Rúa Oporto

Trenes

Va el vagón muy lleno. Salgo de Vigo. El tren llega hasta A Coruña, pero yo voy a parar en Santiago.

Unos ancianos hablan sin parar en los asientos de delante. Llevan toda la vida juntos. Han pasado épocas muy complicadas pero han sacado hacia delante a su familia. Ahora disfrutan de un tiempo que merecen pasando unos días en casa de su hija mayor. Y unas buenas tapas.

Detrás una pareja de dos chicos hablan de lo que les gustaría poder darse besos en las calles sin miradas raras. Esas que no deberían existir si conocieran cómo se miran ellos. Preparan sus mochilas, que se bajan en Pontevedra.

A mi izquierda una chica mira por la ventanilla. De vez en cuando pone esa mirada triste mirando fijamente un folio en blanco donde escribe. Le cuenta a su mejor amiga por teléfono, que la han engañado, que siente dolor. No físico, pero sí de pérdida de confianza. El amor se ha acabado.

Unos asientos más hacia delante, dos adolescentes, se besan como nunca, probando la miel del primer amor. Sin que les importe nada, ni el revisor, que cansado pide los billetes.

Subе una señora, se sienta a mi lado. Lee un libro. Parece una novela. Se le escapa una lágrima. Me mira y sonríe. «Amé tanto, que mi marido se fue demasiado pronto. Pero sé que esté donde esté, me está mirando. Y sé que ningún día dejó de hacerlo. Yo solo entendía cómo me miraba. No te aburro, que da para una historia».

Sonreí. El resto es precioso. «Su historia es realmente increíble».

Próxima estación: Santiago de Compostela.

ESTACIÓN DE TREN VIGO URZAIZ

Mi pequeña gran ciudad

Para mí Vigo siempre ha sido una ciudad especial. Es la que me vio nacer. Dicen que está llena de cuestas, aunque yo ya ni las noto. Nunca hace demasiado frío, ni demasiado calor. Supongo que es por la ría tan maravillosa que nos envuelve. Microclima especial. Tiene calles y rincones que solo puedes descubrir por ti mismo.

Aunque no lo creáis, la gente suele ser muy cálida, quizá de primeras nos cuesta un poco más abrirnos, pero cuando estamos seguros de algo nunca paramos. Y si alguien te abraza casi seguro que lo ha sentido de verdad.

He visitado muchas ciudades, pero creo que nunca encontraré ninguna como esta. Aun con sus imperfecciones y problemas. Con sus quejas y sonrisas.

Nunca me cansaré de su cultura y magia. Su tranquilidad. Su tamaño exacto. El perfecto para que tengas de todo sin el agobio de una gran ciudad.

Dame muchos más paseos por las playas. Una puesta de sol bien buscada. Unas tapas en el Casco Vello. Un gol en Balaídos. No te olvides nunca de sus alrededores. Siempre me he preguntado la razón por la que las personas que se van sienten morriña y terminan volviendo. Pero con recorrerla lo entiendo. Nadie se lo va a discutir.

Me da igual lo que me digan. Siempre daré a conocer mi ciudad en todo lo que esté en mi mano. Ven a disfrutarla. Este libro se lo dedico con toda la humildad. Espero que algún día lo entiendas:

No lo vas a entender si no has subido sus cuestas. Ya tocará que sean cuesta abajo. No lo vas a entender si no has sentido como huele a mar al acercarte al Náutico. Entre tanta gaviota. No lo vas a entender si nunca en tu vida hiciste botellón en el Nadador. Tanto patinete por las tardes. No lo vas a entender si no subiste O castro para ver el mar detrás del ayuntamiento. O los paseos por A guía. No lo vas a entender si no fuiste de camping con tus amigos a las Cíes. Paz y agua cristalina. No lo vas a entender si no vas de compras a Príncipe y te huele a Gofre. Entremos al Pull. No lo vas a entender si te parece horrible el Sireno pero entiendes que forma parte de todo el encanto. No lo vas a entender si no observas el cielo el día de los fuegos de Coia. Desde cualquier punto alto de la ciudad. Un café en el *The Coffee Land* .No lo vas a entender si no fuiste a un concierto en Castrelos con tus amigos. Bueno, con toda la ciudad. No lo vas a entender si no te bañaste en la fuente de Plaza América. ¡Hala Celta! No lo vas a entender si no tomaste una cerveza en Montero Ríos una noche de verano. No lo vas a entender si no cenaste tapas en el Casco Vello. O en el Mcdonalds de Samil. No vas a entender que el mar sin ti es menos mar. No lo vas a entender, porque no vives aquí y solo te fías de lo que te cuentan. No vas a entender que yo lo entienda. Y sobre todo que te quiera.

(Cada Calle de Vigo tiene algo especial. Ojalá podáis descubrirlas)

colaboraciones

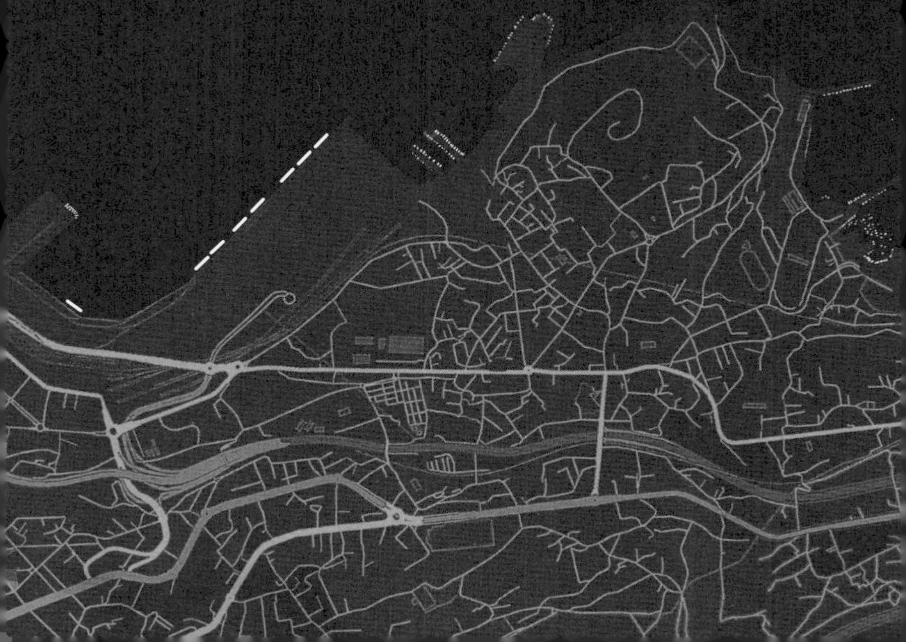

Llevaba Falda

srtabebi

Iba caminando, divertida y casi feliz por aquella calle estrecha, justo en la acera derecha, al lado de una panadería que olía a azahar.

Llevaba falda, aproximadamente diez centímetros más arriba de la rodilla, me rozaba la pantorrilla con cada zancada grácil que daban mis piernas. Hacía calor y llevaba falda porque era cómoda, porque tenía el vuelo exacto y me encantaban sus pliegues, su color, yo con ella.

Entonces un hombre, mucho más mayor que yo, desde la acera de enfrente justo a mi altura, me gritó: «lo que haría yo con esa faldita».

Ocurrió así; el hombre apenas sonriente, más bien serio me gritó «lo que haría yo con esa faldita» y me miró, con la certeza del que sabe que puede desafiarte. Me miró con lascivia y prepotencia, con la mirada del señor, del dueño, del primero, autoridad, en la pirámide de poder.

Entonces yo, henchida de orgullo, me paré en la baldosa y me giré. Y con cara de soberbia, arqueando una de mis cejas, alcé mi voz prepúber y le dije alto: «no puedes hacer nada con ella, porque ni la mujer ni la falda son tuyas».

Aquel hombre enmudeció. Observé su instantánea sorpresa mientras me giraba. Casi pude sentirla mientras volvía a caminar con el mismo ímpetu que antes por la acera.

Tenía trece años. Acababa de estrenar una nueva falda y eso fue todo. En aquella calle aquel día, sucedió aquello y algo más:

Un hombre comprendió que sus improperios siempre habían tenido respuestas aunque no las hubiera escuchado antes.

Una niña entendió muchas cosas sobre cómo funcionaba todo.

Una niña, a partir de ese momento, decidió no callar ante ninguna de ellas.

CALLE BAILÉN, ALICANTE

Ritmo frenético
Carlos Otto

Las agujas avanzan despacio
cuando su destino son tus ojos.
Espero sentado frente al Congreso
y los leones, prominentes, me miran con envidia.
Soy un niño impaciente ante el postre de tu abrazo.
Miro el reloj cada veintisiete segundos y observo,
mi mirada recorre y mi imaginación vuela.
El ritmo es frenético, vertiginoso, escandaloso…
Una mujer distraída camina intentando desenmascarar
[a sus preocupaciones.
Un niño va de la mano de su madre y se siente seguro
[y asustado a la vez;
está en casa pero no.
Una adolescente de pelo y pendientes dorados
[deambula asustada,
espera una nueva vida y su temor es tan grande
como la distancia entre las comisuras de tu sonrisa.
Una anciana espera en el paso de peatones,
Un hombre le mira, le agarra del brazo
y le invita a cruzar con él,
es un caballero sin corcel en pleno centro de Madrid.
Lo que no sabe es que su marido no recuerda su
[nombre,
pero sí su voz y sus manos, por eso no la espera
pero se sobresalta ante su, siempre, inesperada llegada

con una mirada inocente y llena de amor.
El ritmo es frenético, vertiginoso, escandaloso.
Un chico me cuenta con su fugaz mirada que ha conocido
[a una mujer,
tiene miedo porque es especial.
Teme quedarse cerca por si en su estancia en el vagón
del compromiso pierde otros trenes, otras caderas.
Teme no encontrar el vagón en el que quedarse a vivir…
Teme tener que volver a rescatar su corazón derretido
del infierno.
El ritmo es frenético, vertiginoso, escandaloso,
incluso me agobia, la gente trota, corre, vuela, hace
deporte sin darse ni cuenta, trota, corre, vuela, sudor,
ahogo, ansiedad.
El semáforo se pone verde, rojo, verde, rojo, verde, rojo,
verde, rojo, verde, rojo,
el ritmo es frenético, vertiginoso, escandaloso…
Pero entonces…
llegas tú.
El tiempo se para…
Y mi mundo con él.

PLAZA DE LAS CORTES. MADRID.

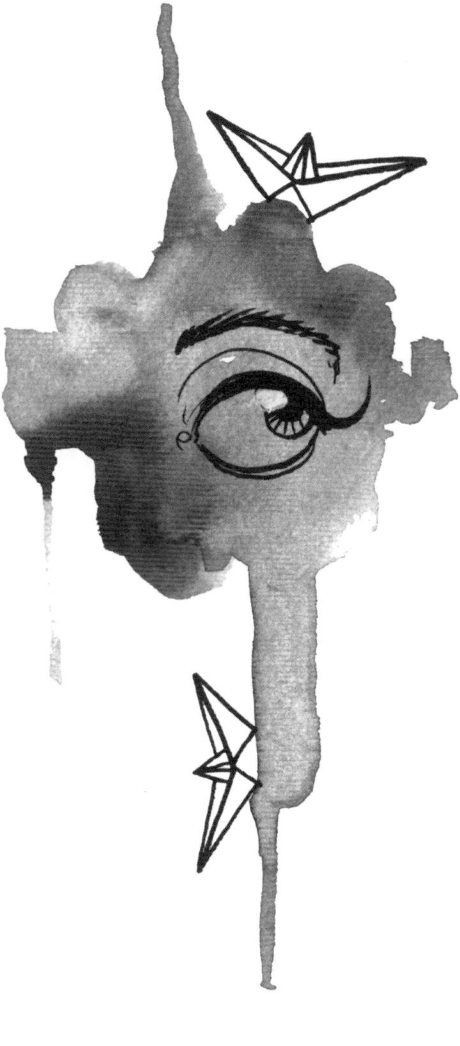

Nos~~otros~~

María Cabañas (@customizarte)

Me pierdo en espacios pequeños
porque allí todo es visible.
Mis manos han recuperado la libertad que secuestraste.
Ahora escriben libres, imaginan que vuelan
y dibujan a todas horas.

La necesidad es un invento de los mercados,
así que busca sinónimos para tus «te necesito».
En este reino la moneda es el tiempo.

No puedo ver puestas de sol en tus ojos,
porque mi corazón es terreno de monzones.
Aunque todos apartaron su mirada
e hicieron del cemento fuego.
A pesar de un invierno que no dimite
y de tus recaídas en eclipses eternos.

Hoy acuno excusas, lágrimas y juicios nocturnos.
Mañana tengo cita conmigo
y pienso habitar mi felicidad.

Calle Escudero, Majadahonda

volver

Volver
David Sadness

El cariño de volver
a esa casa que nunca dejaste
a esas calles en las que tanto viviste
a esos parques en los que tanto jugaste.
Volver,
a esas personas que siempre quisiste.
Volver,
con maleta y billetes de ida aunque también de vuelta.
Volver,
sabiendo que tendrás que irte.
Irte,
sabiendo que siempre
querrás
volver.

AVENIDA EMILIA PARDO BAZÁN, 3. ALBACETE

Capricho nº4 en Do Menor de Paganini

Víc Fernández

... y en el mundo, en conclusión,
todos sueñan lo que son,
aunque ninguno lo entiende.
Calderón de la Barca, *La vida es sueño*

Aunque anda con paso apresurado, 1 desconoce el itinerario que debe llevarlo hasta los brazos de ella. Ella se llama 2 y aún no tiene un rostro definitivo, pero su rostro será el rostro que él espera encontrar. Su cuerpo, encarcelado en la más terrible de las pesadillas de cuantas 1 cree haber despertado, también se resiste a adquirir una fisonomía concreta y permanente; cada 100 metros de asfalto recorrido, cambia de tamaño, de blusa o de perfume. No obstante, 1 piensa que cuando la tenga ante sus ojos sabrá que 2 es 2 y su terrible presentimiento se desvanecerá.

1 camina deprisa porque siente que ese es su cometido, es más, ni siquiera se permite plantearse que la vida, en ese preciso instante, pueda consistir en otra cosa que no sea continuar su trayecto, sea este cual sea y dure lo que dure. 1 también camina porque es lo que siempre ha hecho para poner en orden sus ideas, para buscar respuestas a las preguntas que aún no ha sabido formularse y ya, de paso, hacer algo de deporte. Ahora sólo es capaz pensar en la negra e interminable alfombra que le conducirá hasta 2. Le basta con fijar la vista hacia delante, siempre ha-

cia delante. Mientras, el desolado paisaje que lentamente deja atrás, sin mirarlo, a un lado y a otro, se revela como el *atrezzo* del oscuro torbellino que invadió sus sábanas durante la noche.

En su sueño 1 también llevaba el mismo chándal, las mismas zapatillas de los domingos de *footing* y desayunó después con 2 junto al parque en el Café Botánico, los mismos auriculares tronando, ajenos a los obstáculos del mundo, el Capricho Nº4 en Do menor de Paganini, pero es incapaz de recordarlo. Ninguna imagen ha resistido su violento despertar. Sobre ese vacío, ese trozo de existencia al que la vigilia tiene vedado el acceso, emergen feroces y turbulentos pájaros de miedo. La dolorosa confusión que aún le apolilla el cuerpo y le reseca la boca, los labios transidos de frío con los que la saludará cariñosamente.

Tras un tiempo indefinido, 1 por fin llega hasta 2 y la música se detiene, bruscamente, antes de que los auriculares se desprendan de sus oídos. El silencio es interrumpido por la súbita bocina del viento. Aunque aún no puede poner nombre a esa figura que, sentada en un banco le resulta tan familiar, entre sus brazos encuentra una calma liberadora. Su boca se despereza, su lenguaje abandona un antiguo sopor, parece que hablara por primera vez...

—Esta noche soñé cómo moría, y fue tan real... Pensé que sólo si te encontraba, aquí, en nuestro banco, como siempre, si te hacía la pregunta adecuada, podría saber realmente que lo había soñado, que sigo vivo...

—Bueno, llegas tarde… pero estas aquí, qué importa lo demás…, ¿no? —dice ella esbozando una sonrisa—. Dime, ¿y cuál sería la pregunta adecuada?

—¿Será posible soñar un despertar? —mientras le formula la pregunta sus ojos tiemblan inquietos, el pulso y la respiración se le aceleran. Ella le toma las manos, pero rehúye su mirada.

—Estás helado… ¿vamos a desayunar?

Ante sus ojos el asfalto muere donde nace, interminable, un campo de hierba roja que el viento no es capaz de mecer. Una vereda lo serpentea hasta perderse a lo lejos, allí donde se divisa el Café Botánico. Mientras caminan, su murmullo de otra vida se hace cada vez más audible. 1 siente un repentino escalofrío, aprieta con fuerza la mano de 2, tan cálida, tan real, que todas las grietas de la duda se cierran definitivamente.

PARQUE DEL RETIRO, MADRID

Calle Libertad
Diego Ojeda

Siempre supe que en esta calle
me esperaban otras vidas.
Amores extraterrestres,
historias de otra categoría,
noches imborrables
al abrigo de canciones eternas.

Es una calle sin mar
donde la noche siempre es mentira,
donde no existen relojes,
donde el destino es un caos imparable,
donde me siento extrañamente feliz.

Es una calle que se puso de nuestra parte,
en el fondo de aquel bar,
con tus manos tan leves,
y mi mirada buscando tus labios.

Esa noche acabamos bajo las mismas sábanas,
y en la penumbra de nuestras caricias
tu pelo tenía olor a viento
y mis dedos tendiendo a infinito.

Queríamos ir despacio
pero gastamos la imprudencia
de saltar todos los procedimientos.

Han pasados semanas, meses y años
y ahora sólo eres un leve recuerdo.

Como en todas las mejores historias,
lo nuestro (que nunca llegó a ser)
también acabó
con un final inesperado,
yo sin ganas de un hasta luego
y tú pidiendo tiempo.
Tiempo
que se convirtió en olvido.

Ahora recuerdo la frase de aquel poema:
«Una mujer, es como un reloj de arena».

BARRIO DE CHUECA, MADRID

calendario

Enero

Como dice Vanesa, yo también voy a ayudarte a frenar enero. Ese mes en el que se dicen propósitos que casi nunca se cumplen. El de las cuestas.

Febrero

Da igual que sea febrero y haga tanto frío. Que yo
sé que me abrazas y aparecemos en verano. A febrero
hay que hacerle el amor despacito.

Marzo

Hueles a primavera. Y a que yo hago como que nos encontramos de casualidad cuando llevo horas esperándote.

Abril

Para ser tan pleno verano, hay demasiado abril en tus ojos cuando miras. Aunque les pongas chubasquero.

Mayo

El mes de las flores. Y yo aquí tan plantado.

Junio

Se acerca el verano. Es Junio y quiero que lo pases conmigo entero.

Julio

Huele tanto a verano. A recuerdos del pasado. A sol que ya no se refleja en tus gafas de sol.

Agosto

El resto del mundo no se da cuenta de que cuando sonríes para disimular que todo va bien, te sientes como un invierno en pleno agosto.

Septiembre

Ese mes de los amores de verano que empiezan a irse de las manos y siguen debajo de la mantita cuando empieza el invierno. O más.

Octubre

Pleno otoño. Ya no vale salir solo en camiseta. Vigo huele a hojas secas y a gofre. Me coloco la bufanda al cuello, y tú ya no estás.

Noviembre

Gente que viene de lejos. Abrazos fuertes. Chocolates calientes. Películas. Las tardes juntos. Bailar

Diciembre

He visto corazones más fríos que esta noche de diciembre. Y camas que podrían arder.

microcuentos

1 Hacer las cosas con pasión, con ganas. Respetar, ayudar y comprender. No rendirse a las primeras de cambio. Querer, querer de verdad.

2 Tu pecho está en esa lista de lugares con encanto para perderse un fin de semana entero. O toda la vida.

3 Mejor tener el corazón roto en mil pedazos, que jugar a no tener. Que no se nos olvide nunca.

4 Me gustan las personas que siempre te lían para ir a cualquier sitio sin sentido. Con las que al final siempre pasan cosas raras o divertidas.

5 Si pillamos una cazadora del armario y salimos ahora de casa, aún estamos a tiempo de vernos reír antes de que amanezca. No sé, dime que sí.

6 Tus ojos me dicen que aprendiste a callar. Chica lista, porque has aprendido con los años que duelen más las respuestas que algunas preguntas.

7 Quiero que vuelva el verano para volver a comer cerezas y sandía. Por las pecas que te salen en la cara y por hacernos el amor en la playa.

8 Si de verdad te mueres de ganas de ver a alguien, te inventas minutos hasta de donde no existen. Y apareces donde sea. Lo demás son excusas.

9 Le arrancamos las agujas al reloj cada vez que nos ponemos a hablar.

10 Eran bonitas esas mañanas en las que casi te despertabas con el móvil en la mano por intentar escribirme una frase más antes de dormir.

11 Besarnos es bailar sin música.

12 Que igual ser feliz no es ganar siempre. Es no rendirse nunca.

13 El amor es cuando le agarras fuerte de la mano cuando va a cruzar porque parece que viene un coche.

14 Solo la persona que llega conoce las dificultades del camino.

15 Como esa persona que te encanta pero que sabes de sobra que te va a dejar un poco roto por dentro cuando se vaya. Incluso antes de empezar.

16 Ojalá un botón de «hazle caso al corazón» en la cabeza.

17 Tus ausencias se amontonan debajo de mi almohada y ella me pregunta, que cuando vas a volver...

18 Los que sentimos mucho tenemos un problema muy bonito.

19 Regala tiempo. No hay nada más bonito que un nuevo abrazo. Una charla. Un café o cerveza. La buena compañía no se puede comprar.

20 Algunas veces necesitamos que alguien se quede a bailar la última canción. Aunque no sepa bailar. Aunque ya no haya música.

21 ¿Sabéis esas personas que dicen que ya no te quieren, porque quieren a otra persona, pero tampoco quieren que tú quieras a ninguna más? Pues fuera de mi vida.

22 Menos mal que quedas tú. Consiguiendo sacarme sonrisas en los días de borrasca. Y si el Sol no termina de salir, te lo inventas.

23 ¿Sabes esas prendas que tenemos en el armario que ya no nos ponemos nunca, pero las tenemos ahí, y nunca las tiramos? Pues con personas igual.

24 Un folio y un mechero encendido. Eso cuando me hablas.

25 No le llames amor a tu «mejor esto, que estar solo», que eso es otra cosa. Cama.

26 Todos los días de verano son tormentas de aguacero entre tus piernas.

27 Hay corazones con tanto daño, que se convierten en agujeros negros en el pecho.

28 Desde que duermes conmigo ya no necesito tréboles de cuatro hojas.

29 No me regalaste una cazadora nueva, ni me invitaste a cenar a un sitio caro. Pero me hiciste ver que podía con todo. No conozco mejor regalo.

30 Te miro a los ojos y me dan ganas de planear viajes por todo el mundo. A tu lado. Con una mochila y pocas fotos.

31 Ya no suenas a roto.

32 Es bonito que algunas cosas salgan mal. Si no las hubieras intentado, todavía estarían esas ideas guardadas en el fondo de un cajón.

33 Y si aquello hubiera sido cine, después de despedirnos los dos, nos giraríamos a la vez en vez de marcharnos. Pero no.

34 Mensaje subliminal: te quiero tanto. Pero tanto... que se puede decir que te quiero todavía más fuerte de lo que te han fallado.

35 La respuesta es todo. La pregunta iba sobre lo que estaría dispuesto a dar por ti.

36 Y aparece alguien que consigue que muchas veces prefieras pelis, caricias y palomitas a copas, tacones y resacas.

37 Creo que te pareces bastante a lo que me gustaría que apareciera. Va siendo hora de huir.

38 Tu mirada de «no pares nunca y sigue un poco más».

39 Se te extraña mucho. Todavía me giro temblando al escuchar tu nombre. Pero no, no quiero que vuelvas.

40 No hay nada más bonito que una amistad verdadera entre chico y chica. Y sí las hay. Se puede. Y suerte de quien las disfruta.

41 Qué duro suena el «te lo dije» cuando te lo dices a ti mismo.

42 Me gustan las personas que se alegran de las cosas bonitas que les pasan a los demás. No hay mejor forma de ser feliz.

43 Lo bonito de que te regalen algo no es el precio. Es el intento de sorprender. El esfuerzo de intentar acertar. Eso lo convierte en especial.

4 A mí me da envidia quien puede ver varias series a la vez y no se pierde. Y sobre todo quien las ve en la cama y no se duerme.

45 El amor se mide más en ganas e ilusión que en meses.

46 Venga, deja de releer conversaciones antiguas de gente que era y ya no es. Que eso duele y no sirve para nada.

47 La margarita dice que sí. Que ya está con otra persona.

48 Da mucho, muchísimo, pero nunca lo des todo. Quizá alguna vez te haga falta tener algo y no te quede nada. Antes que nadie vas tú. Tú nunca te vas a fallar.

49 Canciones a las que cada uno les da un sentido distinto a la letra. Y eso es lo bonito. Algunas veces hay que entender las cosas a tu manera.

50 Sobran niños con Tablet. Faltan niños con papel y lápiz.

51 Después de muchas aventuras a lápiz, escribí nuestra historia con rotulador permanente.

52 Nunca salgas de casa sin la cartera, el móvil, el corazón y las llaves.

53 Si borras el número de alguien de tu agenda para evitar llamarle más, no vale anotarlo en una libreta para casos de emergencia.

54 Un día me desperté con el abrazo dormido debajo de la almohada. Fue lo más cerca que estuve de no sentir nada por ti. Pero tampoco.

55 Alguien que nos haga reír cada tres minutos. Alguien que nos mire y nos haga sentir únicos. Alguien que saque lo mejor de nosotros...

56 En las calles están todas las respuestas. Vívelas.

BONUS TRACK (1)

La palabra «recordar»

nos pasamos la vida recordando

Del latín re (volver hacia atrás) cordis (corazón). traer algo al presente después de pasarlo por el corazón.

—Intentas no recordar aquellos momentos. Aquellos labios. Pero su olor… jodido olor, que nunca se te olvida.

—Lo de tener buena memoria para recordar las cosas está muy bien hasta que te enamoras. Ya verás después lo que cuesta olvidar.

—Recordar que nunca ningún corazón se muere del todo.

—Toma, un domingo por la noche. Vamos a recordar y a rayarnos un poquito con la luz apagada.

—Solo el miedo evita las mejores cosas. Las mejores charlas. Las mejores caricias. Los mejores besos. Somos de huir, escapar y recordar.

—Sábado noche. De recordar. De dejar los vasos vacíos y no medio llenos. De fiesta o de no poder dormir. De insomnios. De besos de portal.

—Duele, pero algunas veces también es bonito recordar algunos momentos.

—Si algo nos enseñó Joaquín Sabina es que las noches nos hacen recordar mucho más que los días.

—Hay personas que dan más que personas. Abrazos que curan más que medicamentos y olores que te hacen recordar cosas que tenías olvidabas.

—Las madrugadas nos hacen recordar lo que creíamos olvidado.

—Los días de sol y calor como hoy, te hacen recordar que nunca llueve para siempre. Por dentro digo.

—Hay canciones tan intensas que te hacen recordar incluso cosas que no han sucedido. Pero que estuvieron a punto. Y aún te quedan ganas.

—Que algunas veces no olvidas. Simplemente estás con alguien que te hace recordar por un rato.

—Y ahora estarás en cualquier bar tomando un café con hielo sin recordar lo bien que me sabía de tus labios.

—Y de repente, su perfume. Como si no hubiera miles en el mundo. Que justo te viene a la punta de la nariz y te hace recordar. Joder.

—Aunque pasas página o quemes el libro, siempre vas a recordar, al menos, la mejor parte porque te la sabes de memoria.

—Llámale soledad o insomnio. Pensar. Recordar. Que se te caiga el móvil en la cara. Llámale domingo por la noche.

—Hay personas que joden canciones. Literalmente.

—Yo seguiré por ahí por si un día tienes miedos. Por si quieres sentar cabeza en mi pecho. Por si quieres recordar quién eras. Pero lo dudo.

—Ya no te recuerdo, gilipollas.

—Mira, otra noche en la que el plan perfecto va a ser recordar hasta que se cierren los ojos.

BONUS TRACK (2)

Ella y él

—ELLA salta de cama en cama buscando algo parecido. ÉL cada vez que mira a la parte trasera de su coche, recuerda cómo se regalaban la vida.

—A ELLA le dieron las diez y las once, las doce y no olvidaba sus besos. A ÉL ni 500 noches le fueron suficientes para aprender a olvidarla.

—ELLA era unas ojeras con nombre y apellidos. ÉL unos silencios con una mirada en el recuerdo. Y nada llena esa eterna pena.

—ELLA se mordió el labio para no llorar y le dijo «adiós». ÉL, la sigue encontrando cada noche, en cada sueño. Y no dejan de echarse de menos.

—Mirando el mar, ELLA le dijo: ¿No te parece una maravilla este paisaje?

ÉL la miró de arriba a abajo, y sonrió:

Sí, lo eres.

—Se vieron dos veces. ELLA sonreía siempre. Tímida. ÉL a ratos. Decidieron bajar el telón. Con la sensación de poder darse la vida por momentos.

—No sabían si por ÉL o por ELLA pero siempre tenían la cama sin hacer. Y mejor.

—ELLA se muere de ganas de hablarle. ÉL se muere de ganas de escribirle. Y ninguno lo hace. Y se recuerdan en vidas paralelas.

—ÉL dejó de buscarla cada día. ELLA dejó de esperarle cada noche. Y se hundieron los dos entre tanta nada.

—ELLA lo esperaba bajo su portal, con el paraguas cerrado. ÉL era demasiada lluvia. Y ya hacía mucho que no eran tormenta juntos...

EPÍLOGO

El primer beso, una despedida agridulce, aquel nuevo hogar, un reencuentro inesperado... la vida está llena de emociones y todas ellas guardan el recuerdo de una calle. Calles de nuestra ciudad. Esas por las que no te cansas de pasar o por las que pasas al cabo de varios años y despiertan en ti numerosos sentimientos.

A veces no es suficiente con mudarse de ciudad. Uno siempre vuelve a su origen y es inevitable sentir. Y si no vuelves... si no vuelves construyes recuerdos en otro lugar.

Esas noches en las que te acuestas eufórico pensando en esa chica, su sonrisa y el olor de su habitación en la calle Placer.

Aquella mañana que la resaca no le curaba ni el mejor remedio de la botica de la abuela y las tardes de manta y sofá sin ganas de nada con tu ex bombardeando tu móvil.

Perderse caminando entre la gente o buscar la tranquilidad en la calle menos transitada.

Seguramente tú has vivido miles de historias similares a estas y lo más irónico es que tal vez algunas se entrelazan.

Que en ese lugar donde tú sentías que tocabas el cielo, tal vez alguien vivía su propio infierno y esa chica con la que te metiste luego te dio calabazas. Bien lo explica Jose al inicio de este libro, que cada persona tiene su propia historia y cada calle forma parte de esta.

Yo me quedo con la calle Urzaiz a las 3 a.m. de un jueves cualquiera, ¿y tú?

Fanny Figueiras

Agradecimientos

A todo el equipo de Frida Ediciones sin excepción. Por poner todo el cariño en lo que hacen.

A mis amigos. Los de siempre. Por estar antes y ahora.

A mi familia. Sin vosotros no soy nada. Siempre intentando que estuviera bien, hasta en los momentos malos. La familia siempre está ahí. Y yo tengo un extra de suerte.

A ti, F. por ser mi otra mitad. Por seguir ahí día tras día «aguantándome». Por creer en mí y en el futuro. Gracias por todo lo que haces.

A todos vosotros, por leer sintiendo. Por creer en sueños. Por disfrutar entre letras.

Pd: Os quiero recomendar el libro *De los nombres de las calles de Vigo* de Daniel Antomil Pérez. El dato de las 1775 calles de Vigo lo encontré una noche buceando por la red. Y llegué a esta joya de libro.

www.fridaediciones.com